K INK INK INK INK INK INK
NK INK INK INK INK INK INK IN
K INK INK INK INK INK INK
NK INK INK INK INK INK INK IN
K INK INK INK INK INK INK
NK INK INK INK INK INK INK IN
K INK INK INK INK INK INK
NK INK INK INK INK INK INK IN
K INK INK INK INK INK INK
NK INK INK INK INK INK INK IN
K INK INK INK INK INK INK
NK INK INK INK INK INK INK IN
K INK INK INK INK INK INK
NK INK INK INK INK INK INK IN
K INK INK INK INK INK INK
NK INK INK INK INK INK INK IN
K INK INK INK INK INK INK
NK INK INK INK INK INK INK IN
K INK INK INK INK INK INK
NK INK INK INK INK INK INK IN
K INK INK INK INK INK INK
NK INK INK INK INK INK INK IN

無人知曉的我

陳雪

ignorant of ...

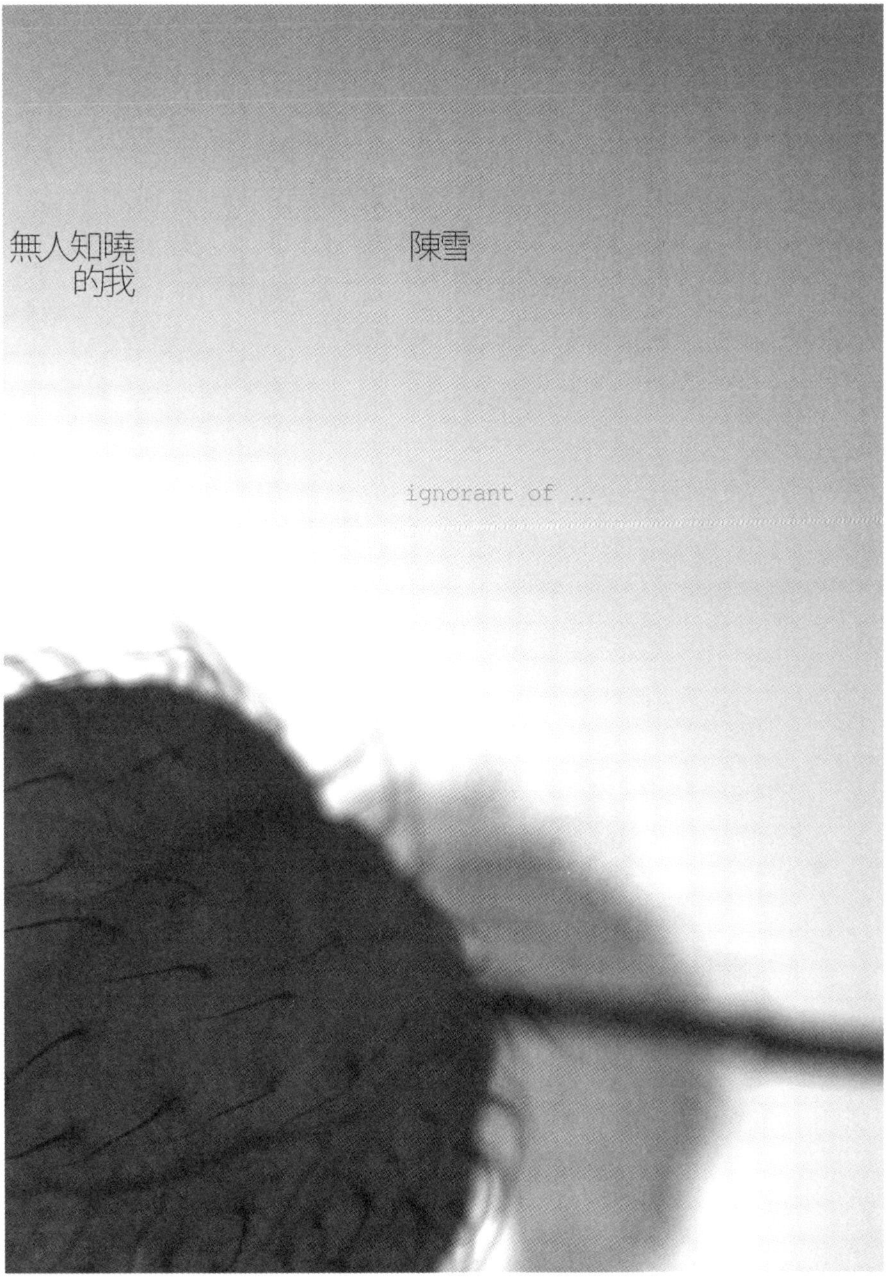

無人知曉的我 contents

1

第一部／兒子

005

那是一條寬敞而破敗的街道，街道兩旁稀稀落落幾個店鋪，我牽著母親的手慢慢走路，手心不斷地冒汗，周圍的冷風並沒有減緩我身上的潮熱，母親斷續說著話，聲音如同我記得的那樣溫柔，風揚起她頸子上長長的藍色絲巾，那是我爲她買的，這個女人我無法確定就是母親，因爲她大約只有二十幾歲，而我卻是現在這二十九歲的樣子，但那確實是母親的臉，並肩走著的時候我絲毫不懷疑，在上高中之前我跟母親總是這樣手牽著手一起走路的。

不知道我們走了多久，母親在我們兩個的手間夾著一條小手帕，如同年少時那樣，她的口袋裡總有這樣的手帕，每一條都曾吸滿我的眼淚或汗水，路上除了我們沒有其他行人，路邊的行道樹樹幹上密密麻麻停滿了麻雀，我們一靠近那些麻雀就紛紛撲翅飛起，路邊幾隻狗動也不動地躺著曬太陽，這樣的街道景致清冷怪異，但我們卻好像再熟悉不過那樣安心地並肩走著，「好渴啊！」我喃喃自語，她突然停下腳步，眼前有家掛有可口可樂招牌的小店鋪。

「你在這裡等我，我去買個東西給你喝。」母親放開我的手快步走進那家小店，我倚靠路邊的電線桿抽菸，一架老舊的腳踏車停著，我試著去轉動那看起來生鏽卡死的腳踏板，鏈條發出喀啦喀啦的怪聲，我跨坐在椅墊上想踩動腳踏車，發現後輪上了鎖，我一邊玩弄著腳踏車一邊抽菸，過了好久母親都沒有出來，那時我才注意到店門口的木招牌寫著黑色的印度字，那個不知名的地方裡面的店員應該是外國人吧！母親或許會因爲語言不通而驚慌害怕不知所措，我擔心了起來，趕忙進去店裡找她，店鋪沒有點燈，暗黑中只見幾個黑皮膚的男女在櫃檯後面快速地包裝著桌上的貨品，刺鼻的薰香味瀰漫，我問：「有沒有看見我媽媽？」一個纏著白色頭巾的男子嘰哩咕嚕不知說些什麼，幾個人圍上來七嘴八舌地討論但我全然聽不懂，人群中的一個女人突然走進了店鋪後面的小間，不久後那人捧著一個透明的壓克力箱子，吃力地蹣跚走出來，她將那箱子交給我，我驚見縮成五分之一大小的母親蜷縮在那箱子裡。我把臉頰貼著那個玻璃箱用力猛看，母親雙手抱膝蜷曲成胎兒姿態，臉龐正對著我，我與她只隔著一層玻璃，冰涼的觸感頓時像要刺穿我的皮膚，「媽，你怎麼了？」我驚慌地喊叫著，母親一動也不動，緊閉雙眼，像是死去了一樣。我四下摸索想要打開那個箱子，卻找不到任何可以開啓的方法，玻璃箱外有個小小的黑色壓克力板寫著「李美雲」三個字，那確實是我母親的名字，但爲何變成這樣子？這個標誌著母親名字的箱子究竟是什麼東西？那縮小蜷曲如胎兒的東西怎會是我母親？不對不對，這是作夢吧！一定要設法從夢裡醒來否則我跟母親都會被困在這裡，我大聲喊叫，跟周圍的人求助，那些膚色黝黑的男女一個一個消失不見，只剩下我跟箱裡的母親獨留在那個陰暗的店鋪裡。我頹坐在地許久許久，懷裡捧抱著那個箱子，再沒有其他辦法了，我握緊拳頭從箱子的側面用力撞擊，我要敲破這個玻璃箱將母親救出來，拳頭撞進玻璃時感覺到刺痛，鮮紅血液比想像中還要劇烈地噴出來。好痛！

我便在這樣的劇痛中醒來。

這是夢，在夢裡我一直清楚知道那只是夢，一切都不是眞的，但即使知道那是夢我依然驚慌失措，在清醒之後仍被夢裡那怪異的畫面糾纏著，那是怎麼回事？

我已經有八年沒見過母親了。

醒來的時候是凌晨四點四十分，床頭櫃上的電子鐘黑幽幽的畫面上出現 4:40 這幾個紅亮的數字，喉嚨好乾渴，想起來喝水但我卻摸了香菸點上，才吸進一口煙就忍不住咳嗽了起來。在一旁的清美被咳嗽聲吵醒，「怎麼了？」她緊張地問我，浴室門口的小燈映照出她白皙的臉，二十六歲的清美有張光滑白淨的臉，但此時看來卻讓我毛骨悚然，因為跟夢裡的那個女人十分相像，我將香菸扔進菸灰缸，兩手用力將清美翻過身去，沒有任何前戲愛撫只以唾沫輕微潺濕便進入了她，快速而用力地抽動身體，兩手拉扯著她的頭髮，平時的我並不會這樣粗魯對待她，可這一次我無法控制自己，清美好像感覺到什麼不抵抗也不拒絕，只是發出一種聽不出是歡愉或痛苦的劇烈呻吟，在我身體底下激烈地抽搐抖動，射精之後我從背後抱住仍在顫抖著的她，幽暗裡她細瘦的背脊彷彿要被光線折斷了，那樣柔弱的線條好像在控訴著我的罪行，我忍不住想要逃出這個房子，無暇顧及清美的感受便換了運動衣褲鞋子決定去跑步。

我家附近有一個很小的三角公園，我從我住的公寓開始沿著馬路邊的人行道一直跑到那個三角公園，每天早上公園都被做運動的人占據，打太極拳的老人、肚子上一圈肥油全身抖個不停地在練外丹功的中年婦女，有個臉上長一大片青色胎記的瘦皮猴男人遛兩條沙皮狗，這些人讓我好厭煩，在公園外圍繞三圈之後，穿過大排水溝直達一公里外的圖書館，巨大而嶄新的圖書館才剛開幕幾個月，說是慢跑但我跑得速度太快了，像背後有什麼在追趕般沒命地快跑，沒到圖書館門口我已經氣喘吁吁，用毛巾擦過汗之後我就停下來抽菸，在心臟依然激烈跳動的時候猛烈地吸菸感覺好像立刻就會死掉。不過當然並沒有死，只是想吐。

天色逐漸透亮，周遭的晨霧嘩地散去，從圖書館的空曠望著晨霧散開的城市街景，房屋車輛行人緩慢模糊地在視線裡晃動，我一根接著一根抽菸，在夢裡也是這樣，依稀記得我的腳邊落滿了長短不一的菸蒂，在等待著母親出來的時間裡我不斷地抽菸，抽到胸口悶痛不堪，但我體內腐敗的一定不只是我的肺，已經很久不曾這樣混亂了，夢裡的母親要告訴我什麼嗎？在我已經離開的那個屋子裡發生什麼事情了嗎？路上開始出現較多的行人與車輛，如果現在開車上高速公路，五十分鐘就可以到達我母親跟妹妹居住的地方，這麼近的距離我卻到不了，長久以來許多次我想著那畫面，在巷子口的雜貨店附近停好車，拐進巷子，右手邊第三棟三樓之二就是我家，那棟老公寓的大鐵門一定鏽蝕得更厲害了，我掏出口袋裡的鑰匙開門，然後爬上三層樓梯就會到家，但如何去推開那扇老舊的門卻是難題，每次想到這個地方我就會開始頭痛。搞不好他們已經搬家了，繼而我又這麼想，右腳截肢的父親上下樓不方便，或許母親會搬去一個有電梯的大廈，或者更鄉下的透天厝，只要能夠讓父親開心的事她什麼都願意去做吧，但跟妹妹見面或電話裡不曾提過搬家的事，可是一出現這念頭我忍不住站起來開始四下亂走。

我不能看見那個我辦不到。

離家這麼多年，不知母親已經變成什麼樣子了？但我記憶裡最清晰的景象卻是與她在深夜裡去尋找父親的畫面。那個年輕的少婦頂著大肚子牽著年幼的兒子，在那些酒家與賭場，一家問過一家，卑屈而執拗的模樣。這個畫面一出現緊跟著就是一連串我無法阻止的混亂，關於母親，有更多更多我無法正確形容的情感壅塞在心裡使我忍不住拔腿狂奔。

新落成的圖書館外頭一整片大草坪上立著兩個大型不鏽鋼的裝置藝術，一個像馬，另一個像龍，蠢透了的造型，我沿著建築物繞了幾圈，又回到大門前坐在那隻馬的前腿像蹄的凸出物上，用力把香菸按熄在周圍的綠草上，手指觸摸著那些草有點濕，香菸一下子就熄滅了。

清晨時刻，我以激烈的跑步讓自己醒來，我總以這樣的模式應對著從惡夢中醒來的感覺，激烈的性愛與猛烈的跑步，那其中隱含著某種類似暴力的東西，無數次我幾乎要被自己體內那不可以理喻的什麼給撕裂，那到底是什麼呢？

回到家時清美已經梳洗完畢坐在床鋪上發呆，她說：「剛才你妹妹打電話來，她說你爸爸過世了。請你立刻打電話給她。」

噢，我點點頭，走進浴室洗澡。

那傢伙終於死了！鐵製花灑洩下大量的熱水沖刷我的身體，我不斷這樣想著，那傢伙，一定是先截除身上的四肢然後眼睛失明腎衰竭肝壞死，所有器官完全報廢之後死去的，熱水蒸汽霧濕我的眼睛，我等這一天等了多久啊！可惜沒能讓我看到他斷氣的樣子。

但我卻感覺悲哀得想要嚎叫，我奮力地搥打著浴室牆壁，那傢伙即使死了還是比我強，我不管用任何方法都不能毀滅他，他變得越是悲慘母親只會更加憐惜他，等到他死了母親就會無止盡地懷念他，在心裡不斷把他美化，忘卻過去他加諸她身上的痛苦，只記得父親年輕時美好的樣子，死去的人並不會變老變醜，甚至不會變壞，在生者的記憶裡會自動過濾篩選過往的醜惡，抹去傷害，慢慢地將死者復原成爲最初的樣子。但最初的父親是什麼模樣呢？

在浴室花掉很長時間我才恢復鎮定，我撥通了妹妹的手機，問妹妹父親何時出殯，她說還要看日子，現在家裡一團亂，妹妹的未婚夫長她五歲，父親的後事就由他幫忙安排，我祖母還在世，父親的幾個姊妹也都在，接到消息後他們一定會出面干涉，我絲毫不想介入，本來我還以工作太忙爲理由不想回去奔喪，但我才一開口妹妹就哭了出來，「你連這種時候都不肯回家嗎？」突然想起童年時背著妹妹到鎮上去買東西的情景，那小雜貨店門口遇見了正在賭博的父親，他像把玩什麼玩具一樣把妹妹抱了去，一下又一下將妹妹拋向空中然後接住，父親自己樂得哈哈大笑，妹妹則害怕得哇哇大哭，那景象仍歷歷在目，這個小我六歲的妹妹愛哭愛鬧身體又虛弱，長大後卻成了健美標緻的姑娘，一邊努力打工賺錢一邊上學，讀到了研究所，無論如何都不像是我們那個醜怪家庭裡的產物，是個非常健康而明朗的好孩子，她獨自留在那個我自己都待不住的荒謬家裡，卻以無比的能量存活下來而且活得那麼好，這樣的一個妹妹叫我如何對她冷漠，爲了不讓她繼續哭我便答應日期訂好我就返家。

「你還好嗎？」清美問我，我搖搖頭，「沒事。」

如同往常的作息，早餐時間是我們相處最好的時候，經常是在早晨做愛之後一起沐浴，然後共進早餐，夜晚的性愛總會讓我陷入低潮陰暗之中，甚至可以說夜晚的我是不願意讓她看見的樣子，長年來的惡夢，睡眠裡爆發歇斯底里大叫，讓我一直無法跟人親密，我記得交往之初，一次夜裡被巨大的聲響驚醒發現清美跌坐在床邊地板上，她告訴我是我突然大叫然後把她推下床，那時我以爲完了跟她也是不行的，但清美卻展現出令我驚訝的柔軟與堅定，接下來的兩年情況卻變成是我依賴著她無法離開。

每天早上在廚房裡她負責烤土司煎培根炒蛋，我負責煮咖啡，在餐桌上談話聽音樂，吃完早餐後我會開車先送清美去上班我再到公司去，她在一個幼稚園當老師，而我在一家廣告公司寫文案，她上下班時間固定而我則常加班跟應酬到夜深，我們各自回家，每個星期六日是我獨處的日子，清美會回去她哥哥家住，那兩天裡我們不打電話也不見面，我不是開著車子到處亂晃，就是去游泳，星期日晚上我跟清美回到那屋子，便又開始一個星期的家常生活，我交往過的女人只有她能接受我這種怪異的習慣，也是我這多年來感覺最穩定的時候。這兩年來都是這樣度過的，這一天沒有道理跟以往不同，在前往幼稚園的路上清美問我：「你父親是怎樣的人呢？從沒聽你提起過。」

「沒什麼好講的。我小學時他就離家了。」我轉動著方向盤，眼前突然一陣昏黑，胸口悶痛不能呼吸。我趕緊將車靠向路邊，清美握著我的手，以非常溫柔的聲音說：「深呼吸，沒關係的，忍耐一下就好了。」她並不知道我爲何會如此，但同居這段時間我發作過很多次，大多是在夜裡，起初清美堅持要送我去急診，後來她知道只要讓我休息一陣子就會恢復。

但這一天我卻感覺死亡不遠。我感覺即使連清美也無法再穩定我了，實際上應該說我一直靠著清美的柔軟包容與執著來讓自己感覺穩定，但現在已經沒辦法了。死是什麼呢？一個人畢生的仇敵已經死去，最鍾愛的人已經背叛，可以為之付出的對象早已離開，那跟死有什麼兩樣？但那畢竟不是死，而是一種可恥地活，我無法對清美說明這個，曾經我以為只要緊緊抓住她我就可以感覺活著的動力，我願意為她做任何事，至少我這樣想著，那種意願支援著我，讓我相信自己仍有價值。

不對不對。已經行不通了。

出殯的日子訂在一星期後，接下來幾天裡我都請假，之前沒休的年假加上喪假，我打算休息半個月，那種什麼都做不了的感覺又出現了，而這一次我卻無計可施。

那傢伙死了，這不是我一直等待著的一天嗎？當這一天來到我卻無比驚慌，此後我要面對的是什麼呢？

臨睡前我跟清美說要出門去旅行，「開車小心點，」清美這麼說，「請你一定要回來好嗎？」在床鋪上她緊緊擁抱著我，交往以來她不曾展露出這樣的不安，那時我還不知是為了什麼，「我很害怕，這次你離開好像永遠不會再回來了。」她一直嚶嚶地哭泣，我本想跟她說不要胡思亂想，辦完喪禮我就會回來的，但我卻說不出口，父親死了，這對我而言不能說不是件大事，我所感受到的並非喪父之痛，這甚至可說是我一直以來期待的事情，可是我卻沒有想過眞正實現的時候我該怎麼辦，未來的我將再也無法如之前那樣運作下去了，這應該就是清美感受到的東西。

而且我必須回去面對我母親。

離家之後我有一百個理由可以若無其事地回去，但是我沒有，每次跟妹妹見面時我不允許她提及母親的事，可是母親也從沒寫信或打電話要求我回家，這不是再簡單不過的事實嗎？我以爲是我抗拒著見她，實際上卻可能是她先阻斷了我見她的可能，這或許不合常理，從小與母親妹妹相依爲命長大，爲何母親會將我驅離呢？但我知道確實是那樣，那天當我推開家門往前走時我希望她開口挽留我可是她沒有，我感覺到她在窗戶邊看著我走出那個巷子，但我回頭時卻不見她的蹤影。八年了，這是多麼漫長的時間。

接獲父親死訊後那幾天我一睜開眼睛就開著車子在城市裡打轉，然後開上公路，開一兩個小時然後繞下交流道進入市區，肚子餓了就隨便找點東西吃，天黑了就到廉價的旅館住宿，獨自在那個陌生的城鎮黑夜的街頭閒逛直到腳走累了才回去睡覺，重複著這樣的舉動讓我記起三年前曾經跟清雄開車橫越美國加州的事，清美的哥哥清雄是我唯一算得上朋友的人，父母雙亡的他們多年來一直住在一起，我車禍受傷那段時間借住在清雄家中因此認識了與他相依為命的妹妹，我傷癒回到自己的住處，一次清雄帶著清美來看我，我看得出他有意將妹妹託付給我的決心，但我卻遲遲無法接受，在同一個屋子裡相處的那一個月裡，我可以清楚感覺到清美對我的感情，在我離開之後她仍經常打電話給我，無論她怎麼約我我都不肯答應，不是我不喜歡她，她身上有種極為吸引我的特質，那反而讓我驚慌退卻，在一個下著雨的夜晚清美獨自到我家來敲門，淋了一身濕透的她微笑著說：「打擾了！」進屋時那張乖順與瘋狂交織的美麗臉龐使我迷醉，我將她擁入懷中，柔軟而小巧的身體卻發出不可思議的力量，彷彿從我的肌膚表層滲透進肌肉與血液，不斷不斷注入了一種柔韌卻強大的能量，讓我從腳底到頭頂都在顫動，從那天開始，不知有多少次只要擁抱著清美我便泫然欲泣。

多年前那次旅行清雄是攝影師我是文字記者，之前在同一家雜誌社工作我們一起去過許多國家，合作過的攝影師我跟他最處得來，因為不管去什麼地方採訪都不用為了使對方感覺有趣而寒暄打屁，但我們卻是因為那次美西之行而有了奇異的交情，沙漠公路一逕單調空曠的景色使人陷入麻醉的狀態，一路上我們輪流開車、不斷抽菸，聽著收音機裡傳來的音樂，一直都沉默寡言的他卻像失控般不斷從嘴裡吐出令我驚訝的言語，他告訴我他的父母就是在從洛杉磯到拉斯維加斯的路上車輛翻覆而喪生，愛好旅行的雙親經常把年幼的兒女放在家裡給傭人照顧，一出門就忘了回家，最後一次他們在美國旅行了兩個半月，在異國喪命，但清雄卻相信他們兩人是被那突然交錯的時空某處吸入，那一次他們並不是死去，只是回不來了。到達拉斯維加斯時麻醉感達到頂點，清雄說：「就是這裡我曾經在這裡失去過自己。」

他神色飄忽地停好車，那時是傍晚，眼前所見使我深吸了一口氣，那個人造的城市猶如幻夢，那些不見天日卻有人造天空、隨時間不同而有光影變換的飯店長廊，沙漠裡出現的巴黎鐵塔、威尼斯運河、埃及金字塔，如放大的小人國，水光燦爛、五彩繽紛，奢華得令人不敢置信，天眞幼稚卻讓人著魔，一時間我們兩人都陷入迷醉，不是因爲美景或豪華的飯店賭城，而是那種海市蜃樓的虛幻，那彷彿是我們人生的縮影，是我們命運的基本色調，我們的父母其中至少都有一人是這種瘋狂虛幻的性格，我父親如此，而清雄的父母則兩個都是，父母車禍身亡那年清雄十五歲清美十歲，她的記憶與清雄截然不同，在清美的理解裡那就只是一件悲劇，因爲父母長年不在家，清美反而跟照顧她的奶媽感情深刻，失去父母的傷痛在她身上留下的痕跡我無法辨識，我從來不理解她爲何可以展露出那麼光燦的笑容，彷彿任何傷害都不會在她身上留下痕跡。但那件事對清雄來說卻成了無法解開的迷惑，「我必須回來看看。」他說。「我要親眼看見使我父母消失的地方。」

清雄在退伍那年終於回到賭城，浸泡在那不見天日的賭場飯店豪華秀場，一家住過一家把信用卡一張一張刷爆，直到把他父母留下的保險理賠金跟遺產幾乎都花光。「花掉一千萬根本不需要很長的時間，那過程簡直快得像一場夢。」清雄的眼睛有一眼曾被玻璃刺傷，眼球裡有個閃電形狀的刮痕，他說這些話時那刮痕便閃著光芒。他說一開始因爲出手大方飯店給了他貴賓招待，有輸有贏但錢還是花得很快，每日遊魂一般在觀光客裡走動，有一個年老的白人約翰從一開始便緊跟著他走，吃喝都賴著他，他從最貴的房間住到次等的，然後連賭城的飯店都住不起了，就到附近的汽車旅館住，那個約翰在他沒錢之後還是緊跟著他，每日他仍繼續招待約翰老人去吃一頓十元美金的吃到飽自助餐，請他喝啤酒，給他零錢讓他玩吃角子老虎，讓約翰把他身上僅有的錢慢慢花完，約翰對他說自己已經在賭城打混十多年，這些年來他不曾離開過賭城一步，這個海市蜃樓是他唯一的去處。「你不可能離開這裡了，」老白人用著被酒精跟香菸弄壞的粗啞嗓音對他說，「你跟我是同一種人！」老人酒後嘟囔重複的字句像個咒語不斷打進在他心裡，是的沒錯，清雄說他那時感覺這裡就是他想要待的地方了，在那些煙霧瀰漫的大廳裡，各色人種語言交雜，此起彼落的吆喝聲，下注，離手，開牌，生命竟可以用這樣的方式消耗，好像再也不會痛苦了，他想就算沒錢了，簽證到期了，去偷去搶去賣屁股他都可以在這裡生活下去，直到一天他看見一個日本男人摟著一個非常年輕的白人妓女晃過他眼前，那個女孩子的眼神讓他想起在台灣年幼的妹妹，老天他竟然忘了他妹妹，突然間眼前所有一切瞬間破滅，那原本可以將他吸引吞食的巨大幻影裂開了縫隙，他知道是該走的時候了。「可是有一部分的我已經在那裡死去了，」清雄對我說，「剩下的這一半是爲了我妹妹而存在的，這是我的責任。」

清雄對我說完這些的時候我的意識又回到了那個從家裡倉皇逃出的清晨，那時的我也感覺自己已經死去一半，但剩下的一半我卻沒有信心是爲了誰而活。在美國的日子裡我們白天工作晚上喝酒，跟對方說了一輩子沒說過的那麼多的話，有一次大醉之後我們都吐了，一手扶著浴室的牆壁一手勾著對方，廉價旅館簡陋的浴室裡四周瀰漫濃烈的嘔吐物氣味，我們用力拍打著對方的身體，在浴室裡扭打，衣物都沾染了發臭的穢物，清雄突然抱著我開始放聲大哭，我才從那迷離的情境裡清醒過來，該走了，我想，這個男人會把我殺掉的，我像當年清雄推開那個老白人那樣推開一直要把我吞進痛苦往事裡的清雄，但我要帶著他回台北，我知道若我撇下他，他一定會死在這裡的。這些事都過了好久好久，但卻在這單調的無目的車程裡一次一次將我襲擊，清雄說過的話語跟我自己的過去全部混雜在一起，當時我將他帶走了，但此時誰能將我帶走呢，我如此開著車子往前奔馳，但我又能到哪裡去。

關於我父親母親，像一部老電影在我記憶裡重複播放，每一個細節我都牢記，都被我扭曲過，都縮小過，被勉強移植，重新建造，像那個沙漠裡的城市。這樣歪斜的故事我無法對別人訴說，但卻在那次旅程裡對清雄說過，我懷疑那正是他之所以把清美交給我的原因。

那是個再老套不過的鄉野故事，我父親長得俊美，母親則非常秀麗，有這樣的遺傳我自然也長得好看，但自小母親總是擔憂著什麼似地望著我的臉，喃喃自語著：「我不要你成爲你父親那種美男子。」有時她會拿眉筆在我臉上胡亂塗畫著。年少起就有女孩子開始寫情書給我，碰上大膽的學姊也曾被拉到校園一角緊摟住不放，但我一直憎惡著自己的臉，那與父親越來越相似的濃眉大眼，漆黑濃密的睫毛，窄而薄的嘴唇像女孩子一樣紅艷，那張讓母親愛恨交織的臉也是我不喜愛的臉。

清美或許是第一個不是被我的外貌吸引的女人，認識她的時候我因爲醉酒騎摩托車撞車，一張臉腫脹青紫，連鼻樑都撞歪了，雖然不至於到毀容的地步，但右邊眉毛多了一個明顯的疤痕，可是我反而喜歡自己這樣的臉，我終於變成跟父親母親都不一樣的長相了。

祖父是我們鎮上知名的診所院長，身爲有四個姊姊的獨生子，父親放蕩成性是被周圍人寵壞的，有個大肚子女人在我們家診所後院的榕樹上吊，傳說那女人懷著祖父的孩子，這事發生之後診所一直因爲鬧鬼的傳聞生意逐漸凋零，祖父開始酗酒賭博，拖磨了幾年，到我三歲那年祖父終於抑鬱而終，從小不愛讀書只愛彈吉他賭博喝酒的父親並無法承繼家業，祖母作主把診所賣了，不到五年的時間父親就把繼承的龐大家產全數散盡。靠著那些嫁做人婦的姊姊們暗地的資助，靠著我母親開的牛肉麵店，靠著一個又一個女人的供養，我所知的父親不曾爲賺錢而工作過。

母親是附近的小吃店老闆女兒，國中畢業沒有繼續升學就在家裡幫忙，冷豔驕矜的母親是店裡男客流連不去的主因，經常到店理光顧的父親與他的同夥在一場飯局裡用兩打花雕決定了母親的未來。

父親跟他的拜把打賭要誰能先把上我母親，輸的人要罰兩打花雕，只是惡作劇的心情，但父親果眞快速把上了我母親，以看電影爲理由在後山的樹林裡占有了她，連續一星期母親跳上父親的機車隨著他到處去，最初的浪漫在母親懷孕之後破滅，母親以求死的決心逼迫父親娶她，那時他們才十九歲，父親作夢也沒想到他浪蕩的生活會栽在一個看似柔弱卻固執的女人手上，婚後父親就到外島當兵，等他退伍之後我已經兩歲。那樣的結合爲什麼足以支撐母親這許多年呢？我不明白。

我外公以爲女兒即將嫁到醫生家裡過著好日子欣然同意婚事，祖父擔心母親尋短鬧出人命所以對父親施壓，父親以爲只是辦個婚禮婚後照常可以玩樂，但母親呢？我一直不懂母親爲何會愛上父親，我看過父親年輕時的照片，一頭凌亂長髮破洞襯衫與牛仔褲，斜倚在碼頭前面的柱子上，他身後隱約可以看見一艘大船，他臉上又邪又野的眼神好像燃燒著兩團火，他原本打算拿著分來的家產環遊世界，「卻被你們綁住了，」他總這麼說，我想他打心底埋怨母親將他從一個有無限可能的浪子變成一個帶著孩子的父親。母親說父親退伍後似乎還勉強在家裡待上一陣子，繼承遺產後跟朋友又興起投資什麼生意，做這也不成，那也不成，脾氣越來越暴躁，遺產都敗光後他索性露出本性，不再忌憚自己爲人夫人父的身分，豁出去般地玩野了起來。

我童年時父親總是在外浪蕩徹夜不歸，偶爾在家裡也只是睡覺或喝酒，許多個深夜母親將我從床上叫醒，拉著我的手走很遠的路到鎮上的酒家跟賭場去找我父親，母親總是欠著身跟門口的服務生詢問，一再地跟對方致歉，頭低得不能更低，對方說沒看見父親，但她仍不死心地非得親自進去看看不可，就這樣一家接著一家去找，有時會找到喝得醉醺醺的父親，攙扶著他叫車回家，有時沒找到人，母親悻然地轉身回家，一路上她既不跟我說話也不再握我的手，她走得好快，我必須在後頭小跑步地追趕著，她好像根本忘記了我的存在，每次經過轉角我就好擔心母親會消失不見，然而不多久她卻在前面等我，抱住我的身體哀哀痛哭，那樣的夜晚好像總也沒有止盡，我記得母親懷著妹妹的時候也依然這樣四處去尋找父親，挺著大肚子的她吃力地走著路的背影，兩腿微張，因水腫而腫脹發疼的腳上套著一雙過大的拖鞋，我在她身邊看她蹣跚而慌張的模樣，心痛得不知所措。

母親爲了讓父親留在家裡不四處尋歡而準備了好多酒菜，有一次她甚至刻意化妝打扮，當父親跟朋友在客廳裡大聲喧譁著喝酒划拳時，母親突然濃妝豔抹穿著暴露的衣裙從房間跑出來，當母親用托盤把水酒端到客人面前時，父親暴怒地掀翻了那個托盤狠狠揍了我母親，那是我見過父親唯一一次打了母親，因爲她那樣怪異的衣著與父親暴怒的舉動在場的人都傻住了，我跑出來擋在母親面前試圖阻擋父親那不斷落下的拳打腳踢，父親狠甩我一巴掌，轉身帶著朋友拂袖而去。

在人潮已經散去的客廳裡，散落桌面與地板的紙牌、葵瓜子殼、酒瓶、菸蒂發酵出一種猥褻氣味，母親一直躺臥在地板上，掀翻的酒水濡濕她臉上的妝，渙散出扭曲的汙痕。多麼不堪的景象，我母親曾經是那麼美麗驕矜的女人，素顏的她婚後仍保有少女的身材與潔淨的氣息，即使年幼如我也可以看得出母親內在的敗壞如何毀損了她的信心，因爲家貧而無法繼續讀書的她即使長年在油煙密布的小吃店端麵洗碗包水餃也不曾使她自卑，但我父親的舉動卻讓她將自己裝扮成一個酒家女，這是什麼道理？那不久後父親終於正式地離開家了，那時我十歲妹妹還不滿四歲，父親在鎭上跟一個開美容院的女人同居，我見過那女人幾次，頂著蓬鬆大捲髮的胖壯女人，年紀似乎比父親還大，笑起來會露出紅紅的牙齦，粗俗而醜陋，總是菸不離手，滿嘴髒話，父親好招搖地騎著摩托車載著那女人到處亂逛，父親寧可跟這樣的女人在一起也不願意待在家裡，鎮上的人起初是訕笑，但後來卻變成對我母親的輕蔑。

即使就住在同一個鎮上我們也從不見面，父親從美容院老闆娘到酒家媽媽桑又換成麵攤老闆娘、五金行老闆娘、魚販的老婆，我們這個鎮的寡婦特別多，幾乎人人都被他睡過了，他總是揀選那些老醜寡居做小買賣的婦人，無賴似地窩居在人家店裡，白天不睡到下午絕不起床，晚上不是喝酒打牌就是騎著他的野狼125在鎮上呼嘯而過，即使住到女人家裡他依然不改風流的本性，我記得有次與母親到市場，遠遠看見父親在賣魚的攤位前跟人打撲克牌，那時他應該是與專賣海魚的阿滿在一起，他坐在一張板凳上，膝上坐著一個小女孩，父親一手捉著小女孩的髮辮一手翻牌，那樣的神情之溫柔是我從未見過的，母親站在離攤位五十公尺的地方突然全身開始顫抖，「你去前面阿勤叔那裡幫媽媽買魚，他知道媽媽要買什麼。」她把裝有零錢的小布包塞進我手裡轉身就快速離去。

每個人都看到我了，甚至連父親也看見了，他繼續把玩著小女孩的髮辮，沒有直視我，我低下頭快步走過他眼前，感覺整個濕濘的市場道路幾乎要燃燒起來。

最後一次他鬧的醜聞是跟一家旅社老闆娘勾搭上，卻又睡了人家的妹妹，結果兩個女人大打出手，爆出父親盜用了旅社的錢，鬧進了派出所，之後他就徹底離開了這個小鎮，此後音訊全無。

在父親人間蒸發後的幾年裡，我讀完小學、國中、高中，我並沒有感覺被父親遺棄的悲傷，即使面對同學的冷言嘲笑我也不覺難過，因爲那樣的父親我並不想要，他離開了我們居住的小鎮我才感覺到安心，至少母親再也不用四下去哀求別人告知她父親的行蹤，不用再看著父親與其他女人囂張的行徑，忍耐著祖母跟姑姑們上門來計較數落她作爲一個妻子的不夠格無法拴住自己的丈夫。從我懂事以來腦中有個迴繞不去的信念便是，我想要成爲比他更好的人，絕不使母親傷心難過，從童年進入少年、青年，這信念支援著我度過任何難堪的時刻，我認眞讀書、運動、打工，用每一種我可以想到的方式鍛鍊自己，我耐心聆聽母親每一句話，觀察她臉上每一個細微的表情，所有父親虧待她錯待她的我都要將之修正補齊，我在十五歲的時候就可以獨自做出一桌子的菜，會洗衣服燙衣服整理家裡跟庭院，我每天打籃球、跑步，每日早晚各做一百個伏地挺身跟仰臥起坐，身材迅速抽高變壯，我要成爲母親可以依靠的對象。

我們三個在被父親離棄之後活下來了，匆匆許多年經過，白天母親工作我上學，下課後我們各自快速返家，將外界一切都隔絕，妹妹感覺上就像是我跟母親的孩子，有記憶以來就是我揹著妹妹跑到工廠門口等母親下班，母親那些年都在一家成衣廠當女工，晚上還接些代工回來做，妹妹容易發燒，一發燒就哭鬧不休，我就抱著妹妹哄，陪母親工作到夜深。

省吃儉用多年直到我上高中後母親終於攢下頭期款買了一個三房的老公寓，我們三個人各自有了自己的房間，但到了深夜母親都會來我房裡到床上來跟我說話，有時就在我身邊睡著，清晨她會悄悄回到她自己的房間。時間在我與母親之間並不存在差異，我們遵守著一種未曾說出口的默契，不離不棄，無論發生任何事都不會拋下對方，我的體型高大卻心思細密，或許是因爲把所有心力都投注在母親與妹妹身上，母親一皺眉一撇嘴我便知道她的心思，我常說笑話逗她笑，工作累乏了我就幫她搥肩揉腿，我趕聯考時壓力大，母親也都陪我讀書到天明。那是我生命中最恬靜美好的歲月，反倒是妹妹一天一天地長大提醒著我們時光飛逝，我直到高中畢業都一直是通車上下學，大學我只要沒課的日子就立即搭長途巴士回家，寒暑假更是完全住在家裡，因爲所有閒暇時間我都在照顧母親跟妹妹，既不參加社團也不去聯誼，課餘時間我除了當家教就是在運動，晚上就戴著耳機在宿舍裡讀書寫報告，我幾乎沒有任何稱得上朋友的人，可是我不在乎，對我來說這世界上最重要的人就是等著放假帶著打工的薪水趕回家去。

我以爲生活便會如此下去了，等我大學畢業，找一份好工作，就要帶著母親跟妹妹離開這個充滿痛苦回憶的小鎭，擺脫小時候的貧窮難堪，擺脫父親帶給我們的傷痛，我自信我能夠做得到。

然而十九歲那年父親突然回到我與母親的家裡，我所計畫夢想的事全部破滅。

像流浪狗一樣被女人掃地出門，身無分文，因爲痛風臉上關節上都長滿小腫塊的他已不再是風流倜儻的男人，猥瑣老醜的樣子令人不敢正視，但我母親卻收留了他，父親嚴重變形的腳掌塞不進拖鞋，成天以腳痛爲理由偎縮在沙發上看電視，已經完全變成一個廢物，我看著母親拿著熱毛巾蹲在地上擦拭著父親扭曲的腳，她臉上有著我無法理解的表情，那是自己的丈夫終於不會再離家出走而感到安心的表情嗎？還是看見曾經羞辱自己的男人變成廢物而必須倚靠她而產生報復的快感？我無法分辨，然而我不能也不願看見那樣的母親，這個多年來與我相依為命的女人，這個讓我寧願被同學、鄰居嘲笑是「媽媽的小男人」依然癡心愛戀著的女人，她臉上那種順從變成我無法正視的怪異，這些畫面撕裂了我的心。

每個星期我回家總是看見他縮在沙發上看電視，食物的殘渣跟菸蒂散落四處，有時他一手還握著湯匙已經張著嘴巴睡著。「你為什麼不死？」我在心裡大叫著，「活成這樣子你幹嘛不去死？」我曾經一邊用力搖晃他的身體一邊大喊，父親只是露出他那種猥瑣的笑容，嘿嘿地猛笑著，「小夥子別生氣，你沒聽過禍害活千年嗎？」「有沒有菸給我哈一根？」母親趕忙從房間或廚房裡衝出來擋住我，就像多年前我擋住她那樣，但這個野獸似的男人再也沒有打我們的力氣了。

嘿嘿，他那種使我不寒而慄的笑聲，嘿嘿嘿嘿，將我整個人拖進了非常黑暗的地方。

與我交往過的女人都曾心寒地抱怨：「你不懂溫柔是什麼？」「你根本不愛我！」那些控訴的句子，像發臭的膿汁覆滿我的臉，歡愛之後她們倚靠著我的胸口臉上沁著汗水與紅暈，癡傻地呢喃著：「我好愛你！」「你愛我嗎？」「請好好對待我。」往往使我產生無比的憤怒與空洞，便又扒開她們的身體再次進入，激烈地撞擊著她們使她們狂叫呻吟，我所能做的僅是如此。

但我曾經那樣溫柔，在餐桌上，在廚房裡，在一個又一個尋找父親的深夜裡，在那些一起躺在床鋪上談話的深夜，我陪伴著母親，聽她說話，看她流淚，無論她對我傾倒什麼我都全數接收，我以爲那是她需要的，父親所給她帶來的傷害我要用我所有的能力去撫平。我一直以爲只要努力這樣的日子便可以繼續下去，然而眞相卻是那樣殘酷，當父親帶著一張醜惡的臉與襤褸的身體回家，母親就忘記了我的存在。嘿嘿，父親這麼笑著，母親便拿出香菸給他點上，用熱毛巾讓他揩臉，母親一面做著這些事一面對我揮手，「你別煩他了，他是個病人。」

嘿嘿，「即使我是個爛人也比你強！」我好像聽見父親這麼說，我知道我所擁有的頓時都失去了，這麼許多年來的努力，那些點滴建立的依賴，我與母親那種相依爲命、生死與共的親密感情，在一夜之間已化爲泡影。

離家的前一夜我從半掩的母親房門看到的景象，多年來仍會燒灼我的眼睛，那個畫面將我徹底擊倒，無論用什麼方法都無法再說服自己留下來，那夜，我從學校搭夜車返家，過年前的假期大塞車使我半夜才到達，拖著疲軟的身體準備進房睡覺，經過母親的房間看見半敞的門，我知道我不該偷看但我還是看了，我看見昏暗的房內床頭小燈亮著，母親裸著身體跨坐在父親身上，窗外的路燈照在她的身體顯得蒼白孱弱，散落的長髮隨著她起伏的身體晃動，跟她纖瘦的體型不相稱的巨大梨形乳房不斷地上下跳動，發出如烏鴉那樣恐怖阿阿阿的叫聲，母親扭動得那麼激烈使得木板床發出吱嘎的聲音，他們一定沒想到我會突然返家，或者是根本不在乎我會不會看見，那時的母親的心情是什麼呢？為什麼故意不關門？為什麼要讓我看見這樣的她？我打開他們的房門走進去，父親那張變形的臉掛在床沿，他看見我了嗎？或者我根本是個隱形人？母親的臉上有著一種妖豔淫蕩的神情，那是我從未見過的樣子，「這是怎麼回事？」我無法控制自己地大聲喊叫，然後奪門而出。

當時我腦中並陳的是另一個畫面，多年前有一次母親緊抱著我，不斷不斷地號哭著：「我好寂寞！」將幼小的我的雙手往她的胸乳探去，胡亂用力地搓揉著，那時的我曾暗暗對自己發誓，我一定要好好守護著悲傷而孤寂的母親，儘管我根本不知道我可以做什麼，只是任由她將涕淚縱橫的臉在我的頭髮跟臉頰上摩擦，她整個人像在尋求什麼保護般纏繞著我的身體，低垂的睡衣領口敞開露出大片雪白的胸部，母親努力想將我的頭按在她的乳房上，但我只是用力地緊摟住她，大聲對她說：「我一定會保護你。」

我不是都做到了嗎？我深深地愛著她，她難道不知道嗎？這許多年來我從未背棄她，但看過那一幕之後我就知道自己被母親背叛了。即使我已經成年，比父親高大強壯，她需要的依然不是我。在她心中我根本不是一個真正的男人。她想要的我給不了。但那是什麼呢？

我知道那是愛情。那個我不能給。即使我給了她也不能要。

但多年之後我赫然發現我生命裡經過的女人全都面目模糊，高中時我曾與一個女孩子交往，母親總是到鎮上的電影院外頭等我，每當家裡的電話響起，母親就會躲在廚房偷聽，每次約會晚歸，總會看見母親在沙發上蓋著薄被等到睡著的模樣，那時的我並不曾覺得她干涉過多，反而像是爲了刺激她一般刻意在桌上放著女孩子寫的情書、親手做的小禮物等，看見母親因爲嫉妒而扭曲的表情而感到一絲歡快。女人，我無法分辨女人與母親之間的關聯，我深愛的女人只有我母親，在心裡暗自許諾我絕不背棄她，但我卻無法再面對她了，太多細密交織的情感在我心裡糾結，連我自己都分辨不了。

父親返家後的第二年我便徹底離家了，這八年來我不曾回家，妹妹每隔一段時間會到台北來找我，我會給她一些錢，這些年來我輾轉流落在不同的工作與女人之間，有一天沒一天地過，直到我遇到清美。人要如何擺脫與生俱來的血緣，我不知道，有些東西種得太深了。一個無法接受自己身上流淌著的血液的人要如何生養自己的孩子呢？清美曾經告訴我：「不管你要做什麼都沒關係，但請不要放棄我。」我問她爲什麼，她說：「因爲我知道你需要我。」

我需要你但我無法給你什麼，我很想這樣對她說，我曾經有過無比的勇氣，我深信我可以對抗一切的惡意跟傷害，那時我有想要拚死保衛的人，可是後來我沒有了，我無法給她一個家庭，不管是婚姻或是孩子，那都是我不願意也不可能承擔的，我就是這樣害怕著許多事情，怕看見自己身上不斷重複的，會一直流傳下去的東西，一種被稱之爲血緣的東西，一個活生生的生命，與他人的連結。

我記起自己狼狽離家的那年，大學四年級，我從宿舍搬到學校附近的一個矮平房住，幾乎不上課，在一家自助餐廳打工，晚上就到電動玩具店消磨一整夜，那時我才驚覺自己這麼多年來竟沒有自己的人生，我沒有情人，沒有固定往來的朋友，也沒有社交生活，我一直功課都很好，過去二十年的生活裡我所想的只有照顧我母親，突然離開家把我整個生命都掏空了，這樣下去不行，那種巨大的空洞幾乎要讓我發狂，不久我開始跟電玩店的會計小雙約會，她幾乎每天都到我住的地方用她帶來的電鍋跟小型瓦斯爐做晚飯給我吃，漸漸地我發現小雙把越來越多物品搬到我住的地方，也幾乎都不回家了，我常在夜裡惡夢醒來，總是發現她張著一雙大眼睛凝視著我的臉，「爲什麼看著我？」我問她。「不這樣的話總覺得你會在半夜逃走。」小雙越來越瘦，總是驚恐不安的樣子，這種情況讓我更加不安，幾個月之後我大學畢業，我把簡單的衣物收拾好沒有知會她就搬走了。

此後的幾年裡我總在重複一樣的情節，遇見某個女人，約會，過夜，住到她家去，同居，然後倉皇離開，在清美之前的五六個女人都是這樣的結束，最長也不過半年。我無法感受戀愛的喜悅，卻又離不開那種陷溺的感覺，一個有女人的屋子，下班後會有個人坐在客廳裡等我，夜晚有個溫暖的身體可以擁抱，有人需要我，而我也需要著她，我可以帶給別人快樂，而對方也給了我慰藉，但一個月兩個月過去，某種不對勁的感覺就又出現了。工作也是如此，不管做什麼總覺得只是在消磨時間，只是在賺錢，我記得我曾經有遠大的夢想，但那些都已經失去了最初的動力，一個沒有熱情的人卻始終在接受別人給我的溫情，感覺自己像一個小偷。那也不過是因爲我有一張比常人俊美的臉孔吧！不想模仿卻重複著我父親的行徑，靠著吸女人的血窩囊度日。

人到底是靠著什麼活下去的呢？如果那是屬於自己的，爲何別人可以輕易地將它奪走？我想不通這些道理。

我幾乎將整個島都繞過一遍，有些我喜愛的小村莊我停留的時間較長，以非常曲折迂迴的方式繞行這個小島，直到出殯前一天傍晚我才回到家，想像中非常困難但眞正做起來卻很簡單，他們還是住在那個公寓裡，附近大馬路拓寬了，兩旁蓋了許多新的大樓商場，甚至還有一家百貨量販店，以前我搭公車上高中的那個站牌已經不見，景色依然灰濛，那些看來與大城市無異的麥當勞肯德基百視達 7-eleven 等商店點綴這小鎭的街道使之繁華，這已經不是我當年所生長的景象，我把車停在附近的停車場，慢慢徒步走回家，但轉進我家那條巷弄，那種殘破老舊卻顯得更刺眼，有人在小弄裡擺了一個檳榔攤，沒有穿著清涼的西施，只有一個中年男人在剖著檳榔，誰會在這種小弄買檳榔啊！有沒有搞錯？而我們家隔壁的一樓竟然變成了一家素食麵攤。我驚訝地想著那該不會是我母親開的吧？按對講機之前我看了那攤子一眼，是我不認識的女人。

妹妹幫我開了門，這幾十級樓梯我走得好緩慢，但還是到了。「哥！」妹妹看見我便撲到我懷裡大哭了起來，我聞到燃燒香燭的氣味，還有一種好奇怪的什麼，說不上來，原來是前面陽台上的茉莉花正開放著。

妹夫坐在客廳裡摺蓮花，有點胖胖的臉露出疲憊的神情，還是對我微笑，這個男人將是我妹妹的丈夫，之前見過兩次我對他既無好感也無厭惡，此時他在這個過於陰暗的狹窄客廳裡，卻有一種將我比下去的堅毅，他心裡一定冷笑著我吧！我這個拋棄長子責任的男人，憑什麼讓妹妹哭倒在懷裡呢？一切都太荒謬了。

沒有看見母親。妹妹說母親在殯儀館準備接香，晚上十點要換她去接，妹妹要我先休息一下，可否等會去幫母親替班。「你的房間還在呢！可以先去躺一下，」妹妹說。我一直都無法言語，那到底是什麼意思呢？妹妹臉上那種戰戰兢兢的表情，生怕惹惱我似地小心討好著，我就是給她這種印象的人嗎？不要想了，我的頭開始狂痛起來。

那個三房一廳的老公寓裡瀰漫照顧病人而產生的屎尿藥水等各種異味，彷彿父親的形影無處不在，陽台上的花草兀自盛開，神桌上的香燭燃燒殘落的香灰落在桌上，二十九吋電視立在矮櫃上，那個電視機簇新得跟周遭一切都不相襯，該是妹婿送的禮物吧！我對他們兩個點點頭便走向最裡面那個房間，那是我的房間，這些年來母親仍保留著我的房間那是什麼意思？

牆壁上到處貼滿了我讀書時得到的獎狀獎牌，我的照片，甚至是我收集的電影海報，書架上有一排一排的書本，木頭書桌上擺放著字典跟檯燈與一排瓶瓶罐罐的乳液化妝水和一個小圓鏡，牆壁高掛著一個籃框，書架頂端還坐立著一顆籃球，落地衣架上掛著母親的睡衣跟外套，那個房間像是一個雜種混合體，一半是我母親一半是少年的我，一個青年與一個老婦同居一室的氣氛，起初我只是站著，一件一件慢慢撫摸著那些物品，三坪大的房間整齊潔淨，但東西實在太多了，看似整潔的房裡有種擁擠而混雜的氣氛讓人感覺混亂，我拉開書桌的木椅，發現椅背上掛著一件毛線衣，我下意識地拿起那件毛衣，米色粗織的毛線衣已經脫線變形，這件衣服好熟悉？我曾經在夜裡伏在母親房間門縫看見她跪在地上用力聞嗅著一件衣裳，發出動物般悶叫，將那衣服緊裹身體做出摩擦夾蹭等動作，那件衣服，老天，那，那是我十五歲時母親織給我的，我竟然一直以爲那是父親的衣服。

我伸手推落那些乳液百花膏的瓶罐，心裡有個緊繃的弦正要開始繃斷，頭暈噁心想吐，我忍不住往床鋪上倒臥，卻發現床鋪上有一條怪異的被子，用無數塊小小方格布料拼貼而成，那一個一個小格子吸引著我的目光，我用手指眼睛辨認著那條被子，一小片一小片布料，有棉布T恤、運動服、卡其制服，白色黑色黃色花色卡其色，每一格都是巴掌大，然後我看見了我國中制服上印有學號跟名字的塑膠片，這些碎片都是從我的衣服剪下的，我應該知道但眞正看見自己的名字在那無數個碎片之間清楚浮現還是感覺震動，那是一條把我所有的衣服都拼在一起而成的百衲被，我和衣躺臥著，將那條被子拉到下巴緊緊覆蓋，身體無法控制地顫抖著，有些什麼刺激著我可是還不夠，我的頭不安地晃動，瞥見靠裡面的那個枕頭已經被睡得往中間凹陷，上面散落著一些長長的髮絲，那是母親的頭髮吧！我望著那個枕頭，想起曾有一夜我從夢裡醒來，我發現母親不知何時溜上了我的床，正面對著我熟睡著，兩手緊抓著我的睡衣，平時都梳理成髮髻的頭髮披散在枕頭上，黑白交織的髮色閃亮，我忍不住去撫摸她的臉，她只輕輕咂動了嘴唇，我便俯身將嘴唇覆蓋上去。

你想告訴我什麼呢？

我猛然想起一件事，那時我大學二年級，從學校搭車回家，夜裡我很興奮跟母親談論著學校種種，我們還開了啤酒來喝，母親也難得地多話起來，我大概是喝醉了，讓母親攙扶著到浴室去洗澡，我從小一直跟她在身體上很親近，所以讓母親解開我的衣服褲子並不覺得尷尬，但那天母親花了好久的時間才解開我的褲子皮帶，她的手碰觸到我的底褲我整個身體好像要炸開那麼疼痛，我不知哪來一股衝動將她壓在浴室牆壁上，俯身要去親吻她，母親用力地掙扎，掙脫我的懷抱之後卻突然湊上來用力在我的嘴唇上咬了一口，然後衝出門去。如今我回想才赫然驚覺那之後母親便不再與我親近，總是刻意跟我保持距離，後來我父親就回來了。

剎那間所有一切都翻轉，我記憶中那些使我眼睛疼痛心臟撕裂的惡夢，那些讓我嫉妒得快要發狂的畫面，我以爲母親抗拒著我是因爲她愛著父親，始終在等待父親回家，長久以來我始終因爲看到母親與父親歡愛的場面而痛苦不已，感覺被背叛，覺得那裡容不下我，但實際上卻是我與母親之間的愛沒有容身之處，我一直天眞地以爲那再自然不過，以爲我深愛著她如她深愛著我一切便該如此繼續下去，卻沒想過母親的感受。

這些年來我在每一個女人身上尋求她，而她卻在這個屋子裡渴求著我嗎？如我慾望著渴求著她一般，她也這樣渴求著做爲兒子的我嗎？被強烈的慾望撕扯，反覆反覆壓抑著自己，只有在深夜裡才能釋放的情緒，蓋著一條被毯需索著棉被的溫度，輾轉地磨搓著身體，那些無助而混亂的深夜母親徬徨的樣子突然來到我眼前，我這才明白母親接納了如喪家之犬的父親回家不是爲了愛他，而是想要躲避我。

老天爺！二十年了，這二十年來我們錯過多少時間，我們白受了多少苦啊！

但還來得及，我猛地從床鋪上跳起，身體裡漲滿了勇氣，我可以忍耐反正我們已經忍耐了那麼久，但我必須見到她。

我開車到殯儀館找母親，遠遠看見她高瘦的身影我心裡竟然沒有吃驚或激動，因爲我已胸有成竹，在那些姑姑姨婆等老婦之中我一眼就看出她，如我想像中那樣，歲月將她臉上的線條往下拉長，身體卻縮短了，依然紮得緊實的髮髻腦後服貼著，靈堂裡奏放佛教音樂，每個人都素衣素顏，母親老了，我迎向她，中間必須穿過跑來問候我的親戚，別人問我什麼我都溫和回答，這多年來折磨著我的那隻猛獸已經消失了，我走到她面前，「媽！」我低聲喊她，母親望著我，好像我每天下課回家都會進廚房找她那麼自然地說：「回來了啊！」耳邊別著一個白色毛線小花，臉上有淚痕，但卻不哀痛，然後開始交代我一同忙碌起各種喪禮事務。

我去看了父親的遺體，穿著壽衣的他看不出身體的殘破，或許是化妝或許嘴裡塞著棉花，他那異常瘦削的臉頰變得溫潤，已非我記憶中那種猥瑣的樣子。「此後母親與妹妹就交給我吧！」我這樣對他說，在周遭瀰漫的細碎哭聲中，我緩緩淌下眼淚，並非爲了哀悼，而是一種久經疲憊的緩和。你既然死了我便不再恨你，因爲我所擁有的你奪不去。我爲你流淚這是第一次也是最後一次。我說。

在休息室裡母親坐到我身邊的塑膠摺椅上，頭倚靠著我的肩膀，她沒說話，我將她的手拉過來握著，維持這樣的姿勢好久好久，直到妹妹來接香，千言萬語都在我們緊握著的手心裡低語，我慶幸自己這些年來自我放棄卻沒有完全毀壞，我仍保有年少時那種願意承擔一切的勇氣，挺直身子讓母親倚靠著，這便是我想要做的事情。

隔日的喪禮是佛教儀式，簡單隆重，我以孝子身分對前來弔唁的親屬朋友答禮，叩首跪拜，心裡那種堅強而飽漲的力量就像青少年時期我努力讀書健身燒飯洗衣，堅定而明確，我回到這裡便不會再逃避，不管前面等待著我的是什麼，我願意粉身碎骨概括承受。我跟隨母親妹妹妹夫與其他親屬將父親送進火葬場，然後捧著他的骨灰，送進靈骨塔。

但還有一件事沒有完成。我要帶她走。曾經我以爲我必須踩踏父親的屍骨才能將母親帶走，而他已經化成一堆骨灰我才明白我不須踩踏過誰的屍體，我只須走我要走的路，我知道她會跟我走。

喪禮完畢後我們回到家裡，那時天色已黑，我對母親說：「跟我走。」身穿喪服的母親點點頭，跟著我走過那巷弄到達停車場，她默默地上了我的車，沒有問我任何問題。

我把車子開進省道附近的一家汽車旅館，一切是如此自然，我可以感受母親那微微顫抖的呼吸，與其中蘊含的決心，她知道我要做什麼，但她沒有拒絕，這是唯一的辦法了。

身上的黑色喪服與她耳邊的白花襯托著她的臉，那是我無數次凝望想像思念的面容，母親在我身後跟著我走上二樓的房間，暗紅色地毯一級一級往上，通往一個屬於我們的房間，我給母親倒杯水，我們並肩在床鋪上坐下。

母親撫摸著我眉毛上那個月彤疤痕，我任由她摸著。「我等這一天很久了。」我說。「不要說了，我都知道。」母親用力擁抱著我的身體，「我都知道。」她一直呢喃著。

我卸下她的衣服她卸下我的，動作輕柔緩慢，應該害怕但卻不害怕，應該狂喜卻不狂喜，我們忍耐著急促的呼吸，這是終必到來的一天，我們等了那麼久是有原因的。

這應該是我夢寐以求的一天，但我卻沒有勃起，我只是不斷仔細看著她赤裸的身體，有些已斑駁老舊，有些仍光輝奪目，她花白的頭髮襯著一張不老的臉，屈著身體，兩手抱胸，身上散出的體味使我迷亂，我慢慢撫摸著她的臉她的手她的膝蓋她的腳掌，那短暫而漫長的時間她一直望著我，好像要用眼光延緩我的動作，她注視著我沒有勃起的性器，這個她曾經握在手裡擦洗過的，孩童、青年的屌，她曾告訴我那是獨角獸的獸角，是珍貴的存在，她像童年幫我擦洗身體那樣捧著我的屌仔細地揉搓著，那屌還是依然軟塌著，可是我一點不羞愧或害怕，母親抬起頭吻了我的嘴。

起初是相互地撫摸，綿密的親吻，彼此確認探索，這過程裡她一直低聲地說著好多話，彷彿要把這些年來我不在她身邊的時刻全部告訴我，我任由她繼續說，卻將她的身體攤平放倒在床上，將她的雙腿用手撐開，已經非常濕潤的私處發出奇異的氣味，我梳理著她的陰毛，吸吮著她下垂卻仍肥大的乳房，她的肚皮上有淡黑色的一道道妊娠紋，我一一用舌頭撫平，一邊用手指探入體內，天啊好溫暖，裡面有巨大的吸力在我手指進出的時刻不斷拉扯著還要更多，母親停止了說話開始發出呻吟聲，一根兩根，她需索著我的手指，我便給她更多，然後整個手掌沒入她體內，用力抽動著，感覺裡面的肌肉與縐褶，濕滑而黏膩，我探入更深，我感覺自己整個人變得狹窄細瘦，能夠從她的陰道鑽入，再深，更深，整個將我吞沒包裹。好柔軟好強大的地方，高溫與窄迫的空間幾乎將我壓碎，但周遭的那種化成水般的柔軟不斷吸吮著我的皮膚，我看得見那繁複的縐褶鮮紅如血湧、炙熱如火，我看得見母親體內的變化，充血脹大曲折繁複的通道為我開放著，於是我深入又深入，如果做愛可以度量彼此的距離，那麼撫摸是零距離，吻是深入彼此三公分，而我們渴求彼此的是更深的融合，是我必須鑽進她體內而她必須包裹著我，我不但要撫愛她的皮膚我還要親吻她的內臟，我越來越細長越縮小，完全進入了她的身體，看見陰道盡頭子宮頸銜接處那細小的孔縫，母親呼喊著扭動著身體，卻為我張開了那個圓孔，越張越開，終於我可以奮力將自己擠進那個圓孔穿過了整個身體投進了她的內裡。

一時間我感覺到幸福無以言喻，我已經聽不到母親的呻吟或喊叫，卻從她一張一闔的脈動感覺到她正慢慢將我擠壓著，她的黏膜與我的皮膚緊緊相連，一下又一下激烈地扭動，那些動作都在對我說明著什麼，長久以來我們是如此飢渴，唯有將對方生吞活剝才足以表達那個，那我以為我不能給她的，確實只有我才能夠給予，也只有她才能給我，那可以名之為愛情也可以是其他，不管用任何形式任何名詞來說明都抵不上這時刻，她包含著我而我充實她，這是我們相愛的方式。

不斷咀嚼攪拌含吮之後母親發出劇烈喊叫從體內爆射大量液體將我整個人射出來。

然後我看見一個畫面，一條筆直寬敞的道路，兩旁有一些矮矮的房屋，我與母親沿著路邊行走，那條路並沒有盡頭，也無其他人，母親牽著我的手一直往前走，經過了我夢裡那家小店，經過一家小學，經過腳踏車店，經過小食堂，然後不見任何屋舍，我們仍然繼續走著，直到沒入天際，直到昏暗的天色吞沒了我們，而我們只是握著彼此，一逕地走下去。

第二部／無人知曉的我

041

髒東西

李美雲從座椅上站起來沿著走道走了一圈又逛回來，兩手不斷地企圖要撫平因爲久坐造成裙子背後的縐褶，還得設法讓這動作不要太明顯。她穿著白色及肘有腰身的襯衫、褐色過膝剪裁良好的裙子、米色低跟包鞋，她知道自己看起來不老，嬌小圓潤的身材像毛了邊的年輕時代，也像是下過水略略走樣的毛衣，樣式還漂亮只是整個拉長變寬，她腰臀上的贅肉不多，臉上皺紋不密，又仔細上過妝，穿著得體，說只有四十歲人家也會相信，但她仍緊張地在廁所照了幾次鏡子，在醫院裡總不免神思恍惚，於是又補上了口紅撲了些蜜粉，她不喜歡自己看起來像個病人。

李美雲總是到馬偕醫院婦產科去拿藥，紓解更年期症狀的賀爾蒙跟止痛藥（她的更年期在五十一歲就出現其實有點早了吧），每年定期的子宮頸抹片檢查跟乳房攝影，後來又加上了監控子宮肌瘤的每三個月一次超音波，這些繁瑣的過程讓李美雲安心，這段時間她更是密集地每一兩個星期就找個理由到醫院去，她總固定看這位李大同醫生，即使李醫師病人多常常網路掛號都約滿得現場排隊，李美雲情願等，有回在快要到號的時候她突然想起李醫師是近年來唯一進入她的身體、最瞭解她身體狀況的人，那時她不禁輕微地顫抖，她不敢承認自己竟然期待著醫生的觸診，她期待一隻戴著橡皮手套的手伸進她的體內碰觸著，醫生親切卻謹守份際的表情跟舉止，因爲手套的隔絕使得這種碰觸的動作絲毫不見色情而只是探觸，李美雲不記得醫生的臉也不太在意他到底說些什麼，她期待的並非快感而是這種深入體腔的觸摸，「有人想要瞭解我的身體，」儘管這人是個醫生看診是他的職業，李美雲總覺得自己體內埋藏了什麼但外人無從察覺，這一年多來身心的變化以醫學角度來說是接近更年期的症狀（她經常陰道尿道發炎，她暈眩頭痛心悸失眠恐慌燥熱發冷，像所有器官都放錯地方，感官知覺都已錯亂，她全身上下沒一個地方感覺對勁），但李美雲知道事情絕對不只如此，到醫院求診無法解除她精神與肉體上的病痛，但她喜歡這樣，感覺就像李美雲每星期都到髮廊去洗頭只爲了讓某個人的手掌在她的肩膀、頭皮、髮梢之間遊走，她短暫地與別人的身體接觸但這是經過她的允許篩選的，她總是固定到那家髮廊找同一個洗頭小妹同一個設計師，一整套儀式下來會還給她一個非常乾淨的頭。

乾淨，李美雲心想她這人一生圖的就是個乾淨。

五月天，外面陽光正豔，醫院冷氣開得強，李美雲幾次拉緊了襯衫還覺得冷，在候診室裡等著的時候她一直翻閱著那本女兒海潮要她認眞讀的書，其實她已經反覆讀過幾次，畫了重點做了筆記，但她還是很緊張，明天她要去參加海潮當義工那個團體的活動，爲了這次活動她已經準備了很久，寫了講稿，擬了問題，還跟海潮沙盤推演般地一來一往模擬著可能會被問什麼問題將如何作答。「媽你別緊張，你大概只需要發言十分鐘，讓大家問幾個問題。」

海潮安慰她，但那種忐忑不安的心情仍無法解除（怎麼知道別人會問什麼問題？）候診區許多婦女都討論著關於子宮肌瘤、巧克力囊腫的話題。

「我動手術那時候還好是我婆婆來醫院照顧我，當初坐月子都沒那麼仔細被照顧呢！」

「你眞好福氣，我動完手術一個月就回去上班了，沒調理好到現在一下雨就腰痛。」

「我下星期一就要動手術拿掉子宮啦！我自己不怕倒是我老公緊張得睡不著。」

她們討論著子宮摘除手術的種種好像在討論市場裡蔬果的價格那麼日常，另一個頭包著藍底白色碎花圖案頭巾衣著時髦但臉色蒼白的女人並不多話只是微笑，想必是剛做過化療的結果（不知是乳癌還是子宮頸癌呢），李美雲丈夫的大嫂兩年前發現了乳癌也經歷過一長串的治療，但那時大嫂成天都戴著一頂褐色帽子，臉上老是淚涔涔的五官幾乎都模糊不清，李美雲突然想起那時她去探病時送的是白蘭氏雞精，後來才聽說大嫂一瓶也沒喝，如果當時送大嫂這樣的頭巾一定比較受歡迎，這念頭一起又覺得自己荒唐，大嫂的頭髮早就長回來了。「你看我髮質變得好好你摸摸。」大嫂曾炫耀地對她說。李美雲當時乖順地伸手去摸了，確實，大嫂掉光重長的短髮柔軟細嫩好像海潮當年剛出生那樣。

江海潮，她的女兒，在產房第一次從護士手裡接過海潮時李美雲驚訝於這孩子竟是如此柔軟，好像隨時都會裹著粉紅色毛巾被融化不見，那是她初爲人母，婆婆跟大哥大嫂都對頭胎是個女兒表現了輕微的失望（大哥那邊一連生了三個女兒沒有男孩），李美雲不安地看著丈夫江正宇，這個沉默的男人你簡直無法從他臉上察覺什麼明顯的表情，丈夫只要在有他母親出現的地方總是安靜而順從，做為人妻的她只好低下頭不去看周圍那些無法解讀的神情，只是緊抱著那時還沒有名字的女兒，心裡洶湧著不尋常的起伏，她久久地凝望這懷裡的孩子，起初是因為害怕接觸旁人失望的眼神，後來她終於正確感知自己與這個嬰孩之間有著什麼溫暖濕潤的連結，嬰孩尚未睜開的眼睛汨出一些淚液，好似整個身軀都是濕答答的，那時她就決定要把這孩子取名叫做海潮，江海潮，婆婆說這個名字太多水，所以海潮小時候才會那麼愛哭那麼難帶（海潮現在還是愛哭，她會因為看見路邊的流浪漢心生憐惜突然哭出聲來），李美雲也不管，女人是水做的，能哭是好事，像她自己這樣乾涸，不發汗不流淚，接近更年期開始連陰道分泌物都變少，身體裡有些水可以流出是柔軟的表示，李美雲總是擔心自己不夠柔軟，像當年李美雲不敢把還是嬰兒的海潮用力抱在懷裡而是隔著一點點距離輕貼著胸口，就是惟恐自己僵硬的身體會讓小小的嬰孩受傷，而此時，二十多年後她揣在懷裡這本書，小心地用牛皮紙做書套包起來了，夾在皮包與襯衫中間，安全隱密，這本書叫做《我的兒子是同性戀》。李美雲的女兒海潮是個女同志（關於同志跟同性戀兩個詞的差異海潮曾經詳細對她分析過，但老實說李美雲還是有點弄不懂），她也有兒子，比海潮小兩歲的海濤會不會也是同性戀呢？海濤說他不是，海潮說：「那可不一定！」說完這話他們姊弟兩個都笑了，但孩子爸爸平靜的臉色有一點點發青，在那頓晚飯之後李美雲跟丈夫在房間裡起了安靜的口角。

海潮說團體舉辦的那個活動叫做「我的家人是同志」，邀請了三個已經跟家人 come out

（中文叫做出櫃，用李美雲自己的話來講，就是跟家人親友說自己是同性戀的意思）的年輕男女同志，以及他們的家長來座談，會場會開放給十來個正準備要跟家人出櫃的聽眾參加。自從三個月前李美雲答應海潮要加入，海潮一再給她做心理建設（媽你要知道能現身的同志家長很少，你可以去跟別人認識幫大家說點話是很重要的事），這一個月來已經陸續見過三個同志的家長，每一次都有海潮以及其他社團朋友陪伴著，在咖啡廳，在社團辦公室，李美雲總是侷促不安，但屢屢被其他家長（說是家長但清一色都是媽媽）的熱情跟溫暖打動，李美雲驚訝於別人的媽媽是那麼清晰而堅定，有一個五十幾歲的媽媽甚至還去參加了去年的同志遊行，那個媽媽說話不像李美雲這麼結巴，短髮壯碩笑聲開朗大地之母般的形象每次都讓李美雲覺得好有安全感。

從海潮大學起李美雲就不斷聽見她說這說那，句句都是關於「同志」「同性戀」，一開始還會驚訝，也曾好多次試圖想要用她簡單的頭腦理出更有說服力的言語來改變海潮的思想，李美雲分辨不清自己到底是爲了什麼在擔憂，海潮從國中開始經常帶女同學回家玩，上高中不久就見到她固定跟一個學姊形影不離，那個學姊常到家裡來過夜，見到李美雲夫婦也是「叔叔阿姨」叫得好親切（海潮不喜歡別人喊李美雲江媽媽），直到海潮一次把自己關在家裡幾天不上學，海潮不吃不睡不出門，任憑爸媽怎麼問怎麼勸都問不出理由，直到孩子的爸爸生氣地把她抓出來問：「你不說清楚是要把你媽逼瘋嗎？」

「你別凶她，讓她自己慢慢說。」李美雲看得出這孩子是有感情問題了吧！

「我失戀了！」海潮說。

「你什麼時候交男朋友的？」李美雲問。

「都快聯考了你還談什麼戀愛？」孩子的爸爸生氣了。

「我沒交男朋友，那個學姊是我女朋友，我學姊把我甩了。」海潮的聲音聽起來好悲傷。

「女朋友？可是，可是你不也是女生嗎？」李美雲結巴地說。

「所以我是同性戀啊！」海潮哽咽著回答。

喔，原來海潮是同性戀。那時屋子裡突然陷入一陣靜默，沒有人再開口說任何一句話。

李美雲不知道海潮難過的到底是因爲失戀還是因爲自己是同性戀，正如李美雲不知道自己該擔心的是女兒失戀可能耽誤聯考還是她的性傾向會影響人生，幾個多月之後海潮果然沒有考上符合她優異成績的大學，只是吊車尾地上了私立大學，李美雲爲此好多天都無法下床（她長期來都因爲嚴重經痛所苦那時月經剛好來了），不是因爲成績的問題，李美雲說，「媽媽是因爲月經痛不是你的錯」，她不想讓海潮更自責更痛苦，卻說不清楚理由，有什麼刺痛了她的心，卻是肉眼無法看見言語不能訴說的，李美雲的生命裡有許多感受都沒有被命名，即使是海潮教給她那麼許多許多新的名詞，李美雲也沒有找到適合描述她自己的語言。

事情就是這樣開始的。

這麼多年過去，李美雲已經不再會爲了這些與海潮爭論（孩子的爸爸到底怎麼想呢？不知道），現在翻開報紙常常都可以看見關於同志、同性戀等字眼了（眞可惜大多不是正面報導，李美雲不希望自己的孩子被歸類到怪物的那一區），前幾天三立電視台的連續劇《台灣龍捲風》還演到愛滋病的事，平時李美雲是不看連續劇的，是因為海潮打電話回來又氣又罵，說要寫信去電視台抗議，說那一定是什麼「置入性行銷」透過連續劇宣傳對愛滋病的偏見，李美雲才跟丈夫一起看了幾集，這幾年來海潮每次參加什麼運動李美雲都得做一大堆功課，丈夫雖然嘴上不說支持，但也是陪著一起討論，許多次還開車接送海潮去參加那些示威遊行的活動，這或許就是他們愛海潮的方式吧！每想起海潮對待任何事的認眞都不免心疼，這麼認眞的孩子要如何在這個「不公不義」（套句海潮的話來形容）的世界裡生存呢？

海潮這孩子，她大概不知道自己給做父母的惹了多少麻煩，也或許她知道，做母親與做女兒的人有時會有心意相通的時刻，李美雲懼怕著那些時刻海潮眼神裡流露出「不要騙我了其實我什麼都知道」，像電影裡的旁白，像漫畫裡白色圓圈裡出現的對話，在她黑白分明的大眼睛裡白紙黑字寫下這些，那比每次在晚餐桌上突然因爲某個新聞而使海潮發怒然後進行的冗長的對話，還要刺痛李美雲的神經，能說出來的能吵的能辯論的，至少表示還可以溝通，那些不能溝通不想溝通的呢？像每日必須處裡的排泄物卻因爲便祕而堆積在體內（李美雲自從生完海潮之後就有慢性便祕了），每個家庭或每個人身上或多或少都有這些吧！李美雲的母親去世之前在醫院住了很久，母親總是便祕，軟便劑對她毫無作用，只能浣腸，但只要一注入那藥劑就會立刻狂拉，每次浣腸後來不及走到廁所就失禁讓這個乾淨素雅的老太太憤怒驚恐，於是抗拒著浣腸或吃瀉藥，但結果拖拉成更嚴重的便祕，到後來李美雲得用凡士林抹在棉花棒上去幫她挖出那些化石般堅硬的糞便，「你看我成了什麼樣？」母親說，李美雲撫摸她的頭髮跟她說：「沒關係，蔣宋美齡也便祕！」但母親卻推開她的手轉頭開始哭了起來。

李美雲從三十幾歲起就染上浣腸的習慣，一盒十二支裝的「人生浣腸」是她最親密的朋友，先剪開塑膠尖端插入體內然後輕輕擠壓讓透明的液體灌入，等待著輕微的腹痛，她不慌不忙，她忍得住那疼痛，走進廁所，先把放在馬桶旁小凳子上的收音機打開，把音樂音量轉大以遮掩等會的噗疵聲響，最後她會準備一盆溫水讓自己坐浴來舒緩疼痛，這些都在家人不在的時候進行，過程流暢熟練，對她來說那是徹底滌淨自己的儀式，但她可以理解母親那種對於大解失禁的羞憤不安其實是源自於對於自己身體的無能爲力，李美雲對自己的身體有控制力，在還夠的時候她每一刻都要維持住這個能力（所以她好害怕月經那種不能控制的流出，所以她不要經驗性交過程裡的快感跟彷彿失控的高潮，李美雲最討厭的就是意外）。

結果母親後來卻在醫院病房的廁所上吊死去，長期飽受大小便失禁痛苦與羞辱的母親最後竟然是大小便失禁地垂掛在廁所的一角，那景象歷歷在目，爲什麼從海潮美麗的眼睛想到了母親身下遺落的那些排泄物呢？大家都說母親患有失智症，想必不可能有正確的知覺，但李美雲不相信，菲傭是否趁著大家不注意時對母親說了什麼羞辱的話語呢？（母親懂得英文但若菲傭說的不是英文呢？更或許菲傭什麼也沒說。）總之，發現母親屍體的人正是李美雲（菲傭把母親推進廁所後竟跑下樓去打電話了），李美雲一看見母親用睡衣腰帶把自己吊掛在廁所兼作浴室的置物鐵架上，立即開始打掃收拾地上那些惡臭的穢物而不是立刻放聲大叫

（李美雲拿起蓮蓬頭不斷地沖刷著地上的屎尿），爲此李美雲的父親跟兄弟姊妹都對她不諒解（媽說不定還沒斷氣，你幹嘛不把她先解下來？到底在搞什麼東西），李美雲無法解釋，她怕髒東西，母親也怕，她不要母親這個樣子被別人看見。

那些事彷彿都不是眞的卻經常在她的夢裡出現，李美雲對於自己的腦中竟能出現這互相對立卻又關連的景象感到惶恐。想到這裡李美雲的偏頭痛又發作了，突然護士叫喚著她的名字，她急忙起身，走進了診療室。

今天沒內診（李醫生已經發現李美雲的企圖了嗎？）只是例行性地問診，給藥，李美雲想跟醫生討論她最近常夜半下體突然洩出大量體液的事，卻無論如何都開不了口，那種半透明的體液濕滑黏稠附著在底褲上讓她一夜無法安睡，又有突來的燥熱把她逼出一身汗，她跟丈夫已分房一年多，夜裡她會突然想去敲丈夫的房門，不是爲了求歡，而只是想確定還有個眞人在這屋裡，但她沒有這麼做，她只是到浴室沖了身體換了乾淨的底褲回床上躺著。有一次她終於推開了丈夫的房門（他後來都睡在海濤的房間），躺在床鋪上盯著從窗簾縫隙透進屋內的月光，「有些事我想要告訴你。」李美雲這麼說，「我很想有人可以聽我說說話」李美雲的聲音聽來乾啞細瑣，在寂靜的深夜裡卻顯得刺耳，然後她才想起這一夜丈夫到高雄出差根本就不在家。

不過兩星期吧！上星期來的時候還不是這種狀況，但她如果不說醫生也不會知道，其實根本沒必這麼頻繁上醫院吧！這次加診她卻什麼都沒說。「因爲問題在看不見的地方。」李美雲這麼想，然後推開門走了出去。

搭捷運回家，那時是下午四點半，經過台北車站她突然想起應該下車搭往另一個方向，北投或是淡水，甚至是竹圍、紅樹林，什麼地方都好，暫時不想回家（是暫時還是永遠呢），或許是因爲兩個孩子都不在家住、先生又出差去了（他總是在加班開會或出差），海潮大學畢業就離家到外面去租房子了（因爲要跟女朋友同居），海濤在台中讀東海大學景觀系三年級，海濤一直以來都純樸得不像台北長大的孩子而比較像李美雲嘉義娘家那邊的田莊孩子，每年帶他們兩個回娘家，海潮總是耐不住思念女友吵著要回台北，海濤則會很耐性地陪著外公去散步，一起在院子裡欣賞外公養的蘭花，海濤說他畢業後想去當國家公園的巡山員，海潮畢業後也只是在星巴克零星打工，李美雲的公婆對於這兩個孩子簡直失望透頂（他們兩個功課應該都是可以有更好的前途但是沒有，或許是李美雲這邊的管教不當，婆婆總是暗示她，你對孩子太放縱了）。李美雲終於想起了她的兒子，是啊！她或許一直都太忽略這個安靜乖巧的兒子了，不知道海濤過得好不好？每個星期海濤都會打電話給她，話語裡總是那麼沉靜，彷彿他的世界不會有任何應該讓父母擔心的事，是因爲這樣李美雲才老是忘記自己有這個兒子嗎？不是的，她躲避著海濤與自己的丈夫像躲避著做爲母親與妻子的角色，而海潮讓她看見了自己。

從興隆站下車走路十分鐘就到了她家，從進入大樓公共大門開始，沿途四層樓的路途李美雲走得戰戰兢兢，到了四樓B座他們的住家前照例先注意四周有沒有其他鄰居然後才拿出鑰匙打開大門，她不喜歡在進門前碰見其他鄰居，雖然頂多只是幾句寒暄卻會讓她感到不安（李美雲總是會認爲別人在碎嘴他們家的事），今天很幸運誰都沒遇見，以往三樓那個王太太老是到四樓跟林太太串門，有時一聊就好久，李美雲只好先到隔壁小公園逛逛，做賊似地探頭探腦，確定樓梯間都沒人才放心上樓。李美雲回到家發現房子跟離開的時候一樣，既沒有遭小偷也沒有淹大水，李美雲出門前都會仔細地檢查好幾次門窗瓦斯電燈，有時已經出門了，還要折返回來再檢查一次，即使已經檢查又檢查應該是無懈可擊了，但她卻還是經常覺得電視機或電熱水瓶會突然爆炸，她擔心自己一出門回到家發現房子已經夷爲平地、化爲廢墟，或已經消失不見。但有時她自己也分不清到底是擔心還是在期待某個重大的意外來改變她的人生？

屋子潔白整齊。就跟醫院一樣。

兩個孩子都離家了，這原本還嫌狹小的四十坪房子最近總顯得太空，李美雲每天把家事做完就在客廳裡發呆，做晚飯之前她會感覺疲倦於是到床上躺躺，有時就順勢把衣櫃房間都整理一遍，今天李美雲特別累，一進客廳放下皮包就走進了房間和衣躺下，她在床鋪上翻來覆去，突然起身打開壁櫥屬於她的區塊找出一只一尺見方的木頭箱子，好久沒碰這個了，李美雲小心先用衛生紙把木箱上的一點塵灰抹去之後開鎖，聽見鎖扣喀喇打開的聲音李美雲忍不住深吸了一口氣，慢慢邊吐氣邊掀開箱蓋，這只箱子是她的嫁妝，百年歷史雕工精細的櫸木箱子散發出經年不消的香氣，裡面擺放著李美雲從小到大最喜愛的物品，她花很長的時間去撫摸著檢視著那些她珍愛的東西，幾張老照片，好多大小不一顏色泛黃的紙片、一束用緞帶紮起來的信件、破損的楓葉、夾扁的花瓣、孩子氣的塗鴉、媽媽給的玉鐲，等等等等。

她的一生的故事都在這個箱子裡，不知道這是不是足夠精彩的人生呢？她竟然已經五十一歲了（李美雲二十七歲才結婚，婚後三年才生下海潮），高中畢業紀念冊上那個清新秀麗的她曾以爲自己會有非常獨特而不凡的一生，然而，事到如今她簡直想不起來自己有什麼特別的故事可以跟孩子們敘述。

眞都沒有嗎？李美雲側著頭凝望那箱子下方的雕刻紋飾，不認眞看還眞看不見這底下還有一圈淺淺的浮雕，跟箱蓋上大片的牡丹花的鮮豔完全不同，箱子靠近底部的那圈一公分左右的浮雕並未著色，是一些小小的人形，兩公分左右的小人，一個接一個，形狀各異，一個接著一個以伸長的手臂張開延伸，滿滿繞了一整圈，那圖騰般的雕刻使這個箱子彷彿會騰空飛起。

這是一個連海潮都沒有看過內容的箱子（如果海潮都不結婚那要如何把這箱子傳給她呢），裡面裝載的不是祕密（當然也可以說這是一個祕密所在地），只是一些物件，一些只有李美雲自己可以理解背後意涵的物品。李美雲想起海潮喜歡做的那種筆記本，上面貼滿每日遭遇到的事物，某一家咖啡店的名片、路上撿到的葉子、女友給的紙條、某一次約會時便利商店的發票（李美雲簡直不敢相信海潮已經交過四個女朋友啦），等等，鉅細靡遺地記錄著她的生活點滴，配上海潮孩子氣的字跡，彩色鉛筆畫出的插圖，像是記事本日記本又像是一本圖畫書，從國小至今海潮已經有了十二本這種珍貴的圖畫書，海潮小時候李美雲也幫她做過這樣立體的本子，海潮的臍帶、第一顆門牙、預防針紀錄、學會第一句話的時間跟內容，哪天開始走路，各種照片文字物件都仔細收藏，一直記錄到海潮上小學才停止。海濤也有一本，但身體健康的海濤的寶寶日記總是顯得平淡（李美雲經常疑心其實自己並未用心去記錄海濤的生活）。

李美雲從沒想過幫自己也做一本記事本，但她有這個箱子。這是她們家女人的傳統，這個箱子以前裡面裝著母親年輕時的旗袍，李美雲的母親家世顯赫卻嫁給了當窮教員的父親，那些漂亮的旗袍婚後都派不上用場了，李美雲結婚時得到一台縫紉機以及這只家傳的箱子。那些旗袍在母親前年過世時燒給了老人家，而留下的只有李美雲小心翼翼剪裁下、小巧精緻四塊一吋見方的旗袍布料。

停，李美雲對自己說，每次從旗袍開始想起就是沒完沒了的胡思亂想，到時候不可避免的頭痛就會把她這一天都毀了。李美雲把那個箱子收回櫥櫃裡，急忙走到陽台去收衣服，海濤在陽台上種了非常多植物，這些生長茂盛的植物讓李美雲有了忙碌的事情，有時她甚至會拿抹布把每一片葉子都擦乾淨。李美雲沒有讀大學，當年每天通車去市區讀嘉義女中，幾個好友中只有她一個人沒有上大學，聯考那年，李美雲的父親病倒入院了，那年她母親也病了，她的母親當時患有嚴重的憂鬱症但卻沒有被診斷出來，只是日復一日的消沉、懶散、氣弱自毀，這許多年來母親始終以奇怪的週期反覆出現著亢奮與憂鬱。那時李美雲也病了，很久之後她才知道那是「相思病」。那年暑假發生很多事，李美雲第一次聯考落榜後就去一家工廠當會計，她知道自己無法承受第二次失敗。

就澆個花奇怪想起這些做什麼。大概是因爲海潮叫她去讀什麼社區大學吧！海潮總是擔心她一個人在家會悶出病來，自從海潮知道外婆曾是「憂鬱症患者」——這是海潮的說法，誰會想到這麼說啊！海潮印象中的外婆大概一直就只是個驕傲的老人——海潮開始擔心著李美雲的「精神狀態」。「媽你知不知道憂鬱症會遺傳啊！你小心點。」「我認眞想過了外婆應該不只是憂鬱症，應該是躁鬱症，你還記得每次過年回嘉義外婆都會買一大堆禮物送給我們嗎？我跟你講那一定是躁症發作啦！」海潮對她說很多很多，這些新來的名詞每天每天加入他們的家庭生活，讓李美雲應接不暇。

李美雲把衣服拿到房間床上放下，就走進工作間，這原本是海潮的房間現在堆滿了各種東西，到處都是彩虹（正確說來只有紅橙黃綠藍紫六色，海潮跟她解釋過爲什麼這六色代表同志精神，但李美雲不太記得細節了）。李美雲最近都忙著幫海潮的那個社團做一些手工藝，大大小小的彩虹旗、臂章、杯墊、抱枕，用她母親給她的那台古董縫紉機，這些都是要義賣或遊行要用的，李美雲其實手工不夠好，生疏太久，但她很喜歡家裡充滿這些彩色的布料，好像家裡堆滿了彩虹，爲這個一直太過素雅清淡的屋子增添了熱鬧，李美雲年輕時曾以爲自己將來會是一個作家或畫家，但這夢想在她大學落榜之後就全部死滅，除了生下那一女一男兩個孩子她根本沒有再創造出任何東西，想不到多年後她成了一個彩虹物品的製造者（雖然只是義工沒有報酬的，但反正李美雲又不缺錢），李美雲對自己的想像後來證實都嚴重不足，原來平凡無奇才是最難以想像的畫面，關於未來，年少的李美雲從來沒有想過，那竟一下子就過去了，等回過神來，該發生的事都沒發生，沒想過會發生的全都發生了。

海潮俊秀明亮，海濤則蒼白斯文（奇怪兩個孩子竟沒有遺傳到父親結實的身材與敦厚的樣貌），在完全確定海潮是個女同性戀、而且她不可能也不願意穿著那些李美雲渴望卻一直沒穿上的美麗衣裳時（海潮說她是個T，這麼久以來李美雲還是沒弄懂什麼叫做T），李美雲一則以喜一則以憂，擔憂的是海潮這樣子現在或許看來很好（好多女孩子都倒追她）但離開學校之後呢？以後出社會找工作時該怎麼辦（海潮怎麼也不肯穿裙子），喜的是，其實海潮的模樣正是李美雲喜歡的那樣，一種說不清楚、不可理喻的、幽微細緻難以分說的什麼，讓她一方面希望海潮試著讓自己「像女孩子一點」，甚至還是希望她可以結婚生子（現在她知道這已經不可能了），一方面卻暗自讚賞著，這孩子眞好看。那是會打動她的形影，但她卻說不出個理由，海潮大一的時候還住家裡，有一次她跟先生去參加公司聚餐會後開車回家，等紅綠燈時遠遠看見海潮站在他們家大樓附近的街燈下，抽著香菸，好像正在等人，或者只是煩躁出來透氣，街燈讓海潮的臉變得模糊卻線條清晰，她的影子與身體明滅閃現，穿著T恤牛仔褲，倚著一台摩托車，不是很高的個子，薄薄的身體好似一張剪影晃動，偏著頭好像在想什麼，左手抖幾下彈落菸灰，右手拿出手機撥了號碼然後又掛斷，那似乎不是她女兒，而是從李美雲記憶深處走出來的一張老照片，那照片裡的人也是如剪影一般停留在她的視線裡，是誰呢？

不知道。

李美雲的記憶不牢靠，李美雲記住事情的方式並不是以畫面或故事來呈現，李美雲或許根本不知道自己記得什麼。

這人眞好看，李美雲腦子裡只想到這句話，眼睛無法移開路燈底下那個淡淡的人影，簡直看傻了，直到她先生發出「我怎麼不知道這孩子抽菸啊！」的聲音，她才回到現實裡。

綠燈亮起他們的車子緩緩經過海潮身邊，她先生按了一下喇叭，海潮轉過頭來對他們，帶著眞是傷腦筋啊被發現了的表情，調皮地把手上的菸蒂用力往前一丟，攤開兩手聳一聳肩膀，莫可奈何地微笑。

有一種人的笑容足以使大地崩裂、讓陽光升起、使花朵綻放，那笑容能夠鑽進你的心裡叫你顫抖使你哀傷讓你疼痛，李美雲想不到自己的孩子竟有這樣的能力。

想到那個畫面李美雲感覺有眼淚堆積在她的眼眶，卻不知道是爲了什麼。難道多愁善感也是更年期症狀之一嗎？應該好好去檢查一下。她突然想要去上網預約下個星期的門診，但又覺得自己太可笑，難道她把婦產科的劉醫師當作心理治療師了嗎？海潮如果知道鐵定會拉著她去精神科掛號吧！那怎麼可以。

該做晚飯了！體內的鬧鐘準時提醒她幾點該做什麼，然而，這家裡只剩下她一個人下幾個水餃吃吃也是一頓，難道又要做大餐眼巴巴打電話叫海潮帶著她女朋友回來吃飯嗎？孩子有孩子的生活要過，她總不能老是這樣抓著自己的女兒不放吧！奇怪的是她一點都沒有想到自己的丈夫。

既然不用做晚餐，那就去洗澡吧！洗完澡可以準備明天應該穿的衣服，有三套可以挑選，她到現在都還沒決定應該穿那一套，說不定其實應該去買一雙鞋子來配，說不定那些東西根本都不適合她，說不定，她其實也出不了門，像以往每一次那樣，在臨出門的前一刻頭就開始狂痛了起來，只好打電話給海潮說自己又病了，然後聽見海潮在電話裡大吼大叫說她不守信用。

對啊有人不守信用，不守信用的人最討厭了。

距離天黑還有好幾個小時，那距離明天就更久了，她有好多時間可以準備，李美雲這些年來幾乎一直都在準備之中度過，說不定準備是比參加更吸引她的步驟，她沉迷於這冗長的準備，以及事到臨頭的放棄，像執行一套再熟練不過的程式，那是李美雲的模式。打開水龍頭，蓮蓬頭洩下溫熱的水流沖過她的肌膚，好舒服，這時她才想起自己忘了脫衣服。

慌忙把身上的衣服都脫掉，李美雲開始在水流底下拿鑷子拔自己的腋毛，剛長出來的短毛黑黑刺刺要很認眞看才能夠拔起來，水花弄糊了她的視線使她好幾次都沒有正確掌握位置，她自己知道這舉動怪異，但若不這樣做她就會很緊張。等到暖身夠了她才能把水龍頭關掉，蹲坐在浴缸裡慢慢地把身上多餘的體毛都清理好。這是婚後養成的習慣，腋毛要拔得一根不剩，她喜歡那種連根拔起的感覺，一點刺痛伴隨著更多的快感，以及潔淨感，看見自己的腋下潔白只見細微的毛細孔，不該存在的東西都一併拔除，那過程是李美雲最喜歡的，腋毛拔完後開始用小剪子修剪她的陰毛，修成穿內褲時不會有雜毛從褲縫露出的長度，她坐在浴缸裡做著這些事情時身體有些涼冷，再一下就好了，她告訴自己，再一下就可以好好洗個澡，全身就會比原來更乾淨清爽了。結果又想到自己根本沒卸妝。

這些次序根本就錯亂了啦！李美雲用力敲著自己的頭。眞笨，幸好沒人看見。

傍晚六點半李美雲把電鍋裡的剩飯配著煎蛋跟蔬菜湯吃了，泡了一杯茶到客廳去聽音樂，繼續讀那本書。

黃色便利貼上有海潮稚氣的字跡，注解著許多李美雲應該注意的事項。書本裡夾的紙條，有時是花瓣，有時是一首詩，有時是火車車票的票根。曾經是這樣的，在國文課本裡，在書包裡，有兩種不一樣字跡的信件跟紙條。

李美雲突然用力合上書本，摀著胸口，糟糕她的暈眩症要發作了，她感覺整個屋子都在旋轉，她起身想要站起來去倒一杯水來吃藥，更多的畫面出現在她模糊的視線裡快速旋轉，有個穿卡其制服的男孩總是在公車站牌底下等待，日復一日，那個高瘦的男孩子臉上有著淺紅色青春痘疤痕，他會走過來遞給李美雲一封信，李美雲面無表情地走過去，之後卻在課堂上驚慌地偷看著那信，突然有人拍她的背傳給她一張紙條，「下課後到軍訓教室等我。」李美雲不敢回頭，她知道有人正一邊咬著鉛筆一邊凝望著她的背影，於是用力咬了自己的手指來忍住臉上藏不了的笑容，那人牽著腳踏車陪她走很遠的路回家，她們會經過那個公車站牌，看著那個男孩子心碎的臉，有人會緊握著她的手心叫她不要害怕，那人最喜歡用力把李美雲的頭髮弄亂然後又撫順，那人曾經在洋紫荊樹下拾起一朵花插在她的制服胸前口袋對她說：「我們要永遠在一起。」夕陽把她們一高一矮的影子拉得好長好長。

可是有一天，她在校門口等待，那人的腳踏車旁邊站著另一個女孩子。她們兩個手牽著手看著李美雲從面前走過去卻沒人叫住她，李美雲只好獨自走路去搭公車。她們的身影飄落在李美雲的視線裡成爲一個揮之不去的畫面。

想到這裡李美雲跑到浴室開始狂吐了起來。因爲吐得太激烈把身體都弄髒了，嘴邊垂下的嘔吐物刺痛著她的臉，回憶也是髒東西嗎？李美雲伸手抹去嘴角的髒汙，可以這樣抹去生命裡不要的回憶嗎？這些髒東西爲什麼用任何辦法都無法清理乾淨呢？如果那些是髒東西爲何李美雲會那麼愛惜？那是她生命裡最美好的時刻了吧！美好而傷感，其實她都記得，裝在木頭箱子裡的那些信件與照片，傍晚時李美雲總是到操場邊看女孩打籃球，她們一起搭火車到台南去玩，她記得女孩在球場上飛躍的身影，記得她們一起去蘭潭野餐回程時女孩在公車上用嘴唇掠過她的臉頰，記得一起晚自習時女孩總是來她旁邊坐，會一下一下用膝蓋輕撞著她的膝蓋，用原子筆在李美雲手臂上寫字畫圖，黑色百褶裙下兩個年輕的膝頭相互碰撞時那種帶著玩笑促狹的親暱，原子筆尖在肌膚上滑過的輕微刺癢，每一件事她都記得。但畢業前的兩個月她們沒有再說過一句話。到底是爲什麼呢？爲什麼就不理我了呢？李美雲的喉嚨裡哽住了東西，吐不出來嚥不下去，她無計可施。

李美雲趺坐在地板上開始嚶嚶地哭泣著，那年暑假發生了好多事，她吃不下飯睡不著覺，她不能說話也無法哭泣，她沒辦法去上學，她不能讀書無法寫字，她父親住院了而她母親一直都在哭。

她聯考落榜了。

曾經，李美雲曾經被誰好專注長久地愛過，李美雲以爲那是永遠也不會消失的等待與陪伴，李美雲以爲自己的人生會有更多更精彩可期的故事就像她在作業簿裡寫下的那些，結果都沒有發生。不是的不是的，不是因爲愛情的緣故，那應該不是愛情吧！可是卻叫她如此心痛，李美雲感覺恍惚，這些年來有太多難以啓齒的事情，她可以感覺到她丈夫應該是有外遇了，她很想跟他說：「沒關係我不在乎，你不要再繼續編造那些不存在的出差跟開會了，我不喜歡這樣。」但是她沒辦法，李美雲無法分辨是自己的冷漠讓丈夫必須跑到外面去尋求溫暖，或者是他就像兩個孩子那樣只是因爲長大了所以要離家，李美雲想過自己應該是個很糟糕的人所以讓在她周圍的人都感受到一股莫名而巨大的壓力，李美雲什麼都弄不清楚了，一個女人應該爲了丈夫外遇而痛心疾首但她卻沒有，她這種冷感不只使自己痛苦也讓別人感覺矛盾吧！這絕對不是用一句「對不起都是因爲更年期到了」來解釋就可以的，李美雲用力搥打著自己的頭希望感受到具體的疼痛，她的人生正在往一個無法控制的地方崩毀但她卻無能爲力，她很希望可以打個電話給海潮聽聽她的聲音，但其實她幾乎每天都給海潮打很多電話，李美雲，已經太多了吧！夠了沒有？海潮是個敏感而負責的孩子，但要她來背負自己身上那些無以名狀的痛苦不是太殘忍了嗎？李美雲想到她應該去看醫生了，這些事情該如何對醫生說明呢？

她確實結婚了，就算證實她丈夫有外遇但江正宇也是一個稱職的丈夫，況且他們有兩個孩子，那兩個模樣好看的孩子從她身體裡分生出來是千眞萬確的事實，性交懷孕生產，通過這麼具體而疼痛的儀式產生的孩子，經過二十多年的照顧養護，不像是一個夢想的完成也不是什麼愛情的結晶，比較像是一個故事說到高潮時突然轉了彎，劇情急轉直下，往後的情節早已超出了她自己的設想，她從一個站在路口等紅綠燈的女學生突然變成別人的母親，竟然只是一瞬間的事。二十五年過去了，這中間的曲折繁複再難記述，但她卻在孩子都成年之後才緩慢開始想要摸索著回到那關鍵的一刻，是什麼改變了她的人生，是什麼把她一路推著往前跑，有時她望著正在飯桌上吃飯的一家人，丈夫、女兒、兒子，滿滿一桌飯菜，杯盤碰撞，她彷彿已經離地飛起，蹲踞在從天花板垂懸而下的圓形吊燈的燈罩上，她張大眼睛凝視，那個叫做李美雲的女人正在幫她的家人挾菜，那個女人不是她自己。別人也會這樣嗎？下午在醫院的時候，她在一群有著各種婦女疾病的女人中間呆坐著，很想轉頭問問周遭的女人，你們也曾經這樣從高處俯視自己建造的那個家庭的城堡，深知自己並不屬於那個畫面，但卻找不到其他舞台可以待嗎？你們也時常感覺自己是走錯了房間的陌生人嗎？她好希望從別人身上看見與她相似的「異樣」使她感覺自己不是那麼孤單。

但她卻一直停在那個暑假，那被棄置被漠視，被某種說不出口卻劇烈的傷害扭曲了面孔，有什麼失去了，空下來的部分變成巨大的深坑吞噬了其他具體的生活，好像往後發生的事都已經被取消，突如其來的記憶將她緊抓著，那種失去是徹底的失去，將她的人生一分爲二再也無法完整，她不能說自己的婚姻不好，她也不是想要拋棄這個辛苦建立的家庭，如果當年沒有結婚或許她的人生更早就毀壞了，她與丈夫曾經有過美好的時光，她疼愛著她的孩子，無數次她強烈地感覺到家人需要她而她也需要著他們，但好像有另一個她自己在那個夏天從她體內逃逸了出去，她以爲那個部分的她已經死去，原來一直都躲在那個小小的木頭箱子裡，如今那個分出去的年少的分身跑回來了，在這間浴室裡與她相逢，喃喃地在她耳邊低語，設法要鑽進她的內裡，李美雲的身體太擁擠無法容納兩個人，她只能繼續哭泣著，低沉細碎如小動物的嗚咽即將轉成猛獸的嚎叫，她咬囓著自己的手掌想要遏止那將要失控的感覺，但她阻止不了。

一個五十歲的女人應該爲幾十年前的往事而如此失聲痛哭嗎？李美雲不知道該如何是好。她只是設法讓自己從地板上爬起來，打開洗臉台的水龍頭用力沖刷自己的臉，那張卸了妝的臉老態畢露，她驚訝於自己竟然如此衰老而沒有自覺，然後她聽見客廳的電話在響，她試圖要關掉水龍頭雙手卻不停地發抖。

是誰打電話來呢？那個人會知道李美雲正想要發出求救的訊號嗎？

等到她終於走到茶几把電話筒拿起來的時候，李美雲只聽見嘟嘟嘟嘟的聲音。

乾淨

這棟超高大樓的一樓有百貨量販店、銀行、便利商店、兒童遊戲場和一個有十幾個攤位的美食街，江正宇每天中午幾乎都到這個美食街來吃午飯，今天他不想吃飯，提著公事包在裡頭亂逛，美食街裡擺放著許多電動玩具，有夾娃娃機、扭蛋機、跳舞機、打鼓機（分成中華鼓王跟日本太鼓兩種）、小孩子喜歡坐的玩具電動車，還有籃球機等等，江正宇時常去練投籃，投幾十塊錢可以玩好久，不小心遇見公司的同事還會被人揶揄：「經理體力不錯嘛！」那幾個七年級的櫃檯美眉會站在機器旁邊鼓譟，有時吵著要江正宇幫夾娃娃給她們（有一次在新聞裡江正宇聽到原來現在年輕人都把墮胎說成夾娃娃，此後他再也不靠近那些夾娃娃機了），以前江正宇還把這種活動當作是可以跟美眉哈拉的時間，但今天他希望什麼人都不要遇到，其實若不想遇到熟人可以走遠一點到後面的秀山路吃排骨飯，或者去秀朗國小附近的咖啡店吃商業午餐，但是外面太陽正毒辣，江正宇惟恐自己會在正午強烈的陽光底下融化。

手機嗶了兩聲，表示有簡訊進來了。

他不想看，Nokia 手機在西裝褲裡持續震動好像等會就要爆炸，有人說不要把手機放在靠近鼠蹊部因爲電磁波會影響性功能跟生殖能力，最好是這樣吧！江正宇最近還抽起 Salam

的涼菸只因為聽說薄荷會讓男人倒陽（唉，江正宇忍不住嘲笑自己，與其要這樣消極的抵抗，還不如把自己閹了比較快）。五十二歲的男人還會因為自己太過旺盛的性慾與頻繁的性生活而苦惱，這種事情該向誰求助才好呢？他幾個同年齡的朋友不是在煩惱落髮禿頭就是早洩陽痿，甚至是因為攝護腺肥大而起的問題，另一個朋友原本號稱「千人斬」是個標準種馬卻因為服用抗憂鬱的藥劑而性慾減退（時常不能勃起而且還有射精困難），江正宇不知道該高興還是難過，那些問題都沒在他身上發生，可能是遺傳吧！他老爸七十幾歲還是一天到晚到處把妹（那些妹其實也都四五十有了）惹得他媽差點精神崩潰。

江正宇換到這家購物頻道來當業務部經理不過一年多，五十歲才跳槽怎麼看都不會是個好主意，說是跳槽其實應該是調職，在同一家公司底下的不同子公司之間來去（而且他不是自願的），薪水是提高了百分之十，但工作量卻變少了，他懷疑其實當初的調職是一種變相的下放，不久之後他就會被調到更閒的部門去吧，他比較喜歡以前在電視台的工作，起碼以前公司還在台北市，不像現在，跑到中和來，下了班除了回家還能去哪？一開始他還會開著車子到以前常去的酒館泡，但逐漸地越來越懶了（他已經離開權力中心再也沒有人想要來拉攏他巴結他了），就是一橋之隔（福和橋）奇怪為什麼台北縣市的景觀跟生活型態差異那麼大？他到中和來工作感覺好像回到彰化老家了（連公司美眉的打扮都明顯老土好多）。

他忍不住想起老家的爸媽，家裡在彰化二林是有頭有臉的望族，雖不是富可敵國，但光是收店鋪租金也夠兩老生活，但他媽幾年前開始出現失智的現象，他爸又不願意在家裡照顧，請了外傭卻總是被他媽的壞脾氣給辭退，眞要說她失智其實好像也不是，江正宇的媽媽一天到晚打手機給他，「阿細將，你幾時要回來？」阿細將是他的乳名，可他好討厭媽媽這樣喊他，老爸成天穿著西裝打領帶出去泡阿公店，時不時就出國去玩，把他老媽一個人扔給大嫂照顧，大嫂有癌症哪能這樣照顧一個脾氣暴躁的老太婆，但他若不回去彰化老媽就會打電話去跟他老婆吵架：「攏是你不讓阿細將回老家對否！」他老婆李美雲一接到婆婆的電話就會緊張得作惡夢。

想這些事讓他精疲力竭，餓了，光是想事情也不會解決，吃飯吧！

後來他到 7-eleven 買了一個御飯糰跟一罐可樂，到摩天大樓的中庭去吃，他們公司就在這棟大樓隔壁，也是超高大樓，去年剛來這裡上班時還跟妻子李美雲商量過乾脆來這一帶買個三房兩廳他們自己兩夫妻住（這裡有三棟超高大樓可以任他們挑選），景美那個房子看是要租人還是就賣了（因爲妻子不喜歡那邊的鄰居，而且她身體不好，如果搬到公司附近也好就近照顧），但妻子不喜歡搭電梯，也不想離開熟悉的環境，於是作罷。如果當時搬到這邊來住，一切都不會發生了吧！（但如果還是發生了呢？事情只會更糟。）江正宇飯糰吃一半忍不住把手機打開來看簡訊，「我六點半到機場，一航廈見」，沒有署名他也知道是誰，江正宇點了一根菸，阿曼達，他深吸一口菸讓薄荷氣味從鼻腔灌入胸腔再用力吐出來。他光是想到阿曼達這三個字都會勃起。

該死。

他在中庭的空中花園晃蕩，所謂的中庭卻是設在大樓六樓，這也是一種節省空間的作法，江正宇從剛開始進門就是拿著白色磁卡穿過像捷運車站的三叉閘門、刷卡上電梯，動作熟練得好像只是回家但這裡不是他的家（有些常見的管理員還會對他點頭微笑），這個磁卡是阿曼達給他的，因爲阿曼達就住在這棟大樓的三十一樓。

阿曼達到日本開會了，江正宇因爲思念阿曼達而來到這棟大樓，他有磁卡但沒有鑰匙，開始交往之初都是在樓下打電話給阿曼達然後在大廳沙發等她下來帶，有一次不小心在樓下遇見了公司同事江正宇簡直嚇得魂飛魄散，那之後阿曼達就給了他一張卡片讓他自己上樓。

一個星期沒見了，他思念她，剛才還提著可樂跟飯糰到三十一樓之八阿曼達的房門口晃了一圈，進不去（他不免懷疑其實阿曼達正在屋子裡只是他不知道），阿曼達把鞋櫃放在門邊走道旁，江正宇小心翼翼把鞋櫃打開拿出阿曼達的拖鞋涼鞋來撫摸（那些比較貴的高跟鞋阿曼達都放在屋子裡爲的就是防止像他這種變態狂來偷看或偷拿吧），鞋櫃裡有一雙江正宇的柏肯涼鞋是阿曼達送他的禮物。江正宇一一拿出那些鞋子看了許久好像阿曼達就躲在某一雙鞋子裡。

一定要停止這種怪異的行徑啊！江正宇掐捏著飯糰，五十幾歲的人了竟會在自己情婦的家門口像個小偷一樣窺探，獨自跑到大樓中庭對著魚池裡的烏龜跟鯉魚喃喃自語，這比得了憂鬱症還嚴重吧！

江正宇把飯糰跟可樂一點不剩地吃光，然後撥了一通電話，是正統的來電鈴聲而不是那些周杰倫蔡依林的歌聲，他眞的很受不了那些音樂，尤其是阿曼達老喜歡去下載什麼模仿政治人物的答鈴聲，上個星期還來個什麼電火球衝衝的，感覺就是在嘲諷他是個老頭子。

「爸，你好嗎？」海濤溫和的聲音傳來。「你手好點了沒？」江正宇聽見他兒子的聲音竟然有點想哭，這個兒子簡直禮貌得讓人慚愧，海濤從小是連下樓去拿信箱報紙都會穿著整齊，過馬路一定要等紅綠燈，走路要走斑馬線，看見誰都會點頭微笑，溫和有禮到不可思議的孩子，不像他的大女兒海潮，海潮的字典裡沒有「禮貌」這種東西，她覺得禮貌是虛僞的極致表現，她從出生那天起就讓父母手忙腳亂直到如今二十三歲了依然，海濤前陣子在打工的店裡被玻璃割傷了手掌，縫了七針，他連這種事都是事後才跟爸媽說，其實江正宇不是眞心要關心他兒子的傷勢，他只是想跟兒子講講話讓自己頭腦鎭靜點。「我沒事，傷口已經拆線了，不用擔心我，媽身體還好嗎？」海濤淡淡地說，語氣之穩定和緩好像江正宇才是他兒子。沒有做爸爸的人會在勃起的時候想要打電話給自己的兒子搬救兵。眞蠢！

寒暄幾句他心虛地掛掉了電話。一通電話講不到三分鐘他已經捻熄了三根香菸，只是習慣性地點菸、抽一口就熄掉然後又點著，在家裡江正宇是不抽菸的，因爲他妻子李美雲討厭菸味，他懷疑這世界上有什麼氣味是李美雲喜歡的（滴露跟沙威隆嗎？還是藥用酒精？李美雲每次都會用各種消毒藥水清洗身體跟屋子的每一樣東西），有時他看見李美雲站在洗衣籃前聞嗅著他的襯衫外套，然後幾乎是捏著鼻子放進另一個籃子，她一定聞到了阿曼達的香水（但李美雲什麼都沒說），跟阿曼達講過幾次了她就是不聽，根本是故意的吧！可是江正宇喜歡那些香水的氣味，他喜歡阿曼達的一切，這是沒有道理可說的，他不想比較但他就是在比較，阿曼達危險而刺激，阿曼達讓他感覺自己是個男人，阿曼達讓他輕鬆，阿曼達讓他爽。

李美雲讓他自卑。

當然絕對不只是性的緣故（唉怎麼可能不是，凡事都與性有關，他與阿曼達之間連聊天的時間都沒有），江正宇設法讓自己的思想不要那麼齷齪，這就叫臨老入花叢吧！但其實不是這樣的，結婚前他什麼都玩過了，那時在當業務，跑酒家茶室也是常有的事，當兵前交過幾個女朋友，江正宇不是那種涉世未深的男人，但他卻娶了一個「聖女貞德」回家當老婆，而且他愛她，從頭到尾都是他主動的，他還記得當年的李美雲是如何讓他驚爲天人，但後來什麼都變了。

阿曼達，這不是他第一次外遇，結婚二十多年，逢場作戲，假戲眞作，該發生的都發生過了，但他一直都控制得很好，唯獨在他四十四歲那年差點出錯，那時他跟一個寡居的三十幾歲女人在一起，想到那個女人他依然會覺得愧疚不安，女人獨自住在永康街一個老房子裡，安靜優雅的擺設，安靜優雅的女人，他總是在午休時間開車到女人家，女人屋裡放著老歌膝蓋上窩著一隻虎斑貓，江正宇打電話去女人從不拒絕，那既不是激情的性愛也不是閒適的下午茶，他像走進時光隧道那樣爬上公寓老舊的樓梯上到三樓，進入一個六〇年代的屋子，梳著整齊髮髻穿改良式旗袍的女人打開門讓他進去，江正宇摟著女人摘掉她的髮釵讓如瀑的黑髮落下彷彿揭開一個古老的戲幕。

安靜的性交在正午時分的涼爽屋子裡展開，外面的炙熱與喧鬧都已遠去，江正宇一顆一顆解開女人高達頸部的盤扣，緩慢地發現她細緻白皙的身體，每一次都讓他忍不住讚嘆，那不眞切的美麗彷彿會在愛撫的時候碎裂，女人總不呻吟而是發出細細地鳴叫，像一隻在遠處的蜂，嗡嗡嗡嗡，一切都迷幻而不眞實，那時江正宇事業最好，海潮跟海濤都在上中學，妻子在一家高級時裝店幫人修改衣服，晚上江正宇去應酬時，兩個孩子在書房寫功課、妻子在家裡學著打版做衣裳（時裝店的老闆很欣賞美雲的手藝），江正宇感覺生活幸福而人生正要往高峰走去，但那個女人卻在一個靜止不動的地方待著，起初江正宇被那種懷舊的、典雅的氣氛迷惑，而後是心疼，女人從不主動要求他什麼，女人無害而良善，一回江正宇在附近的花店買一把百合花帶上樓去給她，女人什麼話也沒說，拿了一隻細頸瓷花瓶把那些百合花插好放在桌上，然後任由江正宇進入她的身體，聽江正宇有一搭沒一搭地說著公司的家裡的各種繁瑣事項，女人沒有多說什麼（她說話聲音總是低切如耳語難以辨認），臨別前如往常每一次那樣記得在江正宇出門前仔細把他西裝襯衫上沾染的貓毛一一清理乾淨，下回江正宇再來時，那些花已經完全凋落整個花頭拗折花葉乾黃，但還放在那兒。女人神色悠悠，在江正宇面前把那枯毀的百合輕輕拎起來丟進垃圾桶。

心疼變成了恐懼。

他突然害怕自己是女人生活裡唯一會見到的活人，他害怕自己其實除了百合什麼也無法給她（他氣自己幹嘛不買玫瑰花買什麼百合，名字不對，枯萎的樣子恐怖，他根本就是自找麻煩），他害怕自己不在那個屋子的時間女人會像百合那樣攔腰折斷而無人發覺，他更害怕女人的沉默其實是一種無言的控訴（你已經兩星期沒來了啊！我都有算日子喔），他害怕自己有一天會在這樣的下午時刻走進屋裡然後再也走不出去，於是他開始想要躲避，像戒除毒癮般戒除心裡對女人的憐惜跟思念，有一天江正宇終於下定決心不再打電話了，女人也沒有找他，一個月兩個月，江正宇都小心不走進永康街，然後半年過去，有一回幾個客戶指定要去附近館子吃飯，江正宇不得已還是去了，吃了飯還去附近喝紅酒，他記得自己酒後微醺心情爽快，正在跟人高談闊論，突然瞥見那女人穿著綠色旗袍在三角公園的鞦韆上，一盪一盪地打著鞦韆，忽高忽低，那個窄瘦的身影，翻飛的長髮揚得滿天都是，女人神色哀戚凝望著他，好像就要跳過來把他抓住，他驚慌地絆到水溝蓋跌了一跤，一身狼狽起來才驚覺鞦韆上根本不是他以前的情婦而是一個年輕女孩。

見鬼了眞是。那天之後許多次他辦公室的電話響起，都是無聲電話，長達三個月的時間，每天都會接到這樣的電話。江正宇惡夢連連，夢裡女人的面容空白，蹲坐在房間的一角，不出聲也不動作，貓一樣地靜靜蹲著，僅是那樣的姿態都足以使江正宇失聲尖叫。當然他沒叫，睜著眼睛到天亮，那時他妻子總會抓著他睡衣的一角睡覺，江正宇從惡夢裡醒來看見妻子李美雲經年不老的臉上有淡淡的淚痕（當然她臉上有皺紋了但還是很美），該不會他惡夢裡喊了那女人的名字吧！應該不是，那，那李美雲哭些什麼呢？妻子蜷著身體面向他，但並不碰觸他的身體只是抓著那一角衣料，一直都是這樣的，李美雲像放風箏一般放任他自由，但有一個小小的角落牽拉著，讓他不至於失控飄走，他好慶幸自己沒有沉溺在那個永康街女人幽香氤氳的屋子裡而忘了回家，他希望李美雲就這樣每天都抓著他衣角讓他知道自己是個有妻有子事業有成的好男人。

那是最接近危險的一次，此後，江正宇跟女人的關係都是片段的，都是幾面之緣（頂多不超過三次），在還沒有變成習慣跟麻煩之前就停了，偶爾的偷腥成爲他生活的小小樂趣，妻子沒有察覺，江正宇喜歡性行爲帶來的魔幻氣氛（尤其是那種不帶任何情感羈絆的，純粹的性交總讓他覺得是一種身心靈的休息跟整補），但這是他跟李美雲之間沒有的，他們夫妻兩個只有一兩個月才有一次性愛，但幾乎每天都同床共枕一起入睡，睡前會在床上講一兩個小時的話，李美雲喜歡握著他的手神經兮兮地說著各種一點都不稀奇的事（大多跟他女兒海潮有關，老實說他自己對於女兒是同性戀的事在最初幾年就已經克服了，但他想要好好安撫妻子對於海潮過於仔細的關注產生的焦慮），而他喜歡聽，有時他會吸吮著李美雲的掌心、額頭、頸背，或是緩慢而仔細地幫李美雲按摩頭部，這是他們表達親密的方式。可是江正宇需要性，不只是因爲累積了精液需要排放（他總是定期自慰，沒辦法誰叫他遺傳了老爸的性能力），而是他喜歡那種肉搏戰般徹底地跟另一個女人用身體相互碰觸的感受（跟自慰就是不一樣），這個跟他深愛的妻子無關，他仔細挑選不會帶來麻煩的女人，而也確實沒有惹到麻煩（有需要的話他甚至願意花錢，不過這種機會很少，江正宇不是個大帥哥但他就是吸引女人）。這類超出婚姻承諾的婚外性行爲順利地進行了好多年，直到一年半前，有一回，他的陰莖上長了一顆奇怪的小息肉，是在一次跟妻子性愛時被妻子發現的，他記得那時李美雲用嫌惡的表情看著他，天啊最愛乾淨的李美雲把他當作是長了黴斑的爛土司，嫌惡地推開他的身體衝進浴室裡洗好久的澡，此後他們就分房睡了。床鋪上的談話，拘謹而溫柔的親吻、被緊握住的睡衣一角、一個月僅有一次但每次都甜美細緻的性愛，李美雲身體上潔淨的氣味（那不止沐浴乳跟乳液和起來的氣味），全部都沒有了。

怎麼回事？

那是他一生中最難堪的時刻，不可能，江正宇知道自己不可能得性病，他每一次都有正確地使用保險套，從年輕時候起，除了跟李美雲之外他每一次都全程使用保險套。（應該是這樣的，但他越是努力回想越感覺害怕，他或許遺漏了幾次，但，到底是跟誰呢？想不起來了。）那是什麼呢？他心裡想起了「菜花」這個噁心的字眼（以前看過那種性病的照片上腫脹腐爛的性器官），據說那是連用保險套也無法預防的（他一個朋友老楊去大陸玩一次就中標）。老天爺，這麼倒楣的事會發生在他身上嗎？

之後是充滿屈辱的求診，他獨自一個人，到泌尿科去，他想起以前當兵的時候大家放了假都去嫖妓，但他江正宇可沒有，他在左營當兵，就在左營有了女友，軍中同袍有人出去市區打野炮中標，痛得走路一拐一拐看了就噁心，大家在澡堂洗澡還會半開玩笑地ㄉㄧㄤ那個人的鳥來玩，江正宇那時眞擔心自己會因爲看那人一眼也中標，若要說他跟妻子李美雲有什麼共同處，那最大的共同點就是他們都有潔癖。結果有一天最愛乾淨的江正宇卻坐在泌尿科診所裡看見年輕的護士用嘲笑的眼神望著他，「菜花，菜花」，整個診間彷彿都充滿這樣的嘲笑，江正宇好幾次都想奪門而出，好不容易拚命忍耐才等到醫生門診。「這是一般性的息肉，不過還是給你抽個血仔細化驗一下吧！」醫生的表情解讀不出任何意義，但江正宇聯想起所有他想像得到的性病，梅毒、淋病、菜花，還有，天啊！他突然想起海潮不久前跟家人說過到愛滋病感染者的組織去當義工的事，如果他江正宇感染了愛滋病，難道要他自己的女兒來幫他做心理復健嗎？

等待化驗報告那一陣子比等聯考成績單、甚至比當年等李美雲點頭答應他的求婚都還要難熬，他眞想乾脆死了算了。

結果沒有，什麼毛病都沒有。

但此後連那些露水姻緣江正宇都徹底停止，江正宇不要性了，李美雲也不讓他碰了，江正宇開始把精力投注於健身運動，他慢跑、游泳、打網球，他的頭髮濃密身材健碩，體能甚至比四十歲時還好，但他不想也不要性，他覺得他可以不需要，他定期自慰，他自我感覺良好。

但卻出現了阿曼達。

江正宇吃完午飯回到隔壁大樓他自己的辦公室去，準備下午的業務會報，他知道自己現在動輒得咎，一個不小心就會被資遣（副總臉上就是流露出這種神情），以前在電視台的時候，他是總經理王信和創業時代一起打拚的好兄弟，老王信任他，他也信任自己，他就安心地擔任總經理特助（薪水比副總還高），幾次其他公司來挖角他都沒離開，他喜歡那種帶著一點刺激但是非常安全的工作環境，可前年老王竟然中風了，那個大口吃肉喝酒事業如日中天的老王一夕之間變成必須要菲傭推著輪椅包著尿布的老頭子，而他江正宇，被轉調到這家購物頻道其實只是顧念著老王的情分吧！那些比他年輕比他精明的小夥子（甚至是女人）個個想把他拉下台，現在這個時代，有他沒他都是一樣的（換個年輕人更省錢），他應該在被逼走之前自己下台走人，但是他嚥不下這口氣。

其實他自我感覺才不良好，他感覺糟透了，身邊幾個多年的朋友得意的得意早都在商場上闖出自己的天地，失意的失意有些患了憂鬱症有些提早退休，還有人跑到東部去養土雞，只有他，事業不上不下不高不低，委委屈屈在這裡讓那些年輕人糟蹋，他女兒是同性戀成天上電視參加示威遊行、他兒子道德高尚讓他自慚形穢，最重要的是他那個高不可攀的老婆根本不讓他碰。他沒有得憂鬱症眞是奇蹟。他感覺自己正在往那些老男人必須經歷的中年危機逼近，而且是一發不可收拾的自暴自棄，只是勉強維持一個看起來還算自我控制力很強的樣子。他正在下墜他知道。

阿曼達拯救了他。

他知道那些個二十幾歲的女孩子哪裡能招惹（江正宇不交往二十幾歲的女人那些都是麻煩他知道要避開），個個精明得好像看你一眼就可以把你看穿，江正宇就算保養得再好也不過就是個半老之人，可是阿曼達來引誘他，阿曼達要什麼就可以得到什麼（阿曼達碩士畢業一六五公分四十五公斤胸挺腰細皮膚吹彈可破），她是行銷部主任，小夥子想追她老頭子想包她，但阿曼達拒絕所有人，甚至拒絕去給副總包養當情婦（江正宇越想越有氣，副總一開價就是十二萬，可惡，他辛苦做　輩子月薪也沒那麼多），阿曼達選擇了他。

江正宇不得不承認自己有點得意。所有事情都有了轉機，他開始生氣勃勃，開始意氣風發，即使他知道自己工作即將不保，婚姻隨時都會破裂，可他一時間就是忍不住感覺得意忘形。

阿曼達，使他成就的同時也會毀滅他。

會議上他無法集中精神，他小心翼翼但還是惹惱了副總，他需要擔心的事情很多但他卻只想跟阿曼達上床。

他想念著他那個性感的情婦，他想要用各種體位跟阿曼達無止盡地做愛，但他也想念李美雲，他那個神經質而冷冰冰的妻子，他近幾個月老是假裝出差、加班而延遲回家的時間，他跟阿曼達在大樓的套房裡做愛的時候他經常想起李美雲，或許妻子會變成當年那個在永康街老屋裡逐漸朽爛的女人，而這一切都是他的錯。有時他會用鋼珠筆尖刺痛自己的性器，五十幾歲的男人還這樣興致勃勃，他這幾十年來從未體會過如此激烈而奇妙的性愛，但他是分裂的，對阿曼達的慾望即使把自己的性器摘除還是會充滿他身體的每個角落吧！沒錯是這樣，可愛而可恨的阿曼達讓他知道男人並不是只有一根屌。

他都不知道自己是怎回事了？那些只有在最鹹濕的A片才會上演的情節活生生在他與阿曼達之間搬演，他不想停他不能停他不要停。

他害怕失去。

他害怕失去自己的工作，怕失去李美雲，怕海潮那種隨時都會揭穿一切的銳利眼神，怕海濤純正敦厚的面孔裡映照出他的狼狽不堪，他怕自己又會變成那個一無是處的老頭，他怕自己成爲阿曼達的俘虜之後阿曼達又會把他當作垃圾一樣拋棄。

爲什麼會變成這樣？江正宇用力敲打著鍵盤發出了好大的聲音，整個辦公室的人好像都在看他。

一下班他立刻飛車離開了台北縣從中和交流道上了高速公路直奔桃園中正機場。「我要去高雄出差，晚上不回家了。」江正宇練習著該如何對妻子撒謊，他整個下午打了幾次電話都找不到李美雲，給她的手機她從來不開也不用，家裡的答錄機也沒開到底是怎麼回事，「沒關係，你忙你的。」江正宇可以想像李美雲會這麼說，江正宇突然想要放聲大叫，「救救我！」他想對李美雲這麼說，幾十年夫妻了，你救救我，不要這麼冷漠，不要若無其事，不要推開我，李美雲你不要這樣對我。

可江正宇什麼話都沒有說。沒有人要跟他說話。

車子安靜地行駛在高速公路上，周遭景物全然靜寂地朝窗外後退，江正宇專心地握著方向盤，越接近機場他越感到遲疑，或許這時候掉頭回去才是正確的選擇，但他總是不知道該如何掉頭，當然是因爲高速公路是不允許人或車突然掉頭的，這時候手機響了起來在靜默的車廂裡發出可怕的巨響，他遲遲無法按下免持聽筒的按鈕，卻又被這刺耳的鈴聲震痛耳朵，等他終於接通的時候，海潮的聲音傳來了：「爸，你明天要陪媽一起來嗎？」江正宇清了一下嗓子才有辦法發出正確的聲音：「我要去高雄開會你媽沒告訴你嗎？我在開車現在不方便晚點給你回話。」他撒謊撒得好心虛。

海潮的聲音低沉卻帶著童音，那是刻意裝出來的低沉，就像海潮一直努力要做的那些事，李美雲明天要去參加海潮那個同志團體的活動，如果他可以出席不但可以讓李美雲比較安心也會讓海潮很有面子吧！可他管不了那麼多了，江正宇看了一下手錶，還有二十五分鐘應該趕得上，順勢滑下了桃園交流道。

他接過阿曼達的行李躲過她的吻，現在沒這個心情啊懂不懂，萬一遇上了他認識的人怎麼辦？阿曼達雙手摟著他的腰把頭靠在他胸前磨蹭：「我想吃你。」阿曼達的眼睛裡有火在燃燒，阿曼達的嘴唇張開就會帶給他致命的快感，她的身體柔軟依舊散發那種令人迷亂的香味，在阿曼達的身體靠著他的時候，他的身體不自覺起了反應，該死，總是這樣。

可是他又能怎麼辦？他怎麼拒絕自己想要的東西？

在回台北的高速公路上，阿曼達拉開江正宇的西裝褲拉鍊開始熟練地幫他口交，江正宇突然有種把車子一頭撞上路邊護欄的念頭，時速一百一十公里，但還可以更快，隨著阿曼達起伏的頭髮跟舌頭的節奏，江正宇感覺死亡就在不遠處呼喚，人生不可能更好也不可能更糟了，過去種種在他眼前飛旋，他想起認識李美雲的那天，他去參加大學同學的婚禮，而李美雲是那個同學太太的親戚，耳下三公分的學生短髮額前別著一個小小的蛋色髮夾，小巧的身子合身的套裝，秀麗的臉上有著他從未見過的清澈眼眸，江正宇對她一見鍾情，開始了長期而無望的追求，寫信，打電話，約吃飯，看電影，他每個星期一放假就是台北嘉義兩頭跑，每個星期他都在等李美雲給他任何一點點回應，李美雲一個微笑就能讓他感激涕零，兩年後李美雲答應了他的求婚，那時，他覺得老天爺對他眞好，能夠娶到這樣雅致嫻淑的妻子是他前輩子修來的福氣，每一天他都等待著下班時間到來可以坐在李美雲對面跟她一起吃飯，起初的幾年他是多麼的幸福啊！雖然後來婚姻生活逐漸變得平淡，雖然他跟李美雲的性總是單調而乏味的，但他不在乎，這世界上有一種女人不是用來睡而是用來欣賞讚美的，倘若不是因爲那顆該死的息肉（天啊那會不會是永康街女人的化身？）李美雲還會睡在他的身邊，只要李美雲還在他的身邊熟睡江正宇就有對抗這世界的勇氣，沒錯他是會在外面偷吃的男人，但他從來不覺得自己背叛，因爲他深愛著他的妻子與孩子，他從未想過要放棄他的婚姻跟家庭，但李美雲放棄了他，李美雲不用說任何一句難聽的話就可以把他擊潰，是他自己主動搬到海濤的房間睡覺，是他自己逃避著回家，逃避著跟李美雲一起吃飯，他逃避著每一個與她四目相對的時刻因爲他面對不了，他很想拿醫院的證明給李美雲看「我沒病，我很乾淨」，他想對李美雲說他不會再去玩女人了但是他說不出口，而且很快地，沒有多久，他認識了阿曼達並且開始跟阿曼達偷情，他有什麼資格要李美雲原諒他。

還有他媽，他那個媽，他感覺憤怒但是他不能憤怒，他媽不講理他媽脾氣壞他媽根本就在惡整他，但是那是他媽啊！他媽現在連大小便都會失控，他媽出門會迷路，煮了開水會忘記關火，他媽隨時都會把那個老房子炸掉，他媽想搬來台北跟他們住，但是他不能，他不能讓他媽來把李美雲逼瘋。這些他生命裡的女人怎麼都這麼麻煩，爲什麼每一個他深愛的女人都讓他頭痛？而此時他的情婦正在高路公路的車程裡伏在他的胯下以精湛的口技操縱著他的快感。

阿曼達的嘴繼續吸吮，那好像不只是一張嘴其中還躲藏了一隻神祕的怪獸，阿曼達的口腔是沒有止盡的甬道，周遭的肌肉吞吐擠壓收縮一下一下把江正宇帶入幻境，將他生命裡所有的回憶都勾拉出來。

江正宇崇拜阿曼達的力量，二十七歲的阿曼達懂得任何關於性交的事，三個月以前一起到日本出差，酒會結束他送阿曼達回房，阿曼達問他：「要不要進來喝杯茶？」她彷彿知道每一個步驟該如何進行，不需說明，無須暗示，他走進阿曼達的房間，江正宇不記得他們說了什麼話，小小的烏龍茶包在玻璃杯裡浸泡著熱水直到茶水暗褐也沒人去喝上一口，等他恢復神智的時候他們已經在床鋪上交纏成一團了，阿曼達熟悉他身體的一切動向，知道在什麼時候該停住嘴巴的動作讓他進入她溫暖的身體，而且阿曼達懂得征服他。

每一次阿曼達都征服他多一點。

那些日子怎麼可能才三個月，日本會議回來後，阿曼達讓江正宇進了她的房子，挑高四米二做成樓中樓夾層的十來坪套房，下頭是客廳書房跟廚房，上面是臥房跟儲物間，站起來就會碰到天花板的臥房其實只是一張 King size 的柔軟床墊，江正宇不知道這套房是阿曼達租的或是買的，每次他到的時候屋子都整齊且散發著不知名的芳香，然後他們就把一切擺設都弄亂，幾乎每一個地方都有他們纏綿的痕跡，散落一地的衣物、隨手碰倒的花瓶擺飾品、床鋪上遺落的毛髮、沾染各種液體的汙漬（阿曼達喜歡在做愛時吃東西，喝酒抽菸吃霜淇淋，江正宇喜歡把阿曼達的床單跟身體都弄得濕淋淋髒兮兮地，江正宇喜歡阿曼達那種不在乎）。

床邊就是大窗上半部，白天可以看見遠處的山景（那個是烘爐地的福德正神，阿曼達指著遠處的土地公神像這麼說，要不要順便拜一下？阿曼達揶揄他。）晚上是璀璨的燈火，許多次江正宇就在這個床鋪上從七點八點九點十點拖到十二點，甚至打了電話回家謊稱出差然後賴著不走直到天明。黃昏日落天色從金黃變成寶藍然後灰暗然後變黑，然後反覆。

那些時間裡他們一直都在做愛。

他們非常接近天空，就在雲端邊緣激烈地拉扯啃噬著對方的身體，把各種食物飲料塗抹在彼此的身上，讓彼此又髒又濕又快樂又疼痛，因爲太多太強太難以解釋的快感使江正宇時常覺得自己幾乎就要從高樓墜落。

最後射出的快感跟想像中直線墜落的感覺如此相似。

阿曼達說，江正宇在這裡你什麼都可以做。任何事，只要是你想要的就做吧！（可以不要掀開馬桶蓋尿尿嗎？江正宇問，阿曼達笑得好厲害，她說，你想尿在床上也可以。）

聽到這句話他又變得很堅硬了。

江正宇一直不知道自己可以硬到這種程度，堅硬而持久（不只是他的性器而是他整個身體），因爲飽漲的慾望以及阿曼達運用自如的性驅力讓江正宇覺得自己的身體好像無所不能（勃起與疲軟都反覆出現），他重新成爲一個強而有力的男人，而且他可以柔軟（他有好幾次都趴在阿曼達的乳房上哭），有一次阿曼達吻遍了他的身體，包括他自己都羞於碰觸的肛門，他呻吟得那麼厲害卻不覺得羞辱，人類的身體可以享受這樣大的快感他從來不知道（那是否更接近動物的行爲呢？阿曼達像一隻豹像老鷹像海鰻像水蛇像任何他想得到想不到的生物但就是不像人類，江正宇遇見她才知道自己對於人類的身體結構多麼缺乏想像力），那次阿曼達的舌尖在他最隱私的地方遊走穿梭使他濕潤使他失去理智，在毫無防備之下阿曼達的指頭深入了他的肛門使他的性器突然堅硬得好像要裂開，而在最適當的時機阿曼達翻過他的身體準確地騎上他的身體而手指依然插著他快速地抽拉，那時有生以來第一次最強烈而複雜的快感就這樣來到了。

所有的一切都狂野散亂無法組織不能敘述，江正宇知道自己已經成爲阿曼達的俘虜而且他心甘情願義無反顧。

那些在阿曼達套房的日子裡，他們用各種方式在屋子的每一個地點性交，如果說身體可以傳達語言，那麼江正宇跟阿曼達的性是精通八國語言的，那似乎永無止盡變化萬千，會從休息變成過夜，會讓江正宇腿軟，讓他鼻酸，讓他對妻子撒謊，讓他狂喜狂悲恨不得把自己也給吃了。

他們像雙頭蛇那樣吞噬著彼此，阿曼達帶領著他，江正宇發現了自己的可能，於是回頭也去開發阿曼達的身體，這是一個滿腦子只想著性的女人（但阿曼達的工作成果卻是出奇的好），她的身體可以張開得彷彿一面鋪天蓋地的網，她總是想要更多更多，而且她從不厭倦。

江正宇曾經問阿曼達：「爲什麼是我？」

阿曼達說：「因爲你有很多可能性。」

江正宇都不知道自己有什麼可能性，但那些可能性眞的一一地展開了。起初他以爲阿曼達只是想要把他榨乾，但卻變成一種塡充，在放射與放射之間有更多不可言喻的力量注入了他的身體，阿曼達的舌頭刷過那顆小小的息肉彷彿是在洗刷他過去遭受的屈辱，那象徵著不潔的、他曾因爲某種無法對李美雲訴說的原因而導致一個不代表任何疾病的息肉，一夜之間割斷了他跟李美雲的親密，乾淨與骯髒，親密與疏離，想不到竟然只是因爲一個小小的突出物，阿曼達把江正宇弄髒弄亂卻讓他感覺到自己純淨，這到底是怎麼回事？有時江正宇回家後會在李美雲的門口徘徊，他想要打開（甚至是踹開）那個緊閉的房門，叫醒熟睡著的李美雲，對她說，「事情不是你想的那樣。」「我無法正確說明但是你如果繼續這樣下去我們都會完蛋的。」

甚至江正宇想要哀求她引誘她或者是說服她，「李美雲你知道嗎，保持乾淨是一種罪。」他想用一千個吻的唾液把那個乾燥冰冷的李美雲沾濕，他想把陰莖對準李美雲的臉讓她好好看個清楚，「那只是一個息肉你知道嗎那不是病。」

但江正宇什麼都沒做，他只是一次又一次地拿出磁卡到達三十一樓按下電鈴等待阿曼達來解救他。

如同此時一樣，江正宇的身體在阿曼達的嘴裡呑吐，以時速一百二十五公里的速度疾行，他生命裡的女人們好像都出現在這個 Toyota 房車車廂裡，伴隨著一下又一下強忍住的呻吟與精神的渙散，他努力集中注意力凝視前方不斷綻開的兩道白色道路分隔線，因爲太努力而聽見了一種大合唱的歌聲，李美雲唱著高音部，他母親唱著低音，永康街女人突兀的嗡嗡聲像是背後的弦樂，海潮始終不斷的訴說與辯論是岔出主旋律的變奏，而阿曼達光著身子在擔任指揮。其他沒有名字的女人是面目模糊的合唱團團員。

江正宇看見自己的身體如一台老舊的鋼琴，琴鍵上的白色變成乳黃而黑色的部分已經開始皸裂剝落，拉緊的琴弦幾乎繃斷，好多人在他的身體上跳躍彈奏出不協調的音樂，所有應該透過言語訴說的意義都只剩下身體上的觸感，一再一再地，更高更高，江正宇感覺到那些相互衝突又四下散落的音樂都正在通往一個看似高潮卻是徹底墜毀的過程。

充血的陰莖經過長時間的舔舐已經脹得薄脆欲裂，他知道有種不是性快感的東西正要突破他的身體爆裂在某個溫暖潮濕的場域，來吧！江正宇在心裡大喊著。或許是精液或許是體液或許只是一些蛋白質但更或許是一些無法清洗的髒汙，江正宇期待著一場爆炸把他的身體炸開，彷彿如此一來他才能用更多的碎片回報給他生命裡在乎的女人。

如此他就會變成李美雲要的那種乾淨的男人了。

在射精的那一瞬間，爆炸性的片刻，軟弱的江正宇並沒有將車頭掉轉衝向護欄，而是在高潮的喊叫聲後開始不斷不斷地，嚎啕大哭。

關

下午四點半的課堂上，江海濤一直無法集中注意力，包纏著紗布的右手掌再過幾天就可以拆線，但現在不但不能碰水也無法提筆寫字，他把左手放在紗布上輕輕地按壓，還有一點疼痛，但使他分心的不是疼痛而是課本裡那張明信片，早上下樓到信箱拿報紙時從一疊廣告信裡掉出這張明信片，江海濤已經反覆讀過十幾次了，他媽媽李美雲跟姊姊江海潮都是愛寫信的人（是那種裝在信封裡眞正的紙張信件而不是電子郵件），到台中讀書之後每個月都會收到一兩封家裡來的信，然而那些都與此時他夾在課本裡的明信片不同，家書與情書當然不同，江海濤想起「情書」這個字眼心臟砰通發出了好大的聲響，他忍不住左右張望幸好沒人聽見。

他以左手翻開課本拿出那紙片忍不住看了又看。

「跟你說一個傻人村的故事。」明信片上這樣寫著。

「很久很久很久以前有一個村莊，裡面住的人都是傻子，他們學其他村子的人造房子，但卻忘了做窗子，所以屋子很黑，村裏只有一個聰明人，那個人非常聰明所以想出了一個好辦法，他拿起一個盆子放到太陽底下曬，想要把光裝起來，其他傻人看了都學他，紛紛把鍋碗瓢盆都拿出來曬，想把最多的光收集起來，傻人們都很高興，一邊曬太陽一邊唱歌跳舞，等到太陽下山，就把盆子蓋起來，小心翼翼地捧進黑暗的屋子裡，等著看喔！待會就有光了。傻人高興地說。」江海濤讀到這裡，深吸了一口氣。「當傻人們歡天喜地把蓋子打開時，屋子依然一片漆黑。」

「每一次看見你，我都希望可以用什麼把你的模樣裝起來，好在思念的時候可以拿出來看，但是我知道，這世界上有許多東西是沒有容器可以裝的，不但光不能裝，愛不能裝，你的樣子也不能裝。」

明信片上的字體由大轉小到最後幾乎小得無法辨識。最底下有一個小小的簽名，愛你的關。

關。

寫明信片的人是一個大他十二歲的女人關明麗，認識的人都叫她關明，但她要江海濤叫她關，好像一開始就準備把江海濤關進她的愛情裡。關做鐵雕跟版畫，結過兩次婚但都離了，現在跟一個英國人保羅在藝術街開了一家兼賣古董家具的咖啡館，江海濤會認識她是因爲到那個店去打工的緣故。

沒錯這是關的風格，她無法準確地掌握一張明信片可以放下多少文字，她也無法掌握自己的生活裡可以容下多少人，或許那是因爲關根本不在乎這些事情。

每回讀完這張紙片江海濤就會開始哽咽，但也只是哽咽程度沒有哭，因爲他並不難過，也不覺痛苦，他甚至覺得很高興，只是想像這張明信片是如何買到如何寫成如何被丟進郵筒寄到他手上的呢？是這種想像的過程讓他哽咽，因爲這一切，有太多可能性了。

關已經給他寄了十二張明信片，關不寫信不傳簡訊不發電子郵件，除了突如其來約見面的電話，關沒有用其他方式跟江海濤來往，但就會突如其來地寄來這樣一張明信片，這些明信片像是一種簡約的密語，在一張任何人隨手翻開就可以閱讀的紙片上，祕密又公開地，記載著關的片段想法。

江海濤收藏著那些明信片已經很久，每一張都被他太多次反覆閱讀撫摸而變得破舊，自從他姊姊江海潮跟家人坦承自己是女同志之後，江海濤的父母好幾次都問他是不是gay？不然爲何從不見他帶女朋友回家？江海濤不知該如何解釋，他不是gay，其實如果是也不要緊吧！有海潮給他撐腰他已經不需任何出櫃的程式，但他有他自己的祕密，這些祕密都發生在更爲祕密的地方，關卻以如此張揚的方式給他寫明信片，江海濤不懂爲什麼，自從遇到關之後他就什麼都無法確定了。

他知道自己不是關唯一的情人，他在乎的不是這個，他難受的是因爲他見不到她，即使他跑去關跟她男友保羅合開的那家咖啡店他見到的那個也不是他記憶中的關，那是不屬於他的，任何人都可走進那家店裡坐下來，然後關就會笑容甜甜地走過來問你要點什麼，保羅總是在吧檯那邊調製著出名的咖啡，關會走進吧檯對保羅說話，他們總是在吧檯聊著天，那樣的畫面使江海濤痛楚，因爲那時的他只是「任何人」，關給他的微笑跟給別人的一樣濃度，關總也不避嫌地過來攬他的肩膀，但關對熟悉的客人或朋友都是這樣做的。他就像電影中常出現的那種嫉妒的情夫，但他才二十一歲，他懂得什麼是嫉妒嗎？他拿捏不好分寸。

這時候關在做什麼呢？他不知道，也無從想像，其實是他害怕去想像，照理說關有很多事情可以忙，她可能在店裡、可能在工作室、可能去散步逛街買東西，但江海濤想像得到的卻都只是關正在跟某個人性交，關正以一種他從未見過的姿勢與表情在某處與某個人做著他想要做的事情，光是這個念頭與隨之而起的種種畫面就讓他想要發狂喊叫。

關若不在他面前就是在別處，在別處的關跟他是沒有關係的，關總是這樣告訴他：「當我離開你的視線你就當作我不存在。」如果眞是如此，那爲什麼還要寫那些明信片給他？爲什麼要讓他以爲她愛著他？爲什麼要在不能見面的時刻不斷地提醒著他要繼續地愛她？江海濤不問爲什麼，因爲關不會給他答案。

江海濤的祕密不只關於愛情，他是一個喜歡祕密的人，從小，他就以掩飾僞裝自己作爲生活的基本法則，家人都不在的時候江海濤常拿起梯子爬到儲物間置放棉被的最上層壁櫥，拉開掩藏的門，躲進去，聞嗅著濃濃樟腦丸混雜棉被中殘餘的洗衣粉氣味，開始啃噬著自己的手掌膝蓋，拉扯自己的頭髮、或身體任何一個部位，這樣消磨許多時光，那是畏光的他爲自己建造的黑暗盒子，在黑暗裡，只有他與他的身體互相摩擦。

江海濤的身體對江海濤來說是唯一的玩伴。沒有人曾經喚起他對於另一個身體的強烈知覺，直到遇見了關。

下了課江海濤準備先去買便當然後走路到東海別墅一家唱片行打工，他一星期來這裡打工二十個小時已經好幾個月了，時薪七十五元雖然不高，但年輕老闆楊廣跟他合得來，買CD也可以優惠（楊廣常送他二手CD，不久前還給了他一台擴大機），其實家裡給他寄的生活費絕對夠用，但他設法想要存一筆錢，這種節省的觀念是從媽媽那兒學來的，但想要「有屬於自己的錢」這念頭卻是在認識關之後逐漸發酵，他幻想著總有一天他要帶著關「遠走高飛」。

關，擁有這個三十三歲的女人是江海濤人生最大的夢想。但人怎麼能夠去「擁有」另一個人呢？擁有是個太抽象的字眼，那個咖啡店的前院放置著關做的那些大型鐵雕，經年風吹日曬雨淋都已長出厚重的鐵鏽，關曾說她想要做的就是這樣的東西，讓每個人都可以觸摸，會讓雨水打過，可能會被貓狗撒尿拉屎，讓麻雀野鳥滴落許多鳥糞，「我討厭任何人想要擁有它們」。所以無論江海濤存多少錢關也不會跟他「遠走高飛」，倘若他提出這樣的要求關一定會賞他一巴掌然後拂袖離去。

但腳步卻不自覺地繞進了藝術街坊（那與別墅區在中港路左右是兩邊完全不同的選擇），他知道自己想要繞去關的店裡看一下，離打工的時間還有三十分鐘，如果去那邊喝一杯咖啡還來得及（那就得放棄晚餐了），無論如何盤算都不可能兩全，他還是推開門走了進去。

沒看見關。

保羅對他點點頭，江海濤心虛地回應，保羅是個沉穩的老好人，以前打工的時候也對他很照顧，但江海濤最不想看見的就是好人保羅，他很希望可以用他那口破爛的英文對保羅宣示他想要擁有關的決心，但他說不出口。「It's OK」，保羅總是這麼說，沒關係，廢話當然，保羅根本不會把他當作對手。

從教室到這裡是很長的距離，以前多半騎腳踏車但現在手受傷了於是走路，江海濤一路上幾乎是小跑步，太趕了，他和關總是在一種「時間永遠不夠用的狀態裡」，或許給他再多時間也不夠，他對關的渴望是如何都無法填滿的。江海濤找了靠窗邊的位置坐下，點了一杯焦糖馬其朵。服務生是個長髮高瘦的女孩子，沒見過的女生，上回那個美術系的學生大概離職了吧！（他以前待了一年半是整個店裡年資最久的工讀生。）江海濤一口氣喝了半杯水然後起身走去廁所，這家店當初設計打通了兩個店鋪，但規格古怪，或許因爲太多大小家具遮住了通路與視線，原本挑高寬敞的空間變成許多曲折的小徑穿梭其間的迷宮，屋內有幾處的天花板都是鏤空加上透明壓力板裡面埋藏投射燈，有些區塊則被大型櫥櫃、紗簾圍繞，裡面點著二十燭光的小燈光影曖昧，依照光亮與昏暗不同製造出許多區塊，喜歡明亮的人會找到明亮的地方，想要隱密的人也可以找到昏暗的角落，江海濤非常熟悉這裡的擺設跟路徑但他總是故意迷路似地闖入其他區塊，這時間客人很少，江海濤疑心關正在某個暗處與某個人調情說笑。

因爲關就是那種人。

當初不也是這樣嗎？江海濤走進位於屋子最底端的狹長甬道盡頭就是廁所了，那一天，他就是在這裡遇見了剛從廁所裡走出來的關，關一把將他拖進了廁所。

那天，像一道斬釘截鐵的界線切開了江海濤的人生，以此爲界前後分開，短短十幾分鐘將他的人生推向不可知的境地，他記得非常清楚，關引導著他進行了他生命裡第一次的性交，好幾次外面有人敲門，有人說話，腳步聲靠近又遠離，中途關的手機甚至響了起來，江海濤還是個處男，他甚至不知道該如何正確地進入女人的身體，但所有動作似乎都已經預演過，只等著像關這樣的女人來讓這事情發生。那時廁所外的人事物都已遠離，甚至連關強忍著的呻吟也顯得模糊，江海濤在暈眩中賣力地抽動著身體，拚命想要記住陰莖在關的身體裡滑動那種濕潤與暢快，他們呑吐出的氣息讓洗手台的鏡子都起霧了，他托扶著關的雙腿而關就坐在鋼製的洗手台上，江海濤忍不住望著模糊鏡面裡自己閃現的面孔，鏡子裡他趴在關的肩膀上動作著，迷醉的眼神、豆大的汗水在他泛紅的臉上奔流，那是張他不熟悉的臉，彷彿剎那間他已經轉變了面容。

此刻，江海濤聽見小便灑落在白色便器放置的冰塊上不間斷的滴答聲，巨大的回聲在空蕩的廁所來去碰撞，他伸手托住自己的性器，有多少次他跟關都在這個廁所裡貪婪地索取對方的身體，在那段打工的日子裡，只有這裡是屬於他的。後來他因爲無法承受看得見關卻無法碰觸到她、厭惡那種必須眼睜睜看著關與保羅（或其他人）放肆地調笑跟親熱的場面，所以辭職離去。那之後，看見關的機會變少了，無法控制的想像逐漸將他的穩定裂解。

他並不知道關當初對他是什麼心態，他不知道自己有什麼地方會吸引關？因爲他是那些來去不定的工讀生裡最勤奮的嗎？因爲關知道他暗戀著她？因爲他總是默默地執行關那些突如其來的要求，還是因爲他從不拒絕？他非常懷疑其實從不拒絕的人是關，關或許已經把任何一個她想要的男女都拖進這個廁所了，她知道自己做得到，所以才會那麼輕率嗎？江海濤搖晃著他的性器把殘餘的尿液甩乾，卻遲遲無法收進褲襠裡，他不斷撫摸著那還縮在包皮裡柔軟而畏縮的龜頭，可悲的是，失去了關或許他再也無法勃起了，雖然無法證實他但卻能清楚感受，他不想也不會再爲任何女人勃起，他不要進入其他人的身體裡。

許多次他這麼對關說，關總是笑他傻。「等你經歷過其他女人，你就會知道你現在的執拗有多好笑。」關淡淡地說。江海濤希望自己能夠讓關明白這不是一種執拗也不是天眞，但他要如何去證明尙未發生的事呢？他如何用不可知的將來去驗證此刻的決心？或許正如關所說，往後他會再遇到其他女人，他會經歷不一樣的性愛，而那些可能更簡單更美好，然而他被困在「此時」「現在」，被困在一個無法實現無法順遂的愛情裡，他就是無法毅然離開。

他回到座位時關已經坐在吧檯裡。

江海濤看見關的時候忍不住用力捏了自己受傷的手掌，他想要用另一種痛來轉移看見關的疼痛，那道傷口是上星期在關的工作室裡被四處橫陳的尖銳鐵條劃破的，那時關正在焊接一件鐵器，江海濤凝望著那不應該直視的跳躍星火（關說這樣你的眼睛會瞎掉的），以及關那種專注不容介入的動作，那是江海濤第一次看見關做鐵雕的樣子，有別於在咖啡店裡風情萬種的美麗女人，手持護目面罩的關看起來好像一個戰士。江海潮覺得自己彷彿闖進一個不該進入的私密空間，那是有別於他二十一年來所經歷的平淡人生，有別於他的老師同學朋友家人，一個標誌著太多不可理解的神祕事物的世界，巨大鈍重，又尖銳無比，隨時都可能將你刺傷讓你目盲。恍惚中他一轉身就劃傷了手掌，突來的疼痛使他瑟縮了一下身體但他沒發出聲音，等到關把面罩放下時才發現他已經流了一身的血。「你這個傻孩子，」關說，「沒見過有人像你這麼不怕痛。」

關立即開車送他去醫院掛急診，從掛號候診打針上麻藥到縫合傷口領藥，幾乎花去了四個小時，整個過程裡都陪伴著他，其實不就是上個星期的事嗎？那時他知道關是在意他的，如果一個傷口可以讓關陪他這麼久，他情願每天都受傷。

關親自端著托盤送來那杯焦糖馬其朵。她把長髮盤成髮髻露出光滑的頸子，在靠近耳朵的地方有一個刺眼的吻痕。江海濤的眼睛無法離開那個暗紅的記號，關放下托盤把手擱在他手上的紗布，低聲地說：「這個跟你沒關係。」

怎麼可能無關？江海濤想要這麼說但卻開不了口，每一件與妳有關的事我都想知道，每一件與妳相關的事都跟我息息相關，妳爲什麼都不懂呢？嫉妒將江海濤慢慢煮沸像一壺即將滿溢的開水汽笛發出嘶嘶鳴叫卻無人能夠聽聞。

「明天晚上十點到我工作室來。」關說完這句話就轉身走了。

明天？

總是一個又一個的明天，但那卻是可能突然被取消的約定，江海濤不知道關是從何時把他的心拿走的，最初，關只是他的老闆娘，只是打工時會短暫遇見的人，逐漸地，江海濤發現自己對關的愛慕已非尋常，每天他期待著下了課到這家咖啡店打工的時間，他認眞打理自己，用心地工作，他不可自抑地在每一個可以看見關的時刻貪婪地用眼光撫摸著她，他甚至好無恥地偷走了一個印有關口紅印的咖啡杯，擺在書桌上每天去親吻那個唇印，他萬萬沒想到關會突然將他拉進那個廁所裡，那十幾分鐘成爲他日後反覆咀嚼的回憶，事實上除了第一次突然被關拉進廁所那天的狂喜，那之後剩下的就只是漫長的折磨。一年多了，江海濤每天數著日子，期待著那偶來的指令，隨時可能出現的召喚，那些他無法控制的會面讓他飽受熬煎。曾經有一次他正在朝馬統聯客運等車準備回台北，千辛萬苦排隊一個多小時才等到位置，就在那時，手機響了，「我在你家樓下，」關在電話那頭這麼說。

江海濤立刻搭了計程車火速飛奔回他的租屋處。見到關的時候，關正在樓梯間與一個陌生男子說話，頭髮散亂臉上猶有紅暈，T恤領口敞露的頸根冒出點點紅斑（那是每次他讓關高潮之後必然會出現的特徵）。那個男人沒有正視江海濤一眼連忙就走了。關只輕描淡寫地說，「剛才遇見了以前的一個朋友。」但江海濤不相信，他非常肯定他們一定是在樓梯間搞過了。不過是十五分鐘你都不能等嗎？江海濤的心都碎了。眞正使他心碎的其實是他自己的想像，老天爺，他從來不知道自己可以有這麼豐富的想像力，而他甚至不敢開口問關，「你們剛才在做什麼？」他不敢讓關知道他其實從來都不能相信她，更可笑的是，他有什麼資格嫉妒？他有什麼資格這樣或那樣揣測著關與其他人的曖昧？他不敢說出口不是因爲害怕關知道他的猜疑與嫉妒，而是因爲他知道關從來也不想給他任何承諾。他害怕一旦他說出口得到的會是令他更難堪的回答。

江海濤總是等待著。他相信著若不是因爲愛關不會一再地這樣召喚他。可如果這是愛情那其他的又是什麼？

江海濤快速地喝完那杯咖啡，好幾次都被燙到了舌頭。好痛！每一個與關相連的記憶與畫面都是疼痛。他記得那些在廁所的時光，他記得還在店裡工作時關會如何突然在某一個時刻將他拉到店內較爲幽暗的角落與他綿長地擁吻，他記得關來到他那個簡陋的租屋小房間裡的白天或夜晚，無論是兩小時一小時半小時，關總是會先不慌不忙地拉開窗簾（江海濤白天黑夜都把自己放置在陰暗的位置），躺到狹窄的單人床上，關腳踝上的足鏈總是叮叮作響，「你來！」關會這麼說，然後開始卸下她身上的衣著。日光燈或是外面的陽光照耀著關裸裎的身體，那像是從外太空降下的某種神奇生物，與美醜無關的，一種絕對的存在，霸占著江海濤年輕的頭腦，「你來」，關總是這麼說，當關要他來的時候他怎麼能夠走開？

關會長久地吻著他的嘴唇，以舌頭仔細地舔過他整張臉，那先是非常溫柔的動作再來就是激烈的疼痛，關會在他身體上留下長長的抓痕，一口一口啃咬著他皮肉那些深達骨髓的刺痛久久不退，或者用力勒緊他的頸子讓他幾乎窒息，關會用雙腿夾緊他的脖子在他認眞地爲她口交時激烈地搥打他的頭顱，好幾次江海濤都感覺自己即將死去，他身上每一個可以直豎的毛髮全都站立，每一個細胞都在尖叫，然後他會張開關勻長潔白的腿進入她，所有動作都變得激烈而漫長，他會在最危險的邊緣看見關整個身體開始慢慢地顫動直到最後那種近乎歌唱的呻吟突然歇止，關的身體不再蠕動，潔白的身體全部發紅發亮像一張紅色的布匹癱在床鋪上，黑色的長髮紅色的身體白色的床單之間關的臉上搖曳一種恍惚而淒迷的微笑，那時好安靜，靜止不動的關彷彿處在一個無人可以到達的世界，江海濤在那種靜默之中只聽見他自己激烈的呼吸與心跳，然後射出，像呼出最後一口氣，江海濤把體內存放的情感全灌注到這個女人的身體裡，卻無法聽到回音。關的臉，關的身體，近乎妖怪的美艷，從他的身體延伸出去一個容器盛裝著這個使他神魂俱裂的愛人，不，那時的關甚至不是一個具體的人，關變成一張畫片，像那些明信片正面的圖畫以及背後的文字，一張張都書寫著神祕，這些種種凝固在偷來的時間裡成爲他視線裡唯一的焦點，那會占據他的視線好久好久直到下次相見，天啊他願意等，他甚至可以爲想要看見那絕美的景象而死。但那不會是只屬於他一個人的，爲什麼他要爲一個不是只屬於他自己的畫面而死呢?他不明白。

江海濤離開咖啡店之後又開始小跑步轉往東海別墅，途中他的手機響了，他以爲是關打來的電話但結果是他姊姊，他很想對姊姊和盤托出這所有的一切，但結果他什麼都沒說。準時到達打工的唱片行，肚子很餓但他不想吃，店長對他微笑然後解釋著今天新進的貨，「下午有個客人好好笑那個人怎樣怎樣」，店長說些什麼他都沒聽進去。

整個晚上他準備以挨餓跟沉默來懲罰自己。

姊姊在電話裡說明天要跟媽媽去參加一個同志的活動，但她很擔心媽媽突然爽約，江海濤姊姊聲音裡的緊繃跟焦躁是他非常熟悉的，但他只是嗯嗯敷衍著回答，擔心自己的聲音會洩漏他的祕密，他姊姊是個敏感異常的人，自小，姊姊從來都是保護著他的，許多細碎的記憶來到他面前，爸爸媽媽總是稱讚著他的乖巧擔憂著姊姊的狂亂，但他知道事實不是如此，事實是那個家庭每個人都承受著一種難以言宣的痛苦但他們從來不說，除了姊姊，姊姊從小就告訴過他：「這個世界不是表面上看起來的那個樣子。」但是姊姊忘了跟他解釋，那麼世界應該是什麼樣子。他記得小學的時候有一次放學回家媽媽突然毫無道理地拿起雞毛撢子開始猛打他，只因爲他忘了把便當盒洗乾淨，那一次是姊姊跳出來撲在他身上幫他擋住了那些沒來由的抽打。他記得國中時爸爸經常加班到很晚，媽媽總是在客廳用縫紉機縫製許多漂亮的衣服但卻一邊偷偷地啜泣著。他更記得媽媽在姊姊大學聯考後臥病在床的那一個星期，許多次他都跪在媽媽的床邊去聆聽她的呼吸，只怕發現媽媽其實已經斷氣。他記得，許多次他破壞姊姊的玩具、衣服、筆記本作業簿，他至今都不知道原因，只知道自己會在某些奇怪的時刻做出自己無法想像的事情，有次把姊姊的洋娃娃折斷了頸子結果媽媽把姊姊罰跪了半小時。爲什麼沒有人想過那些事都是他做的？

有太多祕密但是他不能說，他不要自己成爲那個家庭裡另一場騷動的來源。

「手還痛不痛？」突然有人這樣問他，他抬起頭，是晚班的正職員工王家琪，「我帶了水果來給你吃，」王家琪說。她是店長老婆的妹妹，剛大學畢業，清秀雅致的模樣吸引了好多慕名而來的男學生，這半年來她總是若有似無地對江海濤表露特別的照顧，江海濤總是不明白為何會有女孩子對他好，而那些女孩卻又無法像關那樣使他動心，「好多了，謝謝你。」江海濤說，其實他不敢正視王家琪的眼睛，那是一雙太過單純清澈彷彿鏡面一般的眼眸，他惟恐會在那個鏡面裡看見自己亟欲甩脫的醜惡。

有一回關突然到店裡來了，停留大約十分鐘然後拿了兩張CD到櫃檯結帳，那時客人很多，江海濤跟王家琪一個包裝一個結帳忙得不可開交，輪到關算帳的時候，江海濤突然覺得一陣暈眩，被收銀機彈跳出來的抽屜噹一聲打中了手腕，那時刻突然兩隻手撲上來碰觸他，幾乎同一個時間發出「你沒事吧！」的喊叫，結果是關與家琪的手撞到了一塊。

那是最接近愛情的時刻，他在關的眼神裡頭一次看到了嫉妒。

之後他總覺得自己彷彿利用了王家琪對他的善意只為了刺激關對他的在意，因而對她產生莫名的內疚，在王家琪眼中或許跟其他人一樣覺得江海濤是個老實而害羞的男生吧！這些錯誤的目光背後無論是愛慕或好奇都讓江海濤想要躲避，他知道自己不是別人眼中看見的那樣，但卻不知道自己究竟是什麼樣子，真實的自己是不存在的，正如他當初選擇到東海來讀景觀系其實不是因為他喜歡園藝造景，只是因為他認為媽媽想要他來讀這個科系，因為他媽媽心目中江海濤是個喜歡植物的孩子，他不是不喜歡，正確說來他並無法判斷自己到底喜歡什麼，他只知道自己應該去做該做的事。

因爲眞正想要的總是離他很遠很遠。

晚上八點江海濤按部就班地把該做的事一一地用單手完成，他知道他可以做到，正如這麼多年來無論夜裡如何驚慌失措第二天他總會準時起床去上學，如果讓他知道該扮演什麼角色他就會盡全力去做到，但是關不告訴他該怎麼做，或許是因爲連關自己都不知道。

未來，如果讓他設想一種他渴望的未來，那必然是屬於有關的未來，或許他可以在一個空地上蓋一間很大的木屋，周圍種植很多草木，養一條狗，當關在畫畫或雕塑的時候他就會安安靜靜地去整理那些花草，或許會有一個或兩個孩子（每次想到這裡他都會微微地臉紅，他想要跟關生養一些孩子，如果他做得到的話），那地點或許不會在台中而是在花蓮，甚至不是在台灣，但無論在地球上任何一個地方，如果把關的影像抹去他就無法去想像那些畫面，他無法想像把關從他的生活裡拿掉他應該如何生活下去，人怎麼能夠去想像一個他不想要的未來呢？「跟我走。」有一次他伏在關的膝蓋上這麼喃喃自語，「跟我走。」他繼續不斷地說，「我不要過著看不見你的日子。」

關托起他的臉對他說：「你又能帶我到哪裡去？」

那一定不是因爲保羅的緣故，他知道，而是因爲關不想要跟任何人走，關有她自己的方向，更重要的是，他不過是一個連大學都還沒畢業、講話經常會結巴、動不動就臉紅、對於未來毫無想像力的年輕男孩，他經常希望自己不是這個樣子，他希望自己可以在一夜之間快速地長大，變成一個強而有力的男人，他不要自己像個孩子那樣只會蜷縮在關的懷裡但是他做不到。

這些事情爲什麼姊姊都沒有告訴他呢？

突然間江海濤覺得他無法在在這間唱片行再多待一分鐘了，他想要離開，現在就離開，他擔心自己會對著店長與王家琪跟店裡的客人大聲喊叫，「這樣是不對的！」他想說，「不應該要我去學習那麼難的事情。」他無法處理自己的身體，也無法處理他那無望的愛情，他無法一天又一天地只等待著關來愛他或傷害他，甚至是等待著關總有一天會離開他。

他以手痛的理由跟店長請了假，在王家琪擔憂的眼神裡快速地收拾東西離開了唱片行。

沒錯，所有的一切都會在轉瞬間消失，因爲開始錯了結果也不會對，因爲那個他朝思暮想最初的相遇，在廁所裡短暫的十幾分鐘是一個偷來的時光，那時關不發一語地抓住他的手閃進門後的片刻，其實只是一時興起。

江海濤想到一時興起這四個字忍不住開始在街上狂奔，錯了，都錯了，那些都是眞的，那些寫在明信片上的字句，那些在角落裡的纏綿，那些發生在廁所與房間裡奇幻的性愛，那就是關愛他的方式，因爲他總是想要全部而把那些片段的回憶全都扭曲，他要親耳聽見關說愛他所以他才無法理解關寫在明信片裡的字句，因爲他一直想要擁有所以他才會不斷地失去，於是他拿起手機撥通了關的電話號碼，他想要跟關說，「我明白了。」他想要對關說：「沒關係我可以等。」

我再也不要懷疑你了。

然而他只聽見「您撥的電話暫時無法接聽，如不留言請掛斷，快速留言請按＃字鍵」。

車水馬龍的大街上，閃過江海濤身邊的行人與車輛彷彿形成一個巨大的漩渦將他層層包圍然後開始用力搖晃。

江海濤想要哭但卻沒有眼淚，他想要大叫但是發不出聲音，一切都在這時候被切斷了，剩下的只是沒有止盡的孤單，他突然想起剛上小學的那一天，是爸爸帶著他到學校去，他被安排在中間的位置上，等著老師唱名，每一個人的名字都被叫到了卻獨獨遺漏了他，他驚惶地回頭尋找爸爸，卻看不見爸爸的身影，於是他拿起書包從椅子上站起來奪門而出，他在偌大的校園裡四處奔走還是找不到他爸爸，只看見操場上許多學生在上體育課，沿著紅色跑道不斷有人朝他這兒跑過來，他因爲太緊張太害怕於是尿濕了褲子，潺濕的學生褲滴落的尿液沿著小腿肚落到襪子上，那種濕熱黏稠使他驚慌無比，突然有個女人跑過來拉住他的手：「弟弟你在這裡做什麼？告訴老師。」年幼的江海濤無法告訴這個老師自己在那裡做什麼，他在尋找那個沒有被唱到的名字，在尋找他無故離開的爸爸，但是他還找不到語言可以訴說。於是他一把抱住那個女老師抽搭著說：「我被漏掉了。」

事隔多年，江海濤才知道，在那個入學的日子發生的那個被漏掉的事件，一直影響著他的生命，那件被尿液沾濕的學生褲彷彿還穿戴在他已經成年的身體上，但是知道原因也不會有解答，他覺得茫然無措，只能繼續地在大街上遊走。

茫然中他搭了公車到台中公園去（他太熟悉這個路線了），白天經常有一家大小來公園划船，許多新人到這裡拍婚紗照，入夜後的公園脫去白天那種明亮熱鬧，靠近公用廁所那邊的樹林有許多男同性戀出沒，沿著湖岸的陰暗處則有零星幾個流鶯和流浪漢走動，江海濤經常大老遠騎摩托車來這裡晃蕩直到夜深，爲什麼會這樣做他自己也不知道，他抽著菸，其實平時他是不抽菸的，以往只有跟關一起的時候會從她手裡接過沾有口紅的萬寶路香菸抽上兩口，江海濤養成了在思念關的時候抽菸的習慣，他經常到便利商店買一包紅色萬寶路，整包拆開，把一根一根香菸整齊排放在桌上，像抽籤一樣閉著眼睛抽出一根，然後點火，用力吸兩口，隨即扔進菸灰缸裡任其兀自燃燒直到熄滅。江海濤坐在草地邊的水泥護欄上，前方路燈下有個女人徘徊許久，終於來跟他搭訕，「少年仔兩千要否？」那女人的聲音粗啞低沉，短而捲的頭髮，瘦削的臉上化著濃妝滿是皺紋，穿一身暗紅色的洋裝，漆皮黑色皮包掛在肩上，開得很低的領口露出高聳的肩胛骨，是一個老醜的妓女。

江海濤不知道自己爲何跟著女人到了附近的賓館，瀰漫著奇怪臭味的破舊賓館休息兩小時三百五，進入房內女人熟練地卸下洋裝，只剩下肉色的蕾絲奶罩與同色內褲、肉色絲襪粉紅色露趾高跟鞋，是比想像中還要老的女人，江海濤想起了他阿嬤。這個女人的年紀其實跟他母親相仿但模樣卻像被十倍速朽壞過了，時間在她的臉上刻畫下詭譎的痕跡，女人已不再如一開始那樣故作嬌嗔，而是職業性地寬衣解帶，百無聊賴地動作著。

爲什麼會跟著這女人來到這充滿奇怪氣味的賓館他自己也不知道。「我先去洗身軀，」女人說，轉過頭來對江海濤微笑，那做作的笑容剝落著濃妝顯得十分猥瑣。「別洗了，」他說，「可不可以來這邊坐一下，坐著就好。」女人乖順地走過來在床沿坐下。

江海濤張開手環住了女人的身體，「讓我抱著你可以嗎？」女人點點頭。「過夜的話愛加錢。」女人說。

「沒關係我有錢。」江海濤打開皮夾亮給女人看。

他細細撫摸著女人瘦骨嶙峋的身體，奶罩的肩帶已經失去彈性而顯得鬆脫，那幾乎已經不能稱之爲奶子只是兩塊下垂的肉，在賓館幽暗的燈光底下依稀可見蕾絲的邊緣有些破碎與髒汙，江海濤把頭埋進女人的胸口，一陣使他作嘔的廉價香水與體臭交雜的氣味襲來。那時他發現這女人的胸前有一大片刺字。「賤人」「×你娘」「梅毒」夾雜在密密麻麻的菸疤之中幾個歪扭的文字。

女人伸手摀住自己的胸前那些痕跡，江海濤拉開她的手，「別怕，我不會傷害你。」他抬起頭看見女人的額頭有一塊五十元硬幣大小暗青色的圓形胎記。

江海濤的右手食指撫摸著女人胸口那些斑駁的痕跡，然後伸出舌頭去舔可以感覺輕微的突起。

他把女人的身體放倒在俗麗的花色床單上，女人一直扭著頭把身體弓起來。「少年仔，想幹就幹不要對我做奇怪的代誌。」女人發出模糊的抗議聲。

他慢慢把自己放進女人弓起的身體旁邊以一種奇怪的姿勢與她面對面，他一直望著女人的臉但女人不斷把頭臉別過去，於是他用手輕輕扳動她的頭讓女人的臉正對著他的視線。

「我想跟你說一件事。請你慢慢聽我說。」江海濤呢喃著。

江海濤對老妓女說，有記憶以來他一直都是不能勃起的，早晨醒來發現夜裡遺精的經驗倒是不少，但他清醒時從未看見自己的性器有何變化，中學之後從同學輾轉的言談裡他知道自己的身體與別人不同，於是更加避免碰觸與性相關的話題，有些頑皮的同學會嘲笑他「娘娘腔」，性情退縮的他就更退縮了，直到第一次戀愛，高中一年級，他與那個景美高中的女學生躲在瘋馬MTV包廂互相愛撫親吻，女學生脫下她自己全身的衣物，拉住他的手去碰觸她的裸體，那是個非常開朗而熱情的女生，江海濤一直都喜歡這樣類型的女孩子，個子小巧卻有著十足的爆發力，女孩打排球溜直排輪玩滑板，與安靜沉默的江海濤是截然不同的類型，女孩在MTV包廂對他獻身，「我還是處女喔！」女孩一邊解開胸罩一邊俏皮地說著。年輕新鮮潔白而豐滿的身體，在瀰漫菸臭味的MTV包廂閃閃發光，江海濤內心的亢奮使他脹紅了臉然而陰莖卻無動於衷，只是看著那好像與他無關的身體在他面前扭動，他曾經給女孩寫過很多信，爲了等待第一次的接吻不知花去多少時間，當然他知道這個女孩是他喜歡的，到底是不是因爲女孩太過大膽而魯莽使他退縮，或者只是因爲他一直都是個無能者呢！體內的騷動無法以正確的方式呈現，女孩的青春提醒著他的無能，女孩裸著身體用力抱住江海濤，而他只是呆滯而茫然，不知該作何反應。

後來女孩哭了起來。「你根本就不喜歡我。」女孩推開他開始哭哭啼啼地穿衣服，弄得江海濤非常尷尬，那次約會種下江海濤對自己身體冷感的強烈印象，此後他就不敢再去接近其他女孩子了。

「你給我講遮麥欉啥？」老妓女一臉疑惑，江海濤摸索著她的身體，像攤開一張報紙，那時她的奶罩已經整個卸下來了，敞開的身體在燈光下看起來異常地醜怪。「這些傷怎麼來的？」他中斷了關於自己的話題。

「沒你的代誌，你講你自己的事就好。」女人抓著薄被一角摀住自己的身體。

江海濤繼續說。

他記得非常清楚，那關鍵性的一天，升上大學二年級的暑假，他獨自到三義去拜訪一個養蘭花的老師傅，隔天在三義火車站月台上等車，坐在塑膠椅子上發呆，對面看起來像是倉庫的地方走出一個穿黃色雨衣的男人對他揮手，江海濤看著那男人，及膝雨衣下頭配著一雙黑短襪跟黑皮鞋，沒有穿褲子，男人對著江海濤喊叫著什麼然後突然把雨衣往兩邊猛地掀開。

他一直記憶著那個畫面，晴朗無雨的天氣，男人戴著黑色膠框眼鏡，旁邊地上放著一個公事包跟一把黑色雨傘，男人約莫四十歲出頭（有點遠看不清楚他的臉），旁分的頭髮上了髮油梳理得很整齊，男人兩手將雨衣整個張開，露出蒼白孱弱的身體，胯下黑色的陰毛與不知道什麼顏色的陰莖正對著他這邊，男人維持這樣的動作大概一分鐘，然後快速地把雨衣蓋上提起公事包跟雨傘火速離開。

一切都像默劇般進行，那天乘客很少，遠遠地只有一對母子（那小男孩一直在玩著一個皮球，小心別掉下去啦！像是媽媽的女人叫嚷著），像是默劇的背景音樂，不斷發出啪噠啪噠皮球落在地上彈跳起來的聲音。

那時江海濤突然發現自己勃起了。

原來勃起就是這樣子，瞬間性器整個充血腫脹腦子像血液突然集中灌入那樣一陣暈眩，就這種感覺。

原來只是這樣子。

如果把這件事告訴姊姊海潮，海潮或許會說：「你應該是個還沒有自覺的 gay 吧！」

但江海濤知道不是那樣，不是那個問題。

一種隱密而突然掀開的，在光天化日之下，那個雨衣男人所展露的是非常類似江海濤自己的身體，該怎麼說呢他也不會形容，那個暴露狂男子爲何挑中了他？而他，江海濤，這個一直以來都不讓任何人擔心的好孩子，心裡卻有個陰暗而不可告人的祕密，很長時間裡他爲了讓自己的陰莖有反應試過任何辦法，偷偷半夜起來上網看Ａ片，上色情網站，甚至對著學校的女同學性幻想，他試過用冰塊、熱水、面速力達母、萬金油等各種東西去刺激（抹萬金油那次害他痛了好幾天），那些做法都好像只是在模仿著某種人們覺得應該會有生理反應的公式，但他卻對那些公式毫無反應。

那個雨衣男子跟我是同一類的吧！

江海濤癱坐在令人不舒服的塑膠椅子上動彈不得，任憑脹大的陰莖抵著牛仔褲產生不舒服的刺痛與說不出的快感，他非常害怕自己有一天就會變成站在火車站月台另一邊的那個男子，他會無法控制地對著月台上的某個男人或女人甚至小孩暴露他的下體，或者變成那種在公車上掏出性器抵著女學生屁股摩擦而射精在對方裙子上，然後被逮到警察局，或是當場活逮被路人痛打一頓的人。他忍不住兩手抱頭企圖躲避著他身體上的殘缺與可能出現的暴亂。

但是關出現了。

關讓他懂得了愛情也讓他體會到心碎，讓他體會了性愛的狂喜，也將他推進嫉妒的黑洞，他深信自己對關的愛情終於會將他從無能勃起的恐懼裡解救出來，但取而代之的卻是多少時間與多少次的心碎折磨？太久了太遠了太反覆曲折太難以掌握，他不知道究竟是變成一個暴露狂還是成爲了一個被愛情挫傷的人比較痛苦可怖，不知道他自己那麼混亂究竟是恥辱或者是因爲嫉妒，爲何從那種無感的狀態走出來的他會變成一個這麼分裂的人？日日夜夜，想要而不可得，得到了卻不相信，他爲了與關的愛情精疲力盡。

「嘸要緊你麥擱哭啊啦！遮沒啥嚴重，」老妓女摟著江海濤的身體不斷地揉搓著他的脊背，乾粗的手指像叉子那樣刮搔著他的皮膚，妓女的聲音像從某個奇怪甬道竄出的回音，「我給你講，世間人變態ㄟ你想攏想不出有多少，你看我這身軀。」然後聲音停在這裡就止住了。妓女的嘴唇有些脫皮，口中傳來濃重的菸臭，江海濤不知道自己哭了，或許那只是一些被汗水溽濕的眼液，他慢慢挺直自己的身體然後放鬆，女人也配合著他的姿勢緊貼著他，他們就這樣一言不發，聽著牆上老舊冷氣機發出的呼隆聲響，久久地貼靠著對方的身體。

關一定想像不到他會在這個幽暗的賓館房間與一個老妓女這樣依偎著，至於關會想像什麼江海濤已經不想去揣摩，他把自己關在一個燈光昏暗的賓館房間倚靠著一個陌生人，或許只是暫時也或許是永久，就像童年時候那樣，而這一次，他知道自己並非只是孤單一人。

十年

早上七點半，鬧鐘還沒響江海潮就醒了，今天是素娟姊她媽媽公祭的日子，八點得趕到台北第二殯儀館。陳素娟跟林波蜜是江海潮在西門町「阿蜜香雞排」認識的一對拉子伴侶（這兩個五年級的大姊自己都不知道拉子是女同性戀的意思，或許她們也不知道自己是女同志吧！）阿蜜是典型的 uncle T，高壯短髮寡言笑起來有些傻氣，素娟姊個子小巧性格活潑長得並不很漂亮卻有種難以形容的親和力，白天在當會計晚上會來幫忙（有素娟在攤子總是氣氛特別熱鬧），江海潮很喜歡在各種地方發現女同志然後跑去跟人搭訕，倒不是想追求誰，她是在尋找「同伴」，這種性格從她高中對家人坦白她自己是同性戀之後開始發作，自此她結交了各種年齡職業的女同志朋友（有在特力屋工作的 T、有房屋仲介、有服裝設計師、有的當服務生有的當老闆有的無所事事成天泡 T 吧），素娟跟阿蜜是其中她最喜歡的一對伴侶，不只是因爲她們已經在一起十一年堪稱傳奇（這給了江海潮無比的信心），還有她好喜歡她們相處的方式，兩個快四十歲的大姊（阿蜜對於別人叫她大姊一點也不會生氣，當然你若叫她大哥她會更高興），老是在那兒孩子氣地鬥嘴，但卻有種難以形容的默契，無論客人怎麼多，她們的動作就是配合得恰到好處，快收攤時阿蜜會一邊喝台啤一邊抽菸，有時江海潮帶女朋友去光顧，「林一杯啦！」阿蜜總是把啤酒瓶豪氣地遞給她，江海潮除了短髮其實沒半點T特質，她酒量很差，一喝酒就滿臉通紅，總是小口小口喝著阿蜜熱情遞來的啤酒。「叫你林一杯不是林一嘴！」阿蜜會用力拍著江海潮的肩膀，「卡爽快勒呼乾啦！」所以江海潮的女友紀輕都會私下稱阿蜜爲「林一杯大哥」。

阿蜜跟素娟姊同居很久了，她們兩個是國中同學，素娟離婚後一次在同學會偶遇從此在一起到現在，跟兩邊的家人朋友都很相熟，但正確知道阿蜜跟素娟是一對情侶的人只有江海潮，其他人心裡到底怎麼想的呢？江海潮沒有問過阿蜜她們，只是一年多來偶爾打打電話，去店裡光顧，去年同志大遊行江海潮問阿蜜跟素娟要不要一起去看看，她們都說有事要忙，但卻捐了一萬元給江海潮她們的團體。她們三個人之間的情誼建立在假日一起去烤肉、唱KTV，或者阿蜜到素娟姊家做大菜給全家吃，江海潮也跟著去解饞，這樣家常的生活上，有時大家忙起來好幾個月也沒見上面。前幾天江海潮去眞善美看電影之後到攤子上去找，卻不見她們蹤影，聽隔壁賣滷味的阿姨說素娟姊的媽媽因病去世，兩人回去奔喪了，江海潮趕緊打電話給阿蜜才得知正確消息。

電話裡阿蜜一直跟江海潮說：「你不用來幫忙啦！透早就要起床，安ㄋㄟ你下晡會很累。」其實江海潮也知道自己幫不上什麼忙，況且她到時一定會哭得很慘弄得氣氛更不好吧！但她幾次跟女友一起到素娟姊家作客，看素娟的媽媽感覺就像自己的親人，雖然就是幾面之緣，也使她覺得非去不可。

一早起床在浴室鏡子裡看見自己的臉有些浮腫，昨晚根本沒睡好，有太多事讓她苦惱，江海潮在浴室刷牙刷著刷著忍不住就哭了起來，昨晚她的女友紀輕默默在床上哭了一整夜，問她難過什麼也不回答，江海潮幫她遞毛巾倒開水按摩頭部（紀輕抓著頭髮說，我的頭要炸掉了！）設法要想做點什麼讓紀輕感覺好一點，但卻沒有辦法。「你把我弄壞了。」紀輕這麼說，江海潮很害怕，她不知道自己怎麼把她「弄壞的」，但弄壞就是弄壞了，小時候媽媽給她買了一個洋娃娃，她因爲很討厭這種人偶玩具（其實是恐懼），於是就把娃娃藏到冰箱裡，媽媽發現時一手提著那個娃娃尖叫著說：「你把這個娃娃弄壞了。」那時她才發現娃娃的頸子整個折斷，眼珠子都掉了出來。（我沒有對她做什麼啊！江海潮跟媽媽說，但沒有人要相信她。）或許她就是會在無意間把誰弄壞的人。

江海潮梳洗完畢走回房間紀輕還在床上睡著，長長的頭髮散落熟睡的模樣讓江海潮心情震動，這麼年輕美好的女孩到底是跌進那個黑暗的世界了？有時她會很擔心紀輕就這樣一睡不起。「不能再拖時間要遲到了，」江海潮對自己說，伏下身子在紀輕額頭上印一個吻，「要乖乖的。」她這麼呢喃著，吃過藥的紀輕這時候是不會聽見的（後來她從抽屜裡偷了兩顆江海潮的安眠藥吃了），江海潮打開門走了出去。

計程車在馬路上奔馳，昨天摩托車壞了還在車廠躺著，沒摩托車就跟沒腳一樣怎麼都不方便，如果不是趕時間她也不會搭計程車，越靠近殯儀館她越感到恍惚，好不容易才找到阿蜜說的那個廳，遠遠已經看見阿蜜穿著一身黑站在那裡，阿蜜好像縮小了，表情僵硬得厲害。（不知道豪爽大氣如阿蜜哭起來是什麼驚天動地的模樣呢？）

阿蜜拍了一下江海潮的肩膀，什麼都沒說，靜靜領著她進了禮堂，儀式開始了。

素娟自己的朋友、媽媽家的親戚、爸爸的同事，魚貫列隊撚香祝禱，江海潮跟阿蜜也在行列裡，她看見素娟姊跟他爸爸、弟弟站在右手邊，左邊是她弟媳婦跟一男一女兩個國小生，阿蜜沒有說什麼，只是眼角有一些眼淚，長年以來，阿蜜都幫忙照顧著因糖尿病纏身的素娟媽媽，可此時她只能像個朋友一樣站在參加公祭的人群裡，阿蜜不是配偶也不是家人，她只是個朋友。江海潮覺得這畫面令人鼻酸她卻哭不出眼淚。

記得有一次跟她們兩個閒聊，素娟姊說想立一個遺囑，「不然我要是出了意外，阿蜜什麼都沒有，」素娟說。「賣亂講啦！」阿蜜反駁道，「素娟就是喜歡沒事胡亂想，我人好好的哪會出事？」素娟說她們現在住的房子登記在素娟名下，但其實貸款是兩個人一起繳的，車子也是，阿蜜喜歡讓什麼東西都掛著素娟的名字，「素娟會管錢啦！什麼到我手上我都會敗掉。」阿蜜自嘲著說。「對啊！她都把錢拿去到處捐。」素娟捏了一下阿蜜的手。「那是以前啦！以前生活沒目標，想說又沒小孩，做點善事比較好。」阿蜜害羞地摸摸頭髮。「我想這個應該找認識的律師幫忙弄一下。」江海潮說，她說這話的時候突然一陣義憤填膺，雖然她自己是不想結婚的人，但就光是爲了阿蜜跟素娟這一對愛侶她這輩子都要設法爭取同性戀婚姻合法。（她那種運動狂的傾向又出現了。）

看著阿蜜默默地陪著素娟的家人送遺體去火化，巧妙地進行著一切，即使只是以一個朋友的身分出現，正如阿蜜長期以來就是個這樣的人啊！總不喧譁也不耀眼，阿蜜的性格對江海潮來說像是黑暗裡閃耀的星光，是她要學習的對象，那麼沉穩持重，那麼堅定。

我能夠這麼堅定去愛一個人嗎？江海潮自問卻沒有答案，她的生活簡直是一片混亂。

下午兩點半的星巴克，江海潮努力辨識著客人點的飲料，牛仔褲褲袋裡的手機一直震動不停，明天晚上的活動還有很多細節得處理，早上參加葬禮使她疲倦而哀傷，現在如此忙碌紛亂的狀態底下，她的視線卻忍不住盯著對面一個女孩子看，其實她看的不是那個人的模樣而是她的動作，小圓桌上擺了大杯熱拿鐵（是她點的她記得）、半滿的水杯、隨身聽、筆記型電腦、一大疊資料向右邊傾斜似乎就要倒下來，江海潮盯著那些書籍跟影印紙張好像充滿符咒正準備啪啦啦發出刺耳的聲響。那個女孩一定沒聽見，因爲她正戴著白色包耳耳機不知道在聽什麼音樂，一下子翻書一下子打字，一會喝水一會喝咖啡，但江海潮聽著客人說「大杯熱拿鐵中杯熱可可一個培果」等等句子卻似乎無法正確理解那些指令，其實發出雜音的是江海潮的腦袋，有許多聲音互相叫罵著，啊好吵，吵得右邊太陽穴好痛，再不停下來的話她就要大叫了，江海潮忍不住用力揉揉眼睛。她要準備考研究所，去年才畢業今年考得不順利，每個星期在星巴克打工五天，一星期有好幾個晚上在不同團體辦公室開會，她總搶在工作與團體之間的空檔去接紀輕下課，陪她吃一頓晚餐。她的生活擁擠而混亂，想做的事情太多而可以完成的又太少，很多時候江海潮感覺到的只有無力。

手機螢幕顯示四通未接電話跟兩個簡訊，江海潮趁著休息的空檔到儲藏室吃麵包順便回電話，一時間不知道該開口講話還是該閉嘴吞嚥，兩種動作交纏顯出她的性急，太多事想做得做但不知該從哪一件開始，明天晚上在社團的辦公室有一場座談，她是聯絡人，從大學一年級就開始熱心參與各種同志運動的她其實應該很熟悉這些活動流程，但這陣子做起來卻特別辛苦，或許是因爲最近老是睡不好，一天頂多睡四五個小時吧！睡得少吃得少說很多話開很多會見很多人，「大概躁症發作了吧？」她在電話的空檔自言自語，朋友都覺得江海潮最近活力十足，但她自己知道這不是好現象，對於她自己到底有沒有躁鬱症是連醫生都診斷不出來的，身邊的朋友幾乎有一半都是「有病的」，她們這樣稱呼著自己，相處時也經常圍繞著「用藥」「看醫生」「有沒有發作」的話題打轉，一般人大多覺得「有精神疾病」是不該提出來討論的事（誰願意承認自己有神經病？）但江海潮是個女同志，從她高三那年對她的父母承認自己是同性戀開始，她就因爲各種「原因」出入醫院的精神科，大家都以爲她跟父母come out 的過程很順利，但其實一開始時他們就用奇怪的方式叫她去看過精神科了（那醫生還是她爸的朋友，兩個人像串通好了似地企圖想要用性格偏差來矯正江海潮的性傾向，結果被江海潮痛罵了一頓），那次陪她去醫院的是她爸爸跟她弟弟（她媽李美雲打死都不肯去，成天就在家裡瞎操心，她沒考上國立大學老媽在床上病了好幾天）。這些年過去，對她來說，從性傾向討論到精神狀況是非常自然的過程，這世界上被當作「異類」的人豈止是同性戀，她曾在某家教學醫院的精神科看見一個過氣的女演員，素著一張臉戴著墨鏡，把頭埋進手裡的雜誌遮掩她的臉，但到號時護士突然大聲叫出她的名字，那個女演員彷彿被驚嚇了似地倉皇失措弄掉了手上的雜誌發出更大的聲音，跌跌撞撞衝進了診療間。（其實，大家都沒發現妳就是某人，因為連那個名字都被淡忘了，而且來這裡的人大家都有病，除了我誰也不會去注意你啊！江海潮很想這麼安慰她。）

到處都是這樣的人。她常在與人相處時發現對方說話的方式就可以感應到這人是不是也承受著某種「情緒性疾患」的苦惱。這些都是不可言說的，一旦說出來好像就把自己推到「怪胎」的那一區，但正常與怪誕中間的界線並不清晰。

當然也可能是她自己想太多了。

一整個下午她都在趕，趕去公祭、趕打工、趕著打電話，在好幾個不同的地方奔來奔去，她感覺自己體內的生理時鐘被撥快了，這兩個星期都是這樣，起初覺得眞好做事效率很高、有自信、有活力，前天她才發現不到半個月她已經透支了這個月的生活費（幸好她有自覺不敢去辦信用卡）買了一大堆沒用的東西，以她讀過的那些精神疾病書籍來說她的症狀絕對還不夠嚴重，但她可以明顯感覺到自己正在失控。有時好端端地跟人說著話卻發現自己聲音好大，她以爲自己冷靜理智地跟誰對話著，但事後才知道其實對方非常不悅（我一定又說了不討人喜歡的話了，江海潮好懊惱），她看著行事曆上密密麻麻的記錄才知道自己又過度地接下自己無法完全做好的工作。

要命。

比如明天的活動，她在一個同志團體當活動組的義工，要舉辦一場關於對家人「出櫃」的活動，其實不一定要找她自己的媽媽來參加，但她就是一口答應了，而且媽媽也沒拒絕，但事後她卻花了好多時間在跟她媽吵架。

就明天了，她有預感到時她媽媽一定會臨陣脫逃，然後一場無法預測的風暴（無聲且無形）又會在她與她媽之間上演，到時候說不定會因爲壓力過度連帶地使得她在團體裡跟其他人的互動也出了問題，就像以往的每一次活動，江海潮總是無法正確掌握自己，那種在憂鬱時期什麼都不想做，一旦感覺振奮就會開始狂接工作，可是週期一進入「鬱」就又擔心可能會把事情都搞砸而壓力更大，她必須付出雙倍的努力去控制自己，她對自己充滿不確定感，一個人如果連自己的情緒都無法掌握她還能掌握什麼呢？江海潮有記憶以來都這樣度過，她一直都是讓爸媽頭痛的孩子。

傍晚六點的公車上，江海潮坐在倒數第三排靠窗的位置，看著乘客越來越多空氣開始變得悶熱且稀薄，一個拄著拐杖年約七十的老先生上車穿過擁擠的乘客走到最後面試圖找到座位，江海潮思考著自己是不是該讓位但老先生經過了她身畔往更後面走去。「我要坐這裡你讓開，」老先生這麼說，江海潮忍不住回頭，老先生對戴著棒球帽身穿背心短褲的男孩吼叫：「你爲什麼不讓座？」男孩說：「前面有位置你去前面坐。」老先生說：「前面哪有位置你指給我看。」他用力擠進了男孩旁邊的空位，「明明有位置你爲什麼叫我去前面？」老先生還在嘟囔。「我沒說沒位置，我只是叫你去前面坐，」男孩子也不甘示弱。

「難怪人家要離開你，」老頭吼著。

「你什麼意思？」男孩大叫。

「你沒看到剛才那幾個人都下車了嗎？就是因爲你是個討厭鬼。沒有人要站在你旁邊，大家都要離開你。」老頭繼續數落。

「什麼離開我，他們只是下車了。」男孩子氣急敗壞地吼叫。

「就是離開你，人家就是討厭你才離開你。」「每個人都會因爲受不了你而離開你。」老先生越說越激動。

「明明有位置你幹嘛不讓我坐？」

「我哪裡不讓你坐，我只是說想坐前面有位置。」

「你什麼學校的？」

「那你又什麼學校的？」

「你沒讀過書啊這麼沒禮貌。」

「你爲什麼一定要坐在我旁邊？」

「你這個討厭鬼大家都會討厭你。」

一言一語火力越見強大的叫囂，車上乘客都呆住了，好像隨時那個男孩就要把老頭痛打一頓，「我連幼稚園都沒上過啦什麼學校！」老先生咆哮著。

「你不要以爲我好欺負。」「沒事找事。」「幹！」男孩連珠砲般一句滾出一句越來越大聲。

江海潮不敢回頭，生怕一個眼神就會激怒其中一個人然後跳起來打她的頭。

江海潮旁邊的學生到站下車了，那個老先生看見機不可失立刻站起來走到江海潮身邊的位置坐下。

她沒有回頭也可以想見那個男孩的尷尬。那一站有許多人下車，原本擁擠的車廂人潮鬆開了些，後半部因爲方才的騷動乘客幾乎都已經離開了這個戰區，江海潮沒動，她動不了。

江海潮知道剛才那個男孩子此時正一個人留在一整排空位上，除了江海潮以及那個老先生，附近的人都已散開，男孩繼續吼叫著：「這次別想欺負我了！」

「幹你娘我這次不會再當癟三了！」

「想死我就給你個痛快。」

「才不會有人離開我，幹！找死嗎？」

「幹嘛不回答？你說你說你幹嘛不回答！」

他對著空氣大喊，彷彿被放置在演員都已下台的舞台上，獨自要把整場戲撐完。

車廂裡瀰漫一股奇異的企盼與好奇，那種安靜的騷動像是一句沒有說出口的「上啊！」彷彿每個乘客都等著他站起來對著老頭的臉上揮拳，甚至是亮出刀子，或乾脆拿出機關槍對著所有人掃射，大家都既驚恐又想看好戲似地等著看他接下來要幹嘛，但他什麼都沒做，他只是不斷地用越來越低越輕的聲音持續地咒罵。

公車到了台大側門站，老頭站起來往前走，「神經病！」老頭低聲說了這句話然後就快步下車了。

「爲什麼？」江海潮突然聽見一種低低的，像是倉皇失措而發出的哀鳴，她身後那個男孩子在幹罵聲之中發出一種流浪狗乞食時的嗚咽聲響。

「這次別想再傷害我了。」男孩斷續地說著，聲音忽大忽小，同一句話不斷地重複。「幹！」

這時原本害怕著他的乘客們開始紛紛回到自己的位置，大家不但無視於男孩子的咒罵，甚至有點看衰地冷言冷語，車廂裡瀰漫一股「那個人好像神經病啊」的低語，後來才上車的乘客不知道原先發生了什麼事，有幾個人瞧了那自言自語的男孩子一眼，之後便若無其事地找座位。

似乎是過去某個時刻的傷害突然被掀開，卻無人可以安撫，也無法收拾，男孩也沒離座，好像找不到一種適當的動作來讓這齣鬧劇有個好的收場，當初引發戰鬥的老頭已經下車離去，留下男孩一個人面對滿車人嘲諷的目光，而他甚至無法閉上嘴假裝沒發生過任何事。失控的嘴巴發出失控的言語，越來越軟弱也越顯得失序錯亂。

江海潮不禁爲他難過起來。

斷續的惡言惡語像失敗的台詞練習，在搖晃的公車裡變成乘客們心裡暗暗的嘲笑，江海潮突然好想哭，好想走過去拉住那個男孩子的手對他說：「別怕。有我在。」

「別怕，我懂。我跟你看起來雖然不同，但我們是同類。」江海潮想要安撫這個她不認識的男孩子但她卻不敢回過頭去看他。

當她興起這個念頭的時候江海潮慢慢地流下了眼淚。總是這樣地，許多陌生人，甚至是看起來凶神惡煞之人，江海潮也能解讀到他們內心深處承受過的傷害以及無人可以傾訴的悲哀，有時她會因爲自己這種性格感覺到痛苦，但她阻止不了去感受。

感受，江海潮在有記憶之初便開始了這漫長的（其實她才二十三歲）奮鬥，對抗自己的感受，對抗那感受中大部分的不確定與多餘，多餘且不切實際，無論走到哪兒她吸引來的都是傷痕累累的靈魂，她看見的都是人類被錯誤對待之後不斷扭曲的心靈圖像。那不但多餘而且給她造成莫大的困擾。

「你總以爲每個人都像你那樣有病。」曾經有個她深愛過的女孩在離開她的時候以這句話作爲句點，那個句點是如此難以反駁，再也生不出任何可能性了，彷彿標誌著她這一生都會用一種錯誤的眼光去看待周遭的一切人事物，好像在證明她看見的都是不存在的、她感受到的都是捏造的。

但她卻深信不疑。

是嗎？

公車到站，江海潮在下車前回頭看了那個男孩子，她的眼中仍有淚光得用力眨眼才能看得清楚，那只是一個瘦小的、不會超過十八歲的年輕男孩，背心傾斜露出瘦嶙嶙的鎖骨與肩膀、衣服胸口寫著「Fuck tourist」的字樣，頭上反戴一頂棒球帽，緊蹙著眉頭故做出凶狠的表情卻顯得非常無助驚惶，瑟縮在顯得寬大的後排座位上眼睛沒有焦點地注視空中，江海潮看見的是一個「被毀棄過的人」。

誰？是誰在什麼時候以何種方式毀棄過他呢？江海潮想不出答案。至少，最近一次，是那個對他咒罵挑釁教訓的白髮長者，將他遺留在事發現場獨自離去了。

江海潮也得離開。

「我不是認爲每個人都有病，我只是不可避免地會看見每個人不爲人知且脆弱的那一面。」江海潮曾經想要用一封簡短有禮貌的email仔細對那個女子解釋這一切，但她知道沒有用，她知道自己正如那個老先生對棒球帽男孩所說的一樣，「每個人都是因爲受不了你才離開的。」江海潮深吸一口氣步下階梯揚長而去。

六點二十江海潮到了捷運古亭站那家義大利餐廳，朋友們正在等著，這五個朋友是江海潮上大學以來最常來往的人，其中有一個是她現任的女朋友，台大外文系二年級的紀輕。

菜上得很快，前菜主菜堆滿了整張桌子，大家都吃得很開心，但江海潮腦子裡還殘留著剛才那個男孩子的聲音，不知道他下車之後會到哪裡去呢？當然江海潮不能一直跟著他，她無法守護每一個來到她身邊需要幫助的人。

「我去一下洗手間。」紀輕說完這話就快速離開了座位，江海潮望著紀輕跳躍似的腳步閃過迎面而來的幾個人消失在轉角，這晚的聚餐是爲了給其中一個朋友慶生，大夥約在這家298吃到飽的餐廳，是學生消費得起最豪華的奢侈了，剛才看見紀輕大口吃著披薩的樣子就覺得隱隱的不安，江海潮知道事情不妙，紀輕一定是跑去廁所催吐了，同居這半年來江海潮逐漸地察覺紀輕暴食跟催吐的循環，起初都是隱祕地進行後來便無法隱藏，起初她以爲是因爲紀輕在減肥，朋友常開玩笑說她就是取錯了名字，儘管她其實不胖卻老是看起來圓，紀輕這名字應該是像孫燕姿那種瘦得像一張紙片的人應該有的，江海潮總是對紀輕說「我喜歡你這種身材」，這不是安慰的謊話這是眞的，江海潮的媽媽就是這種身材使得她到了五十歲還珠圓玉潤不顯老態，對她來說這樣的女人是最美的。

後來她才知道紀輕催吐的習慣不是因爲想要減肥。

「我就只是想要吐。」紀輕說。

「爲什麼要吐?」江海潮問她。

「說了妳也不會懂。」紀輕的話語裡充滿了抗拒。

有很多事江海潮都不懂。紀輕從廁所裡出來了，清新乾爽的樣子好像剛採下的水蜜桃，紅嫩的雙頰閃亮的眼睛似乎比原先更光彩，讓江海潮忍不住想要在眾目睽睽之下擁吻她（即使或許她嘴裡仍有嘔吐物的殘味）。江海潮從國中暗戀合唱團社團學姊發現自己是個同性戀，到高中終於交了第一個女友，至今交往過的四個女友只有紀輕年紀比她小，無論是哪種年齡的女生對江海潮來說都是需要細心呵護的，每一次戀愛她都投入所有的心力，即使最後招致的都是別人主動求去也沒有減損江海潮想要愛女人的信念，對，這不只是愛情而更是一種信念，她相信（她必須相信）愛情裡所有的一切都是動機良善的，包括背叛、離棄、誤解與傷害，即使她不懂她也得相信。

阿蜜跟素娟就是最好的證明。

正如她相信紀輕之所以嘔吐必然有她自己的原因。她必須相信。

江海潮一整天都心神不寧因為媽媽一整天都沒接電話，剛才給爸爸打電話，話說沒幾句就掛斷，她總覺得爸爸這段時間很不對勁，好多次都在躲避她的眼神，從小就是這樣，每次爸爸說謊或焦慮的時候就會不由自主地抓著衣服的一角開始絞扭，這些小動作她都看在眼裡，而現在她爸爸甚至不願意見她了，每次回家爸爸都在加班（那都是騙人的吧！江海潮有這種直覺），但更應該擔心的是她媽媽吧！媽媽每天待在那個屋子裡早晚會出事的，但江海潮沒辦法跟她媽媽同處一個屋簷底下，她害怕那些她處理不了的問題每日每日在家裡上演，因為爸媽從不面對他們自己的問題而是把過多的精力轉移到她身上，而她每一次大聲地對他們訴說那些社會運動的細節其實不是為了「教育」她的父母，而是希望得到他們的愛，這個奇怪的家庭只有弟弟江海濤是安靜的，於是他們每個人只要一感到不安就會打電話給海濤，她自己剛才也這麼做了，海濤的聲音聽起來含混不清，好像想說什麼卻說不出口，江海潮擔心著她弟弟正如她掛心著那個公車上的男孩子，其實海濤品學兼優個性早熟內斂簡直找不到任何缺點吧！可江海潮知道弟弟有著奇怪的問題，那是很深沉隱祕無法用語言正確說明的，那個奇怪的「什麼」正在逐漸把海濤拖向一個無法挽回的地方，但她現在什麼事都做不了，海濤無懈可擊的性格其實是一種徹底的封閉，但他到底爲什麼封閉呢？

先是擔心紀輕接著是她爸爸再來是弟弟然後就是她媽媽，江海潮經常覺得自己身體裡有太多的情緒跟感情質量都大到她幾乎負荷不起。

明天第一次要跟那麼多陌生人講話媽媽一定會緊張到歇斯底里吧！還有剛才那個根本就不認識的男孩子，他會不會因爲在公車上那種無可宣洩的憤怒跟被棄置的悲哀突然跑去放火燒機車或砍殺路人呢？天啊她哪有力氣擔心這麼多人。

但江海潮擔心著一切經過她身邊的人。

她的朋友都年輕而美好，一群人搶著說話，很快地把桌上的食物都吃光，好像如果出現某種奇怪的沉默空檔就會發生不可測的意外，江海潮心虛地想，是不是「物以類聚」呢爲什麼她交往的朋友看起來都聰明可愛但每一個人靈魂上都有病？

沒病的人到底在哪兒啊！她戴著有色眼鏡看世界所以世界也回報給她一個個充滿色彩的故事嗎？從她開始對朋友坦承自己每天按時服用抗憂鬱劑，她才發現原來不是只有她一個人在用藥，BBS站上甚至有百憂解版，在那兒可以找到各種同伴。

江海潮很希望世界不是這個樣子，至少，她不喜歡別人把女同志跟憂鬱症畫上等號，就好像她非常討厭每次報章雜誌都誇大女同志情殺事件，連她的男同志朋友都緊張兮兮地問她：「ㄟ，那個，你們女同志是不是都感情很激烈？」承認或否認都會招致更大的誤解，因爲瞭解無法經由一些片段的敘述，因爲瞭解不能根據某些個案，因爲江海潮無法確定這些人到底想要「瞭解什麼」。

是啊有一些女同志有憂鬱症，有一些女同志因爲感情問題自殺或自毀（殺人或被殺），那又怎樣？這個世界不是一直在殺來殺去嗎？出問題的不是她的頭腦而是這個討人厭的世界。有太多話想說於是每天江海潮都好累，她必須一次又一次不厭其煩地去跟人吵架、去說明、去解釋，但後來看起來就變成好像她是個脾氣不好又喜歡跟人辯論的人。

如果可以閉嘴不說她寧可閉嘴。但她做不到。（沉默是更大的恐怖，不信妳去看看我們家。每個人都快瘋了但是他們都不知道。）所以江海潮才必須去攪動那個看似平靜無波的家庭，她才要一次一次去上街遊行，到立法院舉牌抗議，因爲不這樣做大家就會假裝沒有發生任何事。

她討厭假裝。

就是去年吧，連著好幾天報紙上都刊載著「溜冰女教練殺人事件」，大家都說那是「加工自殺」甚至是「謀殺」，新聞畫面以現場連線直撥方式播出女教練在汽車裡模擬她如何用枕頭按住女學生的頭讓她窒息，千夫所指，甚至連女同志社群的各種討論裡也都傾向於譴責那個女教練（大家都不約而同覺得那個教練實在是做過頭了，都希望可以跟她畫清界線，不要因為一件社會事件讓社會大眾對女同志有更多的誤解），但江海潮很想說卻說不出口，她非常想到看守所去探望那個女教練（尤其是當她知道沒有家屬去探望的時候），她心裡隱藏著一個祕密，因為她知道那是什麼，「我也差一點曾經這樣做過」，殺人或被殺，自殺或自毀，在感情崩壞的時候，在憂鬱症發作最嚴重的時刻，甚或只是因為被逼的。

好吧「殺人」怎麼說都是不對的，但譴責並不會讓這樣的事變得比較少，可都沒有人要想想辦法。江海潮不敢把她想的事情說出口，就怕破壞了大家晚餐的興致。

晚餐話題都圍繞在朋友小廟的新女友愛咪身上打轉，說是女友其實八字還沒一撇，小廟在一家雜誌社當攝影師，愛咪是一個模特兒（紀輕第一次見到愛咪驚嚇地說，怎麼有人那麼瘦？江海潮趕緊安慰她，瘦成那樣不好看啦！）但性傾向至今未明，小廟初見愛咪就神魂顛倒開始展開猛烈攻勢，最近好不容易終於把愛咪單獨約出去兩次，也終於問過她對「跟女人交往的可能性」，愛咪聳聳肩一副不置可否的樣子說：「試試看也無妨。」前天小廟終於吻了愛咪，到今天她還是一臉陶醉的神情。

可是江海潮心裡非常不安，她見識過小廟那種一廂情願的投入情勢，任誰也阻止不了，可最後總是落得心碎收場。她們都還年輕，還可以犯錯，還容許受傷，因為時間會治癒這一切，因爲青春是最好的解藥。

江海潮想起阿蜜有一次告訴她：「十年後你回頭來看今仔日發生ㄟ代誌，你遮ㄟ知曉什麼事是重要的，什麼事是會過去的。」那時江海潮問她：「你從來沒想過要死嗎？」

阿蜜習慣把喝乾的啤酒瓶捏扁丟進塑膠袋裡留給收回收物的阿婆，那時她也用力捏扁了一個鋁罐發出聲音，「哪ㄟ無，少年時，常常嘛想工歸去死死ㄟ卡爽快。」阿蜜說。

「後來呢？」江海潮繼續問。

「後來不就是一日一日活下來了嗎？嘸那ㄟ有機會坐在遮跟你打喇涼。」阿蜜說完話就走去冰箱又拿出了一瓶啤酒。

那關鍵的決定是什麼呢？江海潮很想繼續追問，十年對她來說太久了，她無法想像十年後自己是否有能力這樣輕鬆地微笑看待過往一切，此時她的朋友們繼續討論著關於愛情，關於疾病，關於失眠睡不著沮喪憂鬱想死，關於快樂哀傷，每個字句都夾雜戲謔與文藝腔，每個人的表情都生動逼眞，每個當下的感受都是眞實的。

晚飯後大家各自散了，江海潮騎著紀輕的摩托車載她回去，一路上紀輕都在唱歌，隔著安全帽江海潮無法聽懂紀輕唱的是哪首歌，但她知道此時的紀輕是很愉快的。今天晚上應該會好睡吧！她一定要記得把藥都藏起來。

她們住的是跟人分租的公寓裡最大間的房間，有六坪大，室友是其他兩個上班族的女生，房間用書架分隔成兩個區塊，紀輕很喜歡布置房間，用各式各樣的玩偶抱枕花布把小小的房子弄得色彩繽紛，江海潮還記得當初她們搬進這房子的第一天，房間裡還堆滿紙箱行李，打了地鋪和衣而睡時紀輕這麼愉快地對她說：「此後這裡是我們的家了。」

晚上江海潮在電腦前發送email時，紀輕在小電視前發出哈哈哈的笑聲，江海潮放心地去公共浴室洗澡，洗完澡後打開房門屋裡一片漆黑，她心裡一陣驚慌，只看見隱約的燈光從角落那邊發出，她連忙走過去看，半掩著的小冰箱透出光亮，紀輕正蹲坐在冰箱前面大口大口吃著冰淇淋跟巧克力，紀輕的眼神渙散、嘴角殘餘許多餅乾碎屑跟巧克力的黑色黏稠物，像一個被小孩子惡作劇用蠟筆塗髒的布娃娃，兩手還不斷地把東西往嘴裡大口大口塞，江海潮蹲下身子抓住她的手，「別吃了。」江海潮伸手去阻止她。「爲什麼不能吃？」紀輕空茫的眼神好像這麼問。

「求求你告訴我爲什麼？」江海潮把紀輕抱起來放到塑膠地板拼成的地毯上。拿著溫毛巾不斷地擦拭她臉上那些食物的殘渣。

不知道經過了多久紀輕才恢復神智，「我沒事的你不要擔心。」紀輕偎在江海潮的懷裡，「我就只是想要吐。」

「爲什麼？」江海潮說，爲什麼？你這樣會把身體弄壞的。

「你知道嗎？」紀輕說。

「不，你當然不知道。」

「當我感覺憤怒時我一定要吐，我知道要如何吃夠多的東西讓自己達到想吐的感覺，我知道吃什麼才不會吐出奇怪的味道，我知道要在剛吃完之後就用手指挖喉嚨這樣才不會吐出太多胃液跟膽汁，這個我很懂但是你不懂，你有你對抗世界的方式但我就只能吐。」紀輕不斷地說。

「發生了什麼事讓你這麼憤怒？」江海潮說，天啊這個句子一出口她就後悔了，這不是很多人對她說過的嗎？「爲什麼你總是那麼憤怒？」

「活在這樣的世界裡你叫我怎麼不憤怒？」江海潮以前總是這麼回答。

紀輕說了很多，江海潮一時來不及吸收理解於是她只能聽，關於 Depression 她很熟悉，但「嘔吐」是她陌生的世界，紀輕在她碰觸不到的地方，但她一定要設法到達那兒，她要在那裡陪伴著紀輕，這是她對自己許下的承諾，「你或許覺得我只是個被寵壞的孩子，但其實我不是。」紀輕還在說，江海潮揉搓著紀輕的手掌，她無法想像那柔軟細嫩的手指是如何深入她的喉嚨挖撓然後引發一陣陣嘔吐，就好像別人無法理解江海潮爲何持續地吃著那些奇怪的藥丸，POZAC，藥名百憂解，多好聽，其實這藥丸到底解除了她什麼憂慮呢？照理說那是一種鈍化的過程，會把你的銳角磨平，讓你的視線不再只凝視事物黑暗的那一面，據說是改變人的血清素濃度，然後你看待自己與世界的方式就會改變，你會跟一切叫你煩擾憤怒的事都和解。

但結果並不是那樣。江海潮甚至無法確定她自己得了什麼病，每一個設法讓自己變得比較好的手段都會引發新一波的痛苦，於是就只能繼續地反覆練習著那些必然會失敗的過程。

吃藥停藥斷藥，發作康復復發，思考行動思考。反覆又反覆比月經週期還要準確。

就像有人會說紀輕一定是得了「暴食症」，是減肥失敗的產物，但或許事實正好相反，紀輕吃東西是爲了吐，她是爲了達到嘔吐的目的所以大量吃下那些食物，但不管事實是什麼她都必須隱密地進行，因爲沒有人可以理解，因爲每一種說法都會引起另一種相反的論辯，因爲那還沒有被找到正確語言可以訴說，因爲連當事人自己都無法清楚說明，但痛楚卻是那麼眞實。江海潮跟紀輕說，十年，給我十年的時間，我們設法撐過十年，到時候我們會很高興地一起生活著，到時候那些使我們痛苦不安困惑的事物都會變得不一樣了，你相信我，我們現在太年輕所以我們無法對抗那些，十年，阿蜜大哥說十年過後一切都會不一樣。給我時間，我會想出辦法的。

「相信我。」江海潮撫摸著紀輕的頭髮，相信我，讓我陪伴你走下去。

這時紀輕抬起了她的頭凝視著江海潮的臉。

「你眞的相信你自己說的話嗎？」紀輕這麼問。

十年，十年後她是否還活著呢？如果活著在她身邊的人還會是紀輕嗎？時間到底是什麼，是如何改變著她與她周遭的世界呢？十年前的她是國中生，暗戀著合唱團的學姊，那時媽媽正在一種她不明白的幽暗國度裡逐漸毀壞，那時她曾想過她要成為一個更強壯的人來保護媽媽，然而她自己卻一次又一次全身癱軟在教室前面等待著學姊經過，那剛萌芽的愛慾讓她驚慌不已，沒有人能夠告訴她那是什麼東西，是什麼摧毀著她原有對自己的信仰與認知，懵懵懂懂被推進一個全然未知的世界，十年過去了，她愛過幾個人，每一次她都使盡全力，而這次也不例外，她曾發誓一定要好好呵護每個她深愛的女人，但有時她自己也覺得好累，累得想要倒下來不再動彈。

相信我。

江海潮耳裡還迴盪著她自己的聲音，「你眞的相信嗎？」好像有人這樣說。

江海潮啞口無言，紀輕微側著頭看她，江海潮彷彿被催眠進入了一個時間凍結的瞬間，她動彈不得也無法言語，就這麼看著心愛的人，逐漸輪廓模糊，逐漸退縮遠去，逐漸地，在她們之間出現了無形的隔閡，而將她們隔開的那個，江海潮還不知道到底是什麼。

第三部

135

身體是一張地圖

後台

那並不是很長的一條街，尋常寬度，快步十幾分鐘可以走完，除了假日人車特別擁擠，乍看與一般中永和的街道並無二致，但只消你在此駐足停留，不久便能看出其中不同。放眼望去大大小小的店鋪門簷簡單的招牌上經常有著圓圈圈扭曲你看不懂的字體（那是緬文或印度文），或是寫著雲南美食印度小吃這類中文，以及常見的港式飲茶店，但即使是港式飲茶店也絕非正統港式（更不是台式的），正如那些小便利商店並不是像7-eleven萊爾富全家之類的便利超商，而是清一色裝潢簡陋內部狹窄、到處都擺著各種泡麵盜版光碟雜誌零食，且那些物品大多寫著非英文的外國字（緬文泰文印尼文等等），當你沿著商店餐館林立的街道繼續前進，隨處可聽見快速而低瑣的異國語言，發話者輪廓比我們較深膚色也較暗，隨處都見一家家小吃店門口坐著各類喝茶看報的人們聚集，這時你便知道你來到一處「移民聚集地」。這些早年從大陸福州及廣東移民至緬甸的華僑，在國民黨遷台前後也陸續遷移到台灣，群聚在此，但你會驚訝於他們始終保持著在緬甸的生活調性（慵懶的、家常的、彷彿時間過多可以任其消磨的），整條街也彷彿直接冷凍包裝空運來台，所有街景氣氛都被保留下來（當然也都本土化了），那是台北縣邊陲一處跟其他零落散居的各種移民（或暫居者）聚集地極爲相似但也是最典型的，這裡叫做緬甸街。

那些移民聚集而成的新興區域，除了提供當地人消費群聚，也讓台北的某些東南亞愛好者來此遊歷，如中山北路的菲律賓街、新莊泰國街、內湖的越南街，這些地點成因不同，風貌也各異，緬甸街跟越南街居住的大多是華僑或新移民，除了假日之外，連平日也是人潮眾多，而泰國街菲律賓街則是因爲近年來外勞外傭外籍配偶的盛行而產生的消費集散地，下班的時間以及假日，許多年輕男女騎著腳踏車約好了似地成群結隊穿行在街上，停下車，看是要唱歌要吃飯要買電話卡要補充糧食，或只是聚在一起喝個小酒，紛紛都出現了，這些異國人們的現身才會讓那些店鋪展現不同風貌（有些台灣人來到這裡是爲了緬懷他們某次去泰國或印尼旅遊的記憶）。這些移民區無論是僅有一條街或是幾個街道巷弄組成的區塊，其中的人種混雜、異國情調、家鄉料理都使人想起洛杉磯的移民區，唐人街（世界各地幾乎都有的唐人街看起來竟都如此相似）、韓國城（難以忘懷的泡菜豆腐鍋超級美味，以及當年的洛杉磯大暴動）、泰國城（家常氣氛口味道地的泰國菜、店裡還可以看泰國連續劇）、亞美尼亞城（好懷念那種烤得金黃酥脆的烤雞配上薄餅及黃色辣椒）等等，你總是不小心就逛進了一個令你吃驚的地方，有時你或許是因爲朋友說「那家泰國菜好道地」「我知道哪裡有賣越南生春捲」因爲想吃美食才來到這些地方，有時你只是路過（開車或搭公車時老是覺得那個地方看起來有點特別）直到某一天你才眞正停下腳步、推門進去。

比如李美雲，這個三十五歲女人，說好聽是個作家但嚴格說來她就是個遊手好閒的人，到處遊蕩是她的生活項目之一，她曾在台灣大小鄉鎮發現每每有工廠聚集的地方，就會有自然形成的泰國印尼小吃店跟雜貨店，她曾好多次在那些店吃過飯買過泡麵（一百元十二包酸酸辣辣的泰國泡麵曾經是她喜歡的），一時興起也會跟其他工人一起投十元硬幣掄起麥克風大唱卡拉OK。遷居台北後，李美雲常跟朋友搭公車跟捷運從台北車站的金華百貨二樓（別以爲那只是個過氣的火車站百貨公司，裡面其實暗藏玄機，有一大半已變成外勞的購物天堂，好多充滿東南亞風格的小店鋪），轉到新莊泰國街，一整天都在逛泰國印尼店。那些地方李美雲再熟悉不過了，但李美雲卻不曾到過離她家十幾分鐘車程的緬甸街。

這天李美雲站在緬甸街路口，帶她來的是當地在香港機場認識的人，一個是緬甸華僑湯米跟一個山東大佬葉哥。李美雲跟他們不過就是在機場候機室認識，這兩個人卻一路抓著她講話講個不停。

李美雲住到中和來也快兩年了，她對周遭卻一點不熟，車多路窄空氣髒灰塵多，當時是爲了貪圖房租地價便宜、交通便利，才住到這裡來。中和市有兩個出名的地點，一是從李美雲住家窗戶遠望就可以看見、高高矗立在山頭福德正神的「烘爐地」，此處香火鼎盛，二十四小時不打烊，白天香客眾多，入夜之後依然熱鬧非凡，從山腳下蜿蜒而上的幾百級樓梯兩旁都是算命攤子，絡繹不絕的年輕男女、特種行業人士，甚至有時還可以看見藝人，形形色色的信眾摩肩擦踵魚貫而上，廟裡的福德正神手上的金元寶被信徒摸得漆都掉了（此廟以求財聞名）。

另一個就是南勢角華新街有名的「緬甸街」。緬甸街因爲住了許多緬甸華僑而得名，每年四月市公所還盛大地舉辦潑水節（緬甸街已不再只是住著緬甸華僑，而是透過公所補助成爲知名景點，幾乎可以說是台灣的小東南亞），整條街可見許多小吃店雜貨店都可以買到道地的滇緬食物，李美雲早有聽聞卻從未到訪，在香港新機場認識的這兩個男人聽說李美雲就住在中和卻對緬甸街一無所知，便自告奮勇要請她去吃飯（那兩個人都住在緬甸街附近，熟門熟路，還自稱在此有眾多朋友）。

那天是二〇〇四年六月底，前天才剛從香港回台灣，第二天就接到葉哥電話，第三天他們就開車來接，先帶李美雲去吃了「李園清眞小吃」招牌的印度烤餅跟牛肉粑絲，再去「祥鈺樓」吃便宜又大碗的蘿蔔糕叉燒酥等港式飲茶，接著去一家緬甸小吃店吃緬甸菜（眞的就跟她在緬甸吃過的一模一樣，咖哩牛肉咖哩豬肉咖哩蝦像自助餐那樣讓你點，青菜番茄還有某種氣味嗆鼻的葉子放在盤裡讓你沾著蝦醬調製的醬料吃，不同的是，在緬甸那時，大家都是用手抓飯吃），熟悉的印度奶茶濃稠香甜，店裡的客人都跟老闆說緬語跟廣東話，一般人可能不理解爲何緬甸街裡面會賣著印度菜雲南菜跟港式飲茶，但李美雲很清楚，緬甸就是一個人種混雜的國家，此處清晰再現了道地的緬甸生活，這些畫面刺激著李美雲的神經，好熟悉，彷彿實況轉播一般，只是餐桌上的人不再是眼前這兩個人，而是李美雲曾經認識的，那些緬甸人印度人雲南人福州人，一張張面容相異的人，一幅幅快速播放的畫面，包裝與內容物不符，好像拿出匣裡的DVD，封面上寫的是《駭客任務》播出來的卻是《魔鬼終結者》。

畫面搖晃，鏡頭溶出。李美雲搖搖頭驅散了那些幻影。

飯後李美雲跟他們緩緩漫步在那些小店小鋪的騎樓，湯米斷續說著這條街的歷史（中間夾雜著吹噓自己曾經拍過電影、家裡又是仰光的望族、中港台都吃得開，李小姐你下回要去緬甸我可以幫你買到便宜機票哪！點點點），葉哥說以前開餐館、貿易公司、當獵人、養土雞，走遍大江南北（李小姐我看你也是個見識不凡的人哪，認識你眞是榮幸，等等等等）。李美雲沒有認眞聽這兩個男人的吹牛打屁諂媚討好，葉哥趁湯米去上廁所時低聲對她說：「其實我覺得湯米不是華僑，他是道地緬甸人。」李美雲不知道葉哥對她嚼這種舌根做什麼，但湯米看起來無論長相身材穿著打扮跟口音，實在太像李美雲在緬甸時認識的緬甸人了，過一會換葉哥去上洗手間，湯米口齒不清地說：「我跟你講實話啦，老葉生意失敗現在在開計程車。」（男人有時會爲了贏得某個女人的注意而出賣朋友，李美雲當場對他們的居心感到懷疑但也覺得好笑，他們兩個怎麼看都不會是李美雲感興趣的對象，有啥好爭寵。）

他們三人沿途有時得繞過停放的桌椅與摩托車或是雜物與行人，這樣崎嶇的走法讓這短短的街道變得漫長些，走著走著，異鄉言語色澤聲調面容逐漸滲透李美雲的肌膚，關於緬甸的記憶躡手躡腳地從意識底層爬升起來，首先是穿著沙龍與夾腳拖鞋的男人，臉上塗抹著香木粉的女人跟小孩、破舊的公車上擠滿乘客有些甚至吊掛在車門外、午後突如其來的大雨、乘著電動小船在美麗的湖面上泛遊、金碧輝煌的寺廟，以及，那些印度人緬甸人台灣人雲南人，來到緬甸街想起自己一年多前去緬甸的十幾日遊歷，這種類似觸景生情的經驗很自然也很熟悉，但，在之前呢？是什麼原因促使她搭上飛機飛到緬甸？難道就只是一個旅程或是一次遊歷嗎？那之前，有許多畫面不願想起卻浮過了這條小店林立的街道，那是這整個故事的前景，像童年時李美雲最喜歡看的歌仔戲，開演前她總會跑到戲棚子後面，正在搬動道具的戲班子演員在後台細碎的交談，每一個演員都尙未著裝，男人女人都穿著平時衣物，有的女演員甚至還在奶著懷裡的孩子，然後有人催促著他們，「準備上台了緊去化妝換衫」。該上台了。

人們都在台下等待，只有李美雲還在後台，那之前與之後呢？在故事與故事之間，上台與下台，那些前景、幕後，與中間的過場，是些什麼光景呢？那才是李美雲跑到這廟前的戲棚底下苦等的原因，她總是想要知道爲什麼？本來是怎樣？接下來呢？

種種思緒紛沓而至一時間讓李美雲踉蹌了腳步，葉哥回過頭來看她：「怎麼了？」

我沒事，李美雲搖搖頭。

走吧！

一長串的房門

屋裡漆黑，只有厚重窗簾縫隙透進一絲光亮，李美雲知道外面天色已經全亮，這時搭計程車應該較不危險，於是躡手躡腳摸索著起身穿衣，設法不驚動狹小床鋪上躺著的男人，他睡得很沉，均勻的鼻息如剛睡著時那樣，他幾乎是在熄燈後就立刻陷入沉睡，但她卻整夜沒有闔眼，說整夜是誇張了，手錶上顯示早晨五點半，那他應該睡了一個多小時，李美雲很累但是她不睏，一種奇異的興奮衝撞著她的身體，她站在床邊凝望著那一個裹著褐色毛毯的身體，揣想著該不該留一張紙條但後來決定作罷，她走到浴室裡用冷水洗臉，鏡子裡映照出她的臉，疲憊而發光，臉上脂粉未施卻顯得生動。她提起放在梳妝台上的皮包輕輕關上門就走進了長長的走道裡，一條由無數個白色房門組成的走道，幾個小時之前李美雲隨著男子走進這房間並沒有發現房號是302，302這沒特殊意義的數字卻吸引了她的眼光，302，她忍不住伸手去碰觸那個金屬號碼片，像要確認什麼似地緩緩撫摸。如果這一離開是否是永遠離開了呢？但才認識這個人十幾個小時，離開又怎樣？302，203，有何不同？李美雲呢喃著，趙雲，這是那個男人的名字，「好巧！」初識的時候他這麼說。「李美雲與趙雲，趙雲與李美雲，雲南人與台灣人。」李美雲繼續呢喃聲迴盪在看似沒有盡頭的走道發出奇怪的回音。

穿過空無一人的走道，腳下的地毯柔軟地吸收了她的足音跟身體的重量，使她覺得自己的移動方式有些飄忽，放眼望去，冗長的通道兩側一扇又一扇白色的房門前後無限延伸，牆壁上掛著寶石畫，轉彎處的矮几上花盆裡有新鮮的花束，空氣裡瀰漫著花香與清潔藥水混合的氣味。一陣暈眩襲來她得扶著牆壁走路才不至於失足跌倒，走進電梯的時候她聽見自己急促的呼吸聲，有許多事發生但她至今仍摸不清頭緒，她不是都胸有成竹嗎？事情不都是在她的掌握之內嗎？那些呼之欲出的，水到渠成的，順水推舟的，該怎麼形容呢？她以念力使之成形，或許都只是她一時情緒亢奮底下的產物。如往昔發生過的許多事，每一件都清晰可聞但也隨即遠去（似乎用力一眨眼就會統統消失不見）。

那是在緬甸的第十一天早晨。累積了十天的能量終於在此時全部爆發，過去的這些天與其他人的曖昧彷彿只是在預習，不過就是昨天而已，李美雲心想，昨天早上她還依依不捨地跟 **Win** 道別，多麼純情的一刻，幾天的相處那種只有牽手散步含蓄淺淡的情愫，天衣無縫地搭配著茵萊湖上翦翦風景，恰到好處的良善溫柔，分毫不差的清爽閒適，李美雲在茵萊湖畔小鎮度過與世無爭的六天，從台灣帶來的傷痛都被洗滌一清，她甚至幾乎要信以為真。只不過一天時間，當天晚上她變成了另一個人，比較像是她年輕時在台灣會做的那樣，爆發驚人的性賀爾蒙去引誘別人。

而且近乎誘拐。

那一夜如此漫長曲折繁複抵銷了之前所有清新的氣息。

同樣是走在高級飯店的走道，清晨時分，高跟鞋鞋跟陷落柔軟厚地毯的記憶，不過是幾個月以前的事，那時李美雲是要去推開一扇門，門後等待著她的是一個愛情發生的可能（只是可能而已，那累積多時的慾望跟情感還沒有出口，等待著她的人是否準備好要接受她呢？她不知道），那就是故事的前景，漫長的等待之後一連串的爆炸性事件。一開始美麗動人但結局依然令人心碎。

那時，她要去見她愛戀許久的人。

在緬甸這個飯店裡她想起了遺落在台灣中部的那個房間裡的一張面孔，那許多次將她從夢裡喚醒使她掩面哭泣的驚慌，她從未因爲失去過某人而這樣心痛悔恨，但她爲那種悔恨做了什麼補救嗎？沒有，她只是去推開一扇又一扇房門。

那應該是兩情相悅彼此承諾互相廝守的情節，到底跟以前有什麼不同，是有的，但是失去了，不是因爲她違背了承諾，不是因爲她上過了別人的床，而是因爲她回來的時候原有的愛情竟叫不回來，擺在她與情人面前的不是不忠與背叛的難堪，而是因爲那人覺得李美雲已經不愛了。

怎麼會不愛呢？但罪證確鑿看起來就像是不愛的樣子，李美雲僵直的身體設法想要變得跟原來一樣柔軟，但是沒有辦法，彷彿時間的流沙突然吞噬了她的感情，在飛機與飛機的間隙裡，在那些倉促被寫就的文字裡，在一張又一張有圖爲證的冒險裡，李美雲失去了她的愛情。

她結巴地說出自己那些荒唐的舉動不是爲了悔罪或告白，而是想要搶救一點時間，讓自己快快恢復原來的狀態，她想要解釋爲什麼現在她看起來是這種混亂的模樣，那是因爲通過了時間與空間的轉變來不及把原來的身分帶回來，但是她說不清楚。

「我不怪你，如果是我，或許我也會這樣做。」那人說。

但是失去了。

李美雲失去了把時間叫喚回來的能力，因爲發生過的無法塗銷不能更改，因爲發生過的將李美雲轉變成另一個她還無法辨識的人，因爲，她需要復原的時間太多太長，她的模樣看起來太冷淡，那一個又一個冰冷的時刻把原本的感情全部取消了。

此時李美雲再度走在某個飯店的長廊裡，算了！別想了。她對自己說。再怎麼解釋也解釋不清楚。況且對方都走了。

她走到飯店櫃檯請服務人員叫一輛計程車帶她回位於曼德勒山的旅館，那兒距離此處二十分鐘車程，突然有人喊了「李小姐」，她回頭，揹著高爾夫球用具身穿白色 Polo 衫的人對她微笑，「你早啊！」那人說，李美雲心裡納悶但還是對他點頭，才想起這人姓林是昨晚一起晚餐的人之一。

他說他正要跟領事館的人去打高爾夫球，球場就在曼德勒山上，可以順道開車送李美雲回飯店，一路上幾句寒暄，他問她要不要一起去，李美雲搖搖頭說改天吧！「明天我就要回雲南啦！」他說，「有機會到雲南來給我打個電話。很高興認識你。」他繼續說，語氣裡有一種共謀的氣氛，這種時間從飯店裡走出來他一定知道李美雲昨晚留在趙雲的房間了，一夜之間她似乎已經變成他們「一國的」，但是李美雲不在乎別人怎麼想。

雙手扶著方向盤的林先生說著什麼，李美雲敷衍著回答。「我們趙總是青年才俊，李小姐你眞是好福氣。」林先生語氣裡有一種輕率的阿諛，李美雲乾笑著沒回答，「沒想到台灣同胞這麼親切可愛，改天也給我介紹介紹。」林先生繼續說。

李美雲感覺自己的笑容在清晨的冷空氣裡裂開，時間改變著她的面容，或者是發生的事件改變了她的長相？她移動身體的方式、她發出的聲音，似乎都不是她原來的樣子，在那輛車子裡關於自己的一切都顯得好陌生，或許旁人不會發現但她自己清楚，仰光、東枝、茵萊湖、儂雪然後是曼德勒，她三次轉機，無數次搭計程車，十天來這個國家的高溫濕熱浸透著她將她染了色變了貌，一開始，當飛機降落仰光機場，在這個陌生的國度穿行彷若進入一座空蕩的舞台，所有事物都是嶄新而未知，那原本該是個只存在於地圖上的名字，緬甸，幾年前李美雲曾讀過關於翁山蘇姬的報導，知道美國對此地進行經濟制裁，知道這是個軍事極權國家，讀大學的時候她曾經認識一個電機系的學弟是緬甸華僑，她知道常搭捷運的南勢角附近有一條緬甸街但是沒去過，出發前曾看了*MOOK*雜誌的一些報導，關於緬甸的資料在她腦中就是如此而已。緬甸不遠，搭飛機四個小時就到達，不是埃及也不是非洲印度北極那種適合流浪的地方（況且她並不是要去流浪，她對這個字眼很厭惡），她甚至幾乎沒有感覺到搭飛機的疲憊就已經到達。

如今，李美雲從一個昨天剛認識的男人旅館房間裡走出來，上了一輛車，旁邊駕駛座上的人對她呢喃斷續說著什麼她沒聽清楚，這畫面熟悉卻又陌生，其中有些她很清楚有些她很模糊，這些天來她已見識過好多景物人事，那並非一種觀光或旅行的狀態，倒像是電影中常見的情節，搭乘一種時光機，卻設定錯誤，降落在計畫以外的地點，不但地點錯誤，連時空都已混亂，然後接踵而至的是自己措手不及的離奇遭遇。

那麼 302 是個錯誤的數字嗎？不知道這輛黑色轎車的車牌是什麼？李美雲有個習慣，一但她開始感覺恍惚她就會不斷地在心裡數數，車窗外通過十二部腳踏車、八個行人、三輛計程車跟兩輛模樣好怪異的車子，藍色噴漆的車殼破舊而簡陋，車身只有一般車子一半大，「那是什麼啊！」她問身邊的林先生。「拼裝車，是計程車的一種，緬甸車子貴，有些人就拼裝這種小車載客，不過那個坐起來不舒服啦！李小姐你要去哪跟趙總說一聲，請司機載你。」李美雲沒有接話仍在心裡繼續數數，五棵樹，三輛腳踏車，兩隻狗，一輛巴士。

李美雲站在這個故事已經開演了一半的場景裡，演員是她自己，劇本尚未寫就但已經匆匆上檔於是每日每日臨時拼湊故事，她設法想要翻到最前面那一章，標誌著演員姓名職業故事大綱分鏡表等等，那一章，但手上的劇本早已經演到高潮階段，前面的部分已經散逸。

確實發生了什麼，一定有的，否則她爲何會跑到這裡來了呢？但音樂響起，其他人物紛紛都出場了。來不及。

李美雲很少羨慕什麼人，但她非常羨慕那種確信一生中只愛過一個人的人物，好像他們的人生有一種完整的「定稿」，無論幸或不幸，那個版本裡面出現的角色都清楚無誤。但她不是那種人，李美雲是在過早的時候就已經被匆匆寫就太多複雜混亂的版本，那些內容龐雜錯亂難解的故事，每一個版本的角色都與另一個版本相互重疊，以致面目模糊無法辨識。

有個與她交往過的人曾經對她說：「你心裡有個部分已經死了。」是嗎？

不是嗎？

長久以來李美雲確實感覺到自己的心堅硬如岩石，在某些時刻，她設法想要轉動它，設法要讓它更柔軟些，但始終沒有辦法，她能夠感覺到歡樂，片刻的歡愉，甚至是某種在狂躁之中產生的狂喜，那不也是感覺嗎？況且李美雲還是個依靠描述感覺而謀生的人呢！或許她只是表達感情的方式與一般人不同，或許因爲她已經見過大風大浪所以沒辦法那麼容易感動或者憂傷，但會不會或許，答案很簡單，她就只是失去了愛人的能力（每每想到此處李美雲就會一陣哆嗦）。

但是，李美雲一直追求的不就是一種無重量的自由輕盈？這難道不是她想要的而且長期努力爭取嗎？你不可能既要這樣又要那樣，你必須承受你所追求的事物之中那無法令人舒適的部分，這就是代價。李美雲對自己說。

任何事都是有代價的。

就在她出發到緬甸的時候，當她決定收拾行李搭上飛機那一刻，她知道自己已經離開她渴望中的愛情越來越遠，當她發現自己竟會突然間無法繼續去愛那個她願意與之廝守終身的人，她知道她已經偏離了軌道。一個人在某時某刻做下的決定都會影響他／她往後的人生，那就像在航行的地圖上關鍵性地偏移了幾度，之後便不斷地與原來的航道漸行漸遠。但是爲什麼呢？爲什麼那時候不是留在台灣好好處理幾乎崩壞的愛情卻跳上飛機逃離？

悲劇總是在戲開場之前就演完了。

那時，曾經有一刻她幾乎可以挽回但是她沒有伸手，她任由場面繼續崩塌，或許還是她自己下場痛踩了幾腳，現在喊痛是不是太遲了。

然後上路。飛行、奔波、跳躍、疾走，輾轉在一個又一個陌生的城市之際，來不及追回，上一場戲已經謝幕了。她竟沒有意識到前一齣戲是接連著下一齣戲，或者說是因爲前面那樣所以後面這樣，她甚至忘記了這之前還有更久以前的，過去的過去，每一次，都重複得令人心痛。

她知道此去再無退路，她終於把自己變成了她一直所害怕的那種人，那種人不需驅逐就會自行逃竄，一發現自己開始留戀什麼就把那個東西拋卻，那種人不能跟別人維持長久親密的關係不是因爲不能，而是因爲不可以這麼做，那種人就像她這樣，她就是得不斷地離開她所熟悉且鍾愛的人事物，必須拋棄她擅長的能力，必須離開，她深知唯有在她所恐懼的孤獨之中才能看清楚她自己。但，一切到底是爲了什麼？

此後如之前那樣，李美雲讓自己像一塊石頭那樣活著，一顆不起眼卻四處滾動的石頭，「滾石不生苔」很久以前有人這樣告誡她，所以她一定是一顆光滑無比的石頭囉！誰都不會相信她是一顆石頭，除非親眼見過她突然間僵硬冰冷，冷酷無情地轉身離去，那種跟她一貫親切可人的模樣絕對不相同的，彷彿可以將別人也變成石頭的表情，那在一瞬間就把所有情感全部取消的巨大轉變，彷彿蛇髮女妖梅杜莎的凝視，爲何沒有人知道應該在那時拿出盾牌從鏡面反射的折光間接看見她的眼神呢？如此一來誰都不會受到傷害吧！李美雲不喜歡那樣的自己卻阻止不了。或許應該隨身攜帶盾牌的人是她自己。

但確實，她並非百毒不侵、堅不可摧（她只是假裝成那樣），有些時候，有某些人，某些事，會讓她那堅硬的外殼剝落鬆脫，趁著一個小小的縫隙潛入了她冰凍的內心，以她沒有預料到的方式，而且是在事隔許久之後她才知道，當時，某一刻，李美雲確實眞正地感覺到了愛意，卻都是在已經離開之後（總是覺悟得太遲）。

某個人。

告別的手勢

二〇〇三年六月十四日，華信航空飛仰光班機，早上七點鐘，李美雲在航空公司櫃台前排隊等著確認機位，有個中年婦人來跟她說話，「小姐可不可以跟你打個商量。」婦人解釋了半天，原來他們在仰光經營成衣工廠，用行李托運了大量的鈕釦拉鍊。「你如果行李不重的話可不可以幫我們帶一件，」另一個男人湊過來參與說服過程。李美雲只托運一件行李，裝有筆記型電腦的小行李箱要自己帶上飛機。「不是不行，但我得先察看一下裡面裝的東西。」李美雲回答，如果行李中夾帶了毒品或違禁品那她不是倒楣了？那兩人打開地上一個黑色大包包，李美雲仔細地翻弄檢查，裡面果然眞的都是拉鍊。「這種小配件台灣買才便宜，而且品質也比較好。」婦人補了一句。

「謝謝你的幫忙，幫我們省了好多錢。小姐貴姓，去緬甸做些什麼？」婦人問，李美雲說自己姓李，去緬甸做旅遊採訪，「李小姐是記者啊！」中年男子驚訝地說。（事情並不是這樣的，但眞要解釋起來又太麻煩，李美雲無法正確解釋自己的職業以及作爲。）或許爲了感謝李美雲的幫助，這兩個人幫她介紹了另外三個台灣旅客。「到那邊有人照應比較好。」婦人對那幾個台商朋友介紹李美雲，「就麻煩大哥多多照顧了。」彷彿李美雲是他們家裡一個將出遠門的孩子，那三個男人其中有一個姓高在仰光經營寶石工廠，另外兩個是他的朋友，一個姓陳一個姓王。「李小姐跟我們一起用早餐吧！」高大哥名副其實高頭大馬、聲如洪鐘、海派熱情，盛情難卻李美雲便跟他們一起過海關進去機場裡的餐館吃早點。

沒想到上飛機前已經有了對緬甸熟悉的人可以帶路（這不知是好是壞，但總之已經發生了）。

一上飛機高大哥幫李美雲換了座位，讓她與他們坐一排。「一個女孩子到緬甸不容易啊！我先給你做點行前訓練。」一路上高大哥確實給了她很多資訊，聽說李美雲除了仰光還要去其他三個城市眾人都相當驚訝。「那些地方我們都沒去過，你怎會想去啊？」陳大哥問。「報社安排的。」李美雲回答（她總不能說是因為覺得那個地名好聽吧！雖然確實是如此）。「你身上有緬幣嗎？」高大哥問她。「沒有，只有帶美金跟信用卡，台灣銀行不能兌換，我想到了仰光再換。」李美雲回答。「李小姐，你這樣不行啦！」高大哥從皮包裡拿出十萬緬幣遞給她（雖然折合台幣不過一千多元，但這舉動還是讓李美雲覺得窩心），他說，「緬甸前年銀行發生擠兌，整個銀行系統都崩潰了，現在美金要換緬幣得到黑市裡去換，不然價錢差了幾十倍，這些錢你先拿去用，改天到我家來再還我，看需要換多少錢先跟我說一聲我幫你準備。」李美雲沒做好功課，換了一千美金就出發，如果不是遇見高大哥，下了飛機她連計乘車錢都付不出來。這時她才知道自己確實冒了大險（幸好旅館已經先訂妥，她原本還想到了每一個城市再慢慢找）。李美雲的性格裡那種率性簡直就像是靠運氣在過日子，出發前朋友都對她的舉動感覺不解，爲什麼要去一個這麼奇怪的地方，又爲什麼毫無準備收拾行李就出發（而且爲什麼不能等，爲何不能等到把關係修復了再離開？你根本就是在逃避）。

飛機準備降落前的低飛，終於可以看見陸地，李美雲從飛機的觀景小窗看見偌大黃色田土與滾滾黃流的河川交錯形成前所未見的奇異景觀，「好美！」李美雲忍不住驚呼。高大哥對她說：「那是湄公河三角洲。」無論在國內或國外搭機，李美雲最喜歡飛機降落的時刻，當機長宣布飛機開始準備降落，高度逐漸降低，原本在雲層之上幾萬呎高度逐漸下降，通過雲層、繼續往下，然後遠遠看見了即將到達的陸地，越來越近，若是一個陌生的國家，幾千呎幾千呎從高空往下急降的過程可以將這個地方看得好清楚，反倒是回台灣的時候，當飛機準備降落桃園中正機場，特別是在夜晚，迎接李美雲回到台灣的是萬千盞燈光形成的燈海，那時刻李美雲目眩神迷家鄉也看成了異鄉。

這次情人沒有來送行（雖然還沒正式分手但已經不見面了），李美雲也不需打電話回台灣跟誰報平安，原本熱戀中的兩人已經漸行漸遠，李美雲剛才在飛機上忽地想起情人十天前給她寫的信，「夢見你去金邊，我不知道金邊有什麼，只記得《花樣年華》裡的周慕雲在金邊失神遊走，他有一個祕密必須跑到天涯海角才能傾吐，那你的祕密是什麼呢？是什麼讓你非得如此不可？或許你眼睛看不見現在，你追求的也不是此刻，而是未來，未知，等你找到未來的時候，我們已經成爲過去式。但是沒關係想去就去吧！去飛吧！想去哪兒就去吧！」

簡短的 email 存放在 outlook 的已開啓檔案中，卻一字不漏地印在李美雲腦海裡，這次離別沒有怨懟，記憶中太多次李美雲總是說走就走，在那些告別的過程裡，有時充滿爭吵與難堪，有時沒有拉扯沒有眼淚，有的是讓她更覺得痛心的諒解，她轉換著情人就像等待轉機，有一回她堅持要到美國去會見另一個人，在台灣的情人送給她一雙紅色 Nike 球鞋，卡片上寫著：「送你一雙好鞋，讓你去想去的地方。」又有一次，她要離開現任情人到一個山上去跟另一個人度假，收到的禮物是一頂毛海編織帽子：「山上冷，別凍著了。」

太多了，她拿著這個人給的禮物飛到另一個人身邊，她想從一個地方離開就搭著另一人的車子，她才離開這個人的屋子就進了另一個人的家裡，她幾度半夜離家身無分文，後來還是前任情人事後幫她把書本全都搬來。

有時她想，她一定會在這樣飛來飛去轉來轉去的路途上完全迷失方向，因爲太多人的善意鋪成一條通向天際的毯子，那些許多人一輩子求也求不到的濃厚愛意卻變成李美雲車輪底下飛揚的塵土，都糟蹋了，都四散紛飛，都陳述著李美雲是一個多麼無情而自私的人。

一個被太多人愛過的人，一個吸滿了眼淚的身體，一個經由告別累積成的身世，李美雲多希望自己就像剛才那架飛機，所有經過她體內的人都是旅客，他們都知道自己只是路過，人們都有自己的目的地要去。李美雲希望自己只是個容器，那麼就不會傷害別人也傷害自己。

過海關時不知爲何海關人員將李美雲叫到辦公室盤查了一會，這時她心裡想起「或許是要給紅包」，但無論如何她就是不想這麼做，用英文跟他們交涉但無人能夠詳細回答，只是要她等。她等著。這過程裡她有一度感覺非常驚慌，這個簡陋的機場，這些講著陌生語言身穿白色制服的海關人員，附近巡邏的軍人，都陌生而且充滿令人不解的敵意（他們講的英文口音奇異李美雲幾乎聽不懂），尤其是當辦公室裡那個年長的男人不斷地拿起電話筒說著一長串她完全聽不懂的句子時她心裡就有不詳的感覺。爲何只有她一個人被留置？到底發生什麼事？

莫名其妙地被擱置了十幾分鐘，最後那個男人對她說了聲 sorry 然後將她放行。

她走出機場大門，腳步依然蹣跚，迎面而來是全然陌生的世界，穿著傳統服飾的男女、僧侶、計程車司機，炙熱的空氣、刺眼的陽光，李美雲四下張望但高大哥一行人已不見蹤影。沒關係，李美雲想，她深吸一口氣，光是剛才機場裡的一切就夠令人驚慌，眞的是到了國外了，一個全然陌生的國家，走出機場迎面而來的所有事物都不曾見過，李美雲一時有點茫然，以往每一次都是順利的這次一定也是（如果以前那算是順利的話那以後也會），她這麼安慰自己，況且皮包裡裝有高大哥給的緬幣跟地址電話，下飛機前已經約好晚上到高大哥家的別墅吃飯，李美雲找到一個會講簡單英文的司機，叫了計程車前往她訂好的飯店。

在飛機上幾乎都是台商跟華僑，或許只有李美雲一個人是來觀光的，難怪當時高大哥他們會這麼吃驚，會如此不放心地交代各種事情，確實，一個年輕單身女子來到緬甸實在太怪異了。但李美雲想要的，不就是這種無法解釋的處境嗎？把自己丟進一個全然陌生且無助的環境，看看自己會如何？會發生什麼事？這樣的想法克服了她的恐懼。

一開始她想要去的地方是柬埔寨，要去吳哥窟，在她買來介紹中南半島的旅遊雜誌上卻發現了緬甸，一種突如其來的念頭抓住了她，緬甸，對，就是緬甸，不是金邊不是吳哥窟（她有許多朋友都如朝聖般地去過了，王家衛的電影裡也曾拍攝過，確實是非常美），她要去一個更陌生的地方。

到飯店房間放妥行李換了衣服稍作梳洗，李美雲又上路了，她問過飯店服務台人員也拿了簡單的英文地圖，當初特意挑的這家香格里拉飯店雖然房價高（是五星級的），但地點位於仰光市中心，附近都熱鬧，走路就可以到達鄰近的唐人街、印度街與三個不同的傳統市集，李美雲按圖索驥就開始出去逛，仰光氣溫白天有三十幾度，李美雲穿著涼快的白色棉質無袖短洋裝涼鞋戴上墨鏡揹著相機沿著飯店旁邊的街道開始散步，店鋪林立的印度街迎面許多衣衫襤褸的小孩伸手跟她乞討，販賣各式點心雜貨水果的小販對她兜售，她一時間尚未決定該有什麼舉動，突然聽見有人在吹口哨，她抬頭，不遠處的樓房三樓窗口探出幾個膚色黝黑的年輕男子對著她大喊 Hello Hello，口哨聲四起，這時她才發現自己與周遭的人多麼不同，整條街上沒有人像她這樣打扮，男人都穿著暗色上衣跟暗色棉布沙龍，女人清一色長髮長袖上衣及地的沙龍（她注意到男女沙龍圍繫的方式不同），不分男女老幼有許多人臉上都塗抹著土黃色的香木粉，誇張地在臉頰、額頭、下巴上抹出圓形、橫條的圖案，相形之下她穿得太少裙子太短，她較白皙的膚色與時髦的衣著，人家一看就知道她是觀光客。

會講英文的人比她想像中少很多，溝通不良不會讓她驚慌，只是必須不斷比手畫腳有點累，李美雲甚至很喜歡這種語言不通的感覺，她不需說太多話，耳際傳來都是陌生的言語讓她覺得很舒服。在台灣時她經常覺得外界吵鬧不休，打開電視翻開報紙全部都是爭論，她住在高樓把隔音窗關上屋子就很安靜，但只要一下樓就會被川流不息的人車驚嚇。此時的李美雲在仰光，這裡絕對不是什麼窮鄉僻野、世外桃源，而是擁擠的大城市，觸目可見可聞都是雜亂的景象，汽車公車腳踏車在馬路上揚起灰塵、喧囂的喇叭、路邊小販的吆喝、行人咕咕噥噥的話語，只是因為聽不懂對她來說一切就顯得不同，像是自己後退了一點點，從這整個龐雜的空間裡退開兀自旁觀。

李美雲沿著印度街走到唐人街，途中下了一場暴雨，緊急去買了一把雨傘還是不免淋濕了衣裳。她終於在唐人街一間店鋪裡找到一個華裔老闆，中文不是非常流利的老闆親切地跟李美雲解釋她手上的地圖裡幾個地點，也簡略說明一些緬甸的情況（汽車很貴、汽油限量管制、電話很貴、晚間十二點就有宵禁、當地人平均收入每個月不到八千緬幣），她終於明白為何剛才在印度街市場到處可見有人在小桌上擺一台電話，原來那就是他們的公用電話，一般人家根本裝不起電話，需要聯絡事情就到街上的電話鋪子（電話費也絕對不便宜），這家店鋪也有這種電話服務，李美雲跟老闆說想打電話，她撥了三次才撥通了高大哥家的電話號碼。

在飯店門口叫了車，把高大哥家的地址給司機看，破舊的計程車在巷弄裡鑽行，隨著車子轉彎李美雲的心思不斷盤旋，爲什麼會跑到緬甸來呢？上次匆忙出國，回到台北甚至沒把行李收妥一星期後她已經又上路了，或許，歸根究柢或許李美雲是個無法安定的人，無論是感情、工作或生活，但卻不時地會想要固定下來（一定是因爲沒有安全感），每當她那種想要固定下來的念頭出現，緊跟而來的都是一次又一次徒勞無功的試驗，到後來弄得倉皇離開，都讓她厭惡自己。

爲什麼是這樣而不是那樣？地圖上那許多未曾到過的國家呼喊著她，她什麼地方都想去。她見識過的人何止千百種，那些人來到她的身邊突然間改變了她的生活，這些那些過程，不斷吸引著李美雲，讓她一次次失神陷落，自己一直不斷在離開的過程並不是想要獵奇，而是因爲那就是她生命的基調，她想在那些短暫的過程裡變成某一個人，體驗某一種有別於她原有生活的人生，換一個名字，有另一個身分，因爲與其他人生命的碰撞開啓她對自己固著的想法。

司機一路用口音很重的英文對李美雲訴說仰光的種種（努力聽還是可以聽懂），像是額外附贈的旅遊導覽，勉強聽懂的句子裡證實了之前華人商店的老闆告訴她的，緬甸車貴汽油貴，但大家都希望能當司機，即使只是租來的車，每天賺一兩千緬幣加上小費，收入還比當學校教師來得強，從市區轉進郊區時經過大學，司機說之前鬧學潮，大學已經停課了。司機說他最大的心願就是存錢自己買一輛車，司機說，在緬甸生活很辛苦。年輕的司機問李美雲是不是「Chinese」，李美雲說：「I am Taiwanese.」司機說，台灣人很有錢吧！這一帶住了很多台灣人（當然司機說的是英文），李美雲發現這條巷子都是別墅，白磚紅瓦二層樓建築，每戶都有寬敞的庭院，按著地址找到高大哥家，來開門的是一個矮小精瘦的男子。

李美雲走進屋裡，高大哥、陳大哥跟王大哥正在客廳泡茶，還有一個不認識的男人也在場，高大哥幫他們介紹彼此，原來那人是李美雲住的飯店公關部劉經理，是個華僑。「等一會就吃飯，我們的廚子做的台灣菜很道地，香料都是我從台灣帶來的。」高大哥說。突然間一排男女走出來，高大哥一個一個介紹，於是李美雲知道剛才那個小個子男人名叫猛凱是管家，一個廚師、一個工頭、一個老師、一個會計、幾個工人，都是些模樣老實的人，見了李美雲都恭敬地點頭。「你這幾天在仰光就過來吃飯吧！他們都是信仰虔誠的人，我不在仰光時工廠跟家裡都是猛凱在處裡的。」高大哥說，李美雲被這排場嚇了一跳。突然間他們又都不見了，高大哥悠閒地泡茶，時間似乎不存在這個屋子裡，剛才她熱出了一身汗（她到緬甸來搭過兩次計程車都非常破舊，也都一樣沒有空調），此刻卻覺得好涼爽，微風從敞開的窗戶吹拂得白色窗簾飄動，大家有一搭沒一搭地說話，李美雲幾乎要打起瞌睡（早上五點半就起床了，一路上都沒闔眼）。

高大哥每個月至少飛緬甸兩三趟，陳大哥跟王大哥在台灣都有自己的事業但也是每個月都來緬甸度假，「只有在這裡才能放鬆啦！」陳大哥說，此人身形高瘦，目光晶亮（他看著李美雲的眼神好像把她看透了，使得李美雲不止一次低下頭去），「你多住幾天就知道，別看緬甸落後，這裡的生活才叫人生。」陳大哥繼續說。劉經理插話：「李小姐說不定你多住幾天會想嫁到這裡來呢！」高大哥爽朗地笑了：「你們別消遣人家小姑娘。」

閒談之間李美雲鮮少說話，只是聽，聽他們那種男人間的對話（這種對話李美雲很熟悉），他們都是十幾年好哥們，高大哥曾在大陸經商失敗，幾度落魄潦倒，這幾年到緬甸又白手起家，如今生意做得顯赫，幾個好友投資在緬甸蓋了孤兒院，收容無家可歸的孩子，教他們讀書寫字，高大哥拿出照片給李美雲看，一張一張照片記錄著如何在一個偏僻的村莊開墾，如今有學校、寺廟、宿舍、自己的農田，幾百個孩子就在那兒生活（眞是這樣嗎？李美雲幾乎感動起來）。

這幾個大哥都是篤信佛教的人，大門玄關處有個佛堂，高大哥帶著李美雲去參拜。來到緬甸，幾乎就是進入一個佛教的國度了。

緬甸的第一日，在高大哥家閒話家常，飯菜口味都好，猛凱不停地幫他們添飯倒茶，其他人似乎都習以爲常，但李美雲不習慣有人站在一旁服務心裡總覺得難受，飯後陳大哥煮咖啡，氣氛才比較輕鬆，李美雲問他們：「仰光這麼多台商，應該有一些夜店吧！可不可以帶我去看看？」高大哥笑問：「你一個女孩家去那種地方做什麼？」

「只是好奇而已。」她回答。

眾人臉色怪異言語支吾。李美雲不死心繼續追問：「跟我講地址就好，我可以自己搭車去。」

劉經理終於心軟，在一張紙上寫下幾個地點，有的是五星級酒店的俱樂部，有的是位於唐人街的KTV酒店，李美雲認眞詢問該怎麼搭車消費大概多少等等。「你晚上就要去啊！」高大哥問她。

「對啊！等會我叫車去。」

「你不要一個人去啦！出了事叫我怎麼心安？」高大哥一臉不悅。

「別擔心我，我習慣一個人跑來跑去的。」李美雲企圖說服他。

「小林你帶她去，平平安安把她送回飯店。」高大哥對林大哥說。林大哥一臉勉強：

「我，我今天很累不想出門。」

「我帶她去好了。」陳大哥突然開口。

「也好，別弄太晚，晚上有宵禁。」高大哥不放心地囑咐。

就這樣，晚上九點，李美雲跟陳大哥叫了計程車就往唐人街去。

車上陳大哥告訴李美雲，其實他們來緬甸幾乎都會去唐人街的酒家報到，只是礙於高大哥身分問題不能說破，「你這小女孩，非得逼人表態不可嗎？」

「我知道你會帶我來。」李美雲說。

「你怎麼知道。」陳大哥回問。

我就是知道。李美雲沒說出口，她只是笑著，有些事說出來就沒意思了。

夜間顯得冷清的唐人街，只有斗大的霓虹燈招牌斷續閃耀，金玉樓、鳳凰春、夜來香，這些大大的中文字招牌有些燈管已經燒壞字體顯得破碎，這類李美雲很熟悉的名字，有些是已經歇業的中餐館，有些是酒家舞廳，都充滿說不出的台灣味，這裡的唐人街其實該說是台灣街，這些招牌提醒著人們這兒曾有的風華。「現在還早人少，晚一點更熱鬧。」他們在一棟老舊建築前下車，陳大哥指著附近的樓房對李美雲介紹，那些餐館都已打烊，路邊攤販也都不見，只見一些攔路的拉客伕、計程車、人力車四處盤旋，李美雲跟陳大哥一下車就有幾個人迎上來，給他們領路，帶他們上了五樓。這幾個拉客伕都能講簡單中文，電梯門打開，迎面而來是一字排開的酒店小姐，穿著紅色改良式旗袍，「歡迎光臨」齊聲彎腰點頭。「陳大哥好久不見啊！」有個女人從隊伍中走出來，親暱地挽著陳大哥的手臂，將他們領進了包廂之內。

那情景就像台灣中南部某些KTV酒店，裝潢老舊燈光昏暗，除了一間間包廂之外，外場有個舞池，以及許多座位，如果是在台灣，這些就是有公關坐檯的地方，但李美雲不知道仰光的夜店是如何的，只看見店裡女客比男客多，許多座位上都坐滿青年男女。

她跟陳大哥進了一間小包廂，男服務生（在台灣應該叫做少爺）為他們倒茶水點飲料，準備KTV音響跟麥克風，服務生出去後進來了兩個年輕女孩，一個個子瘦小暗色皮膚牙齒有些不整齊，但笑容純樸可愛，另一個較高大豐滿，雙眼皮大眼睛跟厚嘴唇挺性感，陳大哥說小個子女生叫做塔塔，有一半華人血統，另一個高個子女生叫莉莉，他每次到這間酒店都會找塔塔，雖然言語不通似乎可以理解對方意思，他們互相打過招呼，就點歌開始唱起來，李美雲這時才發現歌本裡都是國語歌台語歌，而且放出來的伴唱帶跟台灣的美華伴唱帶很像，塔塔不會講中文但卻會唱葉蒨文的〈瀟灑走一回〉，勉強硬記的中文有種可愛的童音。

陳大哥說，塔塔十九歲，是從鄉下到仰光來工作的，仰光這類酒店不像台灣有駐店小姐，像塔塔這樣從各地來的年輕女孩若不是跟著某個媽媽桑，就是自己來跑單的，花五百元緬幣買門票進來，自己攬客，但那樣風險高，塔塔有媽媽桑帶著，但坐檯費六四分帳，眞要出場時也得讓媽媽桑抽成，七扣八扣也沒剩多少錢。

不知道是不是因爲自己在場，李美雲感覺陳大哥對塔塔以及另一個女孩都很尊重，就是唱唱歌，讓她們倒到酒，也沒動手動腳。

李美雲唱歌唱悶了，聽說外場可以跳舞，就撇下陳大哥自己推開包廂門走了出去。

舞池裡果然人山人海。

播放著八〇年代的迪斯可老歌，大家都賣力地搖擺，李美雲在搖動身子之際也不忘左顧右盼，忽地瞥見人群裡有個清秀的年輕男孩對她微笑，她也點頭對他致意，男孩身穿藍白兩色格子短袖襯衫牛仔褲，跟另外兩個女孩在跳舞，其中一個女生對李美雲揮手邀她一起，李美雲快步走近，才發現那個格子襯衫原來是個俊秀帥氣的女生。

這使她大爲吃驚。

來到緬甸還不曾見過女人有這種男裝打扮（在台北當然見多了），李美雲驚喜地湊近問她叫做什麼名字，那帥氣女孩搖搖頭表示聽不懂，李美雲轉而向另外兩個女孩詢問，音樂太吵，而且，她們三個一句英文都不會說。

只是圍繞著李美雲跟她跳舞，帥氣女孩靠近她，對她說了一句什麼，聽不懂，李美雲想要進去包廂找塔塔幫忙翻譯（其實塔塔也不會講英文），轉身要走，那女孩抓住了她的手。

接下來的十幾分鐘快速而飄忽，李美雲就這麼被拉著手在舞池裡跳了一個曲子。然後音樂變成慢歌，女孩摟住她的腰跟她跳慢舞，燈光轉暗，舞池裡男男女女，李美雲只覺恍惚。

一個曲子未完，他們倆已經閃進旁邊的洗手間。事情是怎麼發生的李美雲並不確定，恢復神智的時候，帥氣女孩正在摸索著她的身體猶似辨認某種符號，在侷促的洗手間一角，女孩的嘴唇碰觸著李美雲的頸子，輕掠而過，如此輕微的接觸依然令她顫抖，這異國夜店充滿尿臊的洗手間，簡陋的場景一點不像就要發生某個韻事，她的手指撥弄著李美雲的睫毛，已經是最色情的動作，脖頸上的汗毛、長髮、睫毛、女孩彷彿只對毛髮感興趣，黝黑勻長的手指不斷翻動撩撥著這些，她沒有吻她，只是從背後一手摟住李美雲的腰，一手隨意撫弄著那些或長或短的毛髮。但李美雲已意亂情迷。

突然間倉促間有人急敲著廁所門，女孩在李美雲額上重重一吻，然後打開門快步走了出去。

接著一大群女孩子擠進狹窄的洗手間開始換裝打扮（這些女孩就是陳大哥說的，自己買票進場來做生意攬客的），李美雲汗涔涔喘吁吁，趕緊到洗臉台潑了一些冷水，才逐漸恢復神智。

回到舞池，那帥氣女孩已經消失不見。方才一切猶如幻夢，她懷疑那個女孩這種男裝打扮其實是一種魔術變裝，彷彿灰姑娘，那是不可伸手去揭開的幻影，時間一到就會自動消失。李美雲回到包廂裡塔塔跟莉莉都不見人影，陳大哥突然親暱地拉住她的手問她：「想要唱什麼歌我幫你點。」李美雲說不出話，她仍爲剛才那短暫而魔幻的一刻心醉神迷。

唱了歌喝了酒，聽陳大哥說很多話，陳大哥並不喝酒，李美雲一杯接一杯喝著啤酒，此後的記憶都模糊了，那些從鄉下湧進城市裡打工賺錢、打扮土氣的緬甸女孩臉上生澀的表情，她們在擁擠的酒店裡穿梭尋找客人時殷切的眼神，像某種無聲的影片快速播放，李美雲一定醉了，不知道幾點離開那家KTV，李美雲只記得有人攬著她的肩穿過燈光黯淡的巷子，他們一直走一直走，路邊有幾個男孩子在唱歌彈吉他，「我也要唱！」李美雲聽見自己這麼說，Hello，有人對她大喊，Hello Hello，李美雲也喊回去，Hello，聽見了嗎？她是對著誰大喊呢？

「我陪你上去。」有人這樣對她說，說話的人是陳大哥，李美雲搖搖頭，謝謝不用了，今天不想要。這是我在緬甸的第一天呢！

推開房門她一頭栽進床鋪裡。

好像清醒也好像夢中，她在一個四周全是斷垣殘壁的廢墟遊走，全身赤裸，周遭沒有半個人，她長髮披肩光著腳一步一步跳躍，她試著揮舞著雙手卻開始往上浮起，離地越來越高，然後，她的雙臂高舉就此騰空飛起。

從高空中鳥瞰，所有曾經愛過她的男女都在地面上仰頭對她揮手。

李美雲知道，那是一種告別的手勢。

床上之眼

趴在窗玻璃往外看，額頭頂著玻璃因爲後方一下下的撞擊改變著視線，遠處的景象隨著身體的擺盪而晃動，黑暗中只見各種燈火，各色霓虹燈明滅、大樓頂端的藍色照明燈閃爍、巷弄裡小小的招牌光影搖曳、更遠處是高速公路，一整排燈光形成燈河，兩邊的路燈固定不動，中間流動著一輛接一輛的車頭燈像是螢火，什麼樣的車子在那兒一輛接一輛穿流而過呢？一顆汗水從李美雲的眉毛下滑滴入了右邊眼睛，她猛地眨眼，視線被汗水與淚水刺激而暈開，那些光河像水漫過黑暗城市流進了她眼睛裡。有人抓緊她的手臂用力搖晃她的身體，在這些猛烈的動作裡她整個人似乎分割成兩半，一半安靜地凝望著遠方風景，一半在持續的呻吟著，這兩半似乎逐漸分開成兩個不一樣的個體，中間相連的部分是一根濕熱的性器，進出身體時發出噗疵噗疵的聲響，李美雲被那樣的雜音干擾著，但自己的嘴巴卻又不聽使喚地呼喊，離地面很遠的高樓仍舊聽見地面傳來車子刺耳的喇叭，那喇叭聲音使她驚覺自己正在做著什麼，她與男人正在做愛，已經開始許久的動作此時卻顯得遙遠，她置身其中卻好像事不關己，剛才在床上時還那麼投入而迷亂，男人把她抱起來到落地窗前猛幹她她卻開始恍惚，是這面窗子的緣故，太多次她都一個人靜靜在窗前抽菸眺望遠方，於是只要來到這裡她就落入眺望的老習慣。糾纏著她身體的男人卻比剛才更亢奮了，因爲在高樓這一大片落地窗對面並沒有人家，可是裸著身體正對著一整片窗玻璃那種透明卻是一種暴露，在比他們位置稍低的地方有著無數的房子，此時有多少人正在看電視睡覺聊天，「如果他們同時都走到窗邊抬頭就會看見我們正在做吧！」男人第一次到她住的地方就看上了那一面窗子，每一次一定都要把她弄到窗邊來做愛，這個男人眞是個暴露狂，好痛！脖子突然被用力咬嚙著，男人把頭埋進李美雲的頸子又啃又咬，在疼痛中她終於回過了神，男人汗濕的臉滾燙著，李美雲發現自己全身都潮濕了，屋子裡溫度很高，夏天的晚上十二點鐘，高溫與性愛過程的熱度使她虛脫，應該是快感帶來的暈眩吧！一陣一陣逐漸加強的暈眩感使得李美雲的目光渙散呼吸急促，眼前景象慢慢變形，突然間遠方的燈火全都跳躍起來，越來越多越來越亮，那些車子房子那黑暗中閃動的光亮全部擁擠到李美雲的視線裡，配合著身體一下又一下的震動跟體內的緊縮，男人抽動身體速度越來越快，一切都加速盤旋，李美雲的思緒開始混亂，某種無法形容的異樣感逐漸擴散，那該是高潮的前兆，某種離心力將她不斷拋甩，速度加快中間形成的黑洞也漸次擴大，眼前景物在搖晃中快速遞換，中間一度畫面全黑，切換的畫面先是聲音，一個細碎的聲音響動，李美雲側著耳朵設法分辨，好像是NHK電視台的新聞，女人的聲音說著日文，男人的聲音說著英文，帶著濃重口音的聲音發話，畫面出現了，李美雲看見一面鏡子，鏡面裡的圖像方正，燈光昏黃，鏡子裡有兩個人，一張古銅色臉擱在一個白皙的肩膀上，捲曲的短髮是褐色的，這張臉非常年輕，是個男孩子的臉，沿著那男孩的臉部線條往上看見另一張臉，及肩的頭髮小小的臉，是個女人，應該這樣說，李美雲看見鏡子裡的女人是她自己，男孩從背後捧著李美雲的乳房輕輕撫摸，李美雲的眼睛凝望著鏡子而男孩的眼睛凝望著鏡子裡的李美雲，鏡子裡出現飯店常有的那種裝框的壁畫，紅木梳妝台，白色床單褐色毛毯，床邊古典造型的檯燈，男孩抬起頭看著鏡子說，look at you，男孩的手指非常細長，像正在書寫中的筆沿著李美雲的乳頭轉圈，一黑一白的身體在暈暗的光影裡交錯著，你看那是什麼？李美雲伸出手指摸著鏡子裡男孩的臉，男孩把臉藏進了李美雲的背後，濕熱的臉化開她的肌膚，畫面裡只剩下李美雲一個人，胸前有兩雙手，大手與小手，黑色與白色，指尖交纏像是符號，寫著什麼呢？鏡子裡一重又一重疊影不斷深入又深入，李美雲試圖看清那是什麼地方，就在身後的男人嚎叫著射精的時刻，李美雲被那強烈的撞擊推進了記憶的深處。

想起來了，那是在緬甸，一個叫做吉米的二十一歲印度男孩。

吉米男孩

有人用日文喊她，在仰光最大的果菜批發市場外頭，李美雲轉頭看見一個年輕男孩子，你在找什麼呢?男孩換用英文問她。李美雲以爲男孩要對她兜售什麼於是搖頭說：「我只是看看。」

但男孩子緊跟不放。

那是在仰光的第二天中午，李美雲昨晚睡得昏亂醒來卻精力充沛，旅行的時候她每天都只睡幾個小時，雖然沒有特定的行程，但她總是一早就醒了，早早起床去吃早餐，這天也是如此，早飯過後在飯店門口叫了車去逛過燕子湖與仰光的地標大金塔，眞難理解國民所得亞洲最低的國家卻有如此金光閃閃燦爛奪目的寺廟，那是李美雲在台灣也不曾見過的美麗佛寺，到處都是貼滿金箔的佛像、精細的雕工與華麗的裝飾，高聳的尖塔頂端還有個巨大的藍寶石。她跟計程車司機說想去逛傳統市場，司機帶她去的這個市場就像台灣中南部的果菜批發市場，到處都賣著蔬菜瓜果，鐵皮屋建成占地上千坪的市場有上千個大小攤位，李美雲每到一個國家必定要去造訪這種市場，不是因爲她特別想買什麼，而是在這些地方才能看出當地人生活的細節，那與名勝古蹟觀光勝地呈現的是截然不同的面向，觀光景點給人看的是這個國家想要對外國人呈現的面目（過去的某種遺址或最值得稱傲的文化），而這種市場則是當地居民的現狀（人們現在的生活方式有時跟過往的輝煌歷史無關，也與觀光客所看到的繁華截然背反），逛著逛著停電了，整個市場突然變暗，小販紛紛點起蠟燭，廣大的市場到處燭光熠熠，李美雲就著燭光湊近去看某種沒見過的蔬菜跟水果，聽小販用不懂的語言對她兜售，從乍亮到昏黑然後又變成朦朧光閃的氣氛，令人心神搖晃如墜幻境，但沒過多久電力恢復，燈光全亮，幻影全部消失，又變回熱鬧尋常的市場。

昨天在高大哥家已經見識過緬甸這種動不動就停電的景象，高大哥家有大型發電機，他說緬甸最暢銷的東西有兩樣，一是柴油發電機（幾乎每個商店門口都可以看見大大小小的這類機具），另一個是保險櫃，「因爲銀行不能用了啊！大家都把錢存放在家裡。」高大哥說，緬幣幣值低，國民所得差距極大，他說以前每次要進貨時就得用麻袋一袋一袋把鈔票扛去，大批紙鈔堆放在桌上，算到手軟。李美雲昨天跟高大哥先換了兩百美金的緬幣（一拿到緬幣就趕緊還了那十萬），她親眼看見猛凱從大型保險櫃裡拿出一疊一疊紙鈔。

市場逛了一個多小時李美雲沒買水果，只有走出市場時有個小孩跟她推銷「冰水」，年約五歲的小男童，謀生工具是一個塑膠水桶上面架兩片木板，木板上立著個大冰塊、冰塊底下一個漏杓，所謂的「冰水」就是從這漏杓滴出的冰塊融化水裝在塑膠袋裡，李美雲看小男孩模樣可愛，問一杯多少錢，「100 Jat」，男童比著手勢，給了他一百買了一杯但李美雲不喝，放在手心跟額頭消暑降溫，等冰水變溫就扔進一旁的垃圾桶。

就是在買完冰水之後被那個男孩子跟上的。

那個男孩一直跟著李美雲走，沒辦法了只好跟他說話。

跟李美雲搭訕的年輕男孩英文帶著濃重腔調但很流利，大眼濃眉咖啡色皮膚，穿著褐色圓領短袖上衣跟墨綠色棉質沙龍黑色夾腳拖鞋，他不死心地跟著李美雲走，問李美雲哪裡來的，來緬甸做什麼，你不要緊張啊！我不是壞人，男孩說，黝黑的臉咧開嘴露出潔白整齊的牙齒表情好天眞，李美雲忍不住笑了。

於是一路聊起來，這人是李美雲在仰光遇到最能溝通的緬甸人了，李美雲好懷念可以用英文與人交談的感覺，從昨天到現在除了跟飯店櫃檯、計程車司機等幾句對話，李美雲跟那些台商大哥都說中文，雖然說起來親切方便，但好像是從台灣帶來的沉重包袱還緊跟著她，那會使她懶惰，總是這樣的，即使她並不是特別精通外國語言，她也寧願比手畫腳跟當地人講話，這樣讓她感覺自己不再是原來的自己，這才是她旅行的目的。

陌生的城市，不熟悉的語言，全然未知的國家，街頭偶遇的人們，這些加起來讓李美雲整個人幾乎都轉換了性格，比如眼前這個男孩，他說自己叫做 Jimmy 吉米，李美雲說自己叫做 Mia 米亞，這個隨意取的名字是她背包的品牌，吉米與米亞，李美雲喜歡這種隨機的巧合，如果男孩說自己是喬治她就會說我叫瑪莉，這是緬甸人聽不懂的台灣現金卡笑話。

起初男孩以爲李美雲是日本人，秀了幾句日語。「你怎會講日語的？」李美雲忍不住好奇，男孩說他學日語兩年了，他是個導遊學語言很重要，所以自己學了日語跟英文（他或許是有語言天分的）。站在市場外面的水果攤聊天，李美雲發現市場小販使用一種白色塑膠袋，袋上都印有黑白的圖案，竟然是《包青天》的劇照，在仰光看見幾年前流行的台灣電視劇感覺好詭異，男孩買了一包奇怪的水果跟李美雲分著吃，小小的橢圓形乳白色果子，不知道是什麼東西，男孩剝開外殼拿出果肉遞給李美雲，她吃了一口，好酸，酸得眼淚都蹦出來了。

帶你去吃飯，吉米說，你想吃什麼？北京烤鴨？（這幾個字男孩是用中文說的，聽起來像是，北金靠亞。）李美雲笑了，到底什麼樣的人會跑到緬甸來吃北京烤鴨呢？她想起高大哥家的廚子做得一手道地台灣菜，連香料都是台灣運來的。她搖搖頭，「你平時都吃什麼？帶我去吃你常吃的東西。」

眞的嗎？我是印度人當然吃印度菜，你確定你要吃嗎？吉米瞪大了原本就很大的雙眼，微微上揚的眼角非常美的眼睛，印度人啊！那當然就一起吃印度菜。

這世上眞有什麼當然的事嗎？如果有當然的事那當然李美雲不應該出現在這裡吧！隨便吧，如果不是爲了隨意一點過日子怎會突然搭上飛機跑到這裡來呢？如果是在台灣，路上有人跟她搭訕她不可能回應的，但這裡是緬甸啊！遇上什麼就是什麼，李美雲讓自己像一艘紙船隨著小河漂流，誰撈起她她就跟誰走。要搭車嗎？吉米指著路旁的人力三輪車，李美雲說，如果不太遠就用走路的。這才是第二天，有人給她領路逛逛大街也好，於是吉米在前她在後他們一前一後沿著市場邊走了出去，越過大馬路時豔陽當頭，高溫把李美雲的視線蒸熱使她泛出了眼淚，好熱！太陽曬在身體上幾乎是疼痛的，吉米邁著大步走得好急（後來她才知道原來是因爲吉米大多數的時候去哪都用走的），李美雲幾乎小跑步才跟得上，穿進巷弄鑽來鑽去，都是些破落的公寓，小藥房小店鋪有的開門有的沒有，巷弄都方正寬敞，許多小攤販林立，有陰影的地方就涼快些，吉米沿著路邊的騎樓快速地走，一些餐館門口都擺著桌椅，大家都在吃午飯了，然後到了吉米說的那個店。

就著騎樓邊的小攤子，擺了十幾張矮桌，吉米問她，這裡可以嗎？李美雲點點頭，攤子上已經坐滿了人，好香的氣味傳來，顧不得蒼蠅飛舞與髒水四溢的水溝就在旁邊，李美雲跟著吉米找到一張小桌坐下，一個八九歲大的小男童趕忙過來招呼，用抹布抹淨桌子擺上兩個茶色塑膠水杯，與吉米嘰嘰咕咕說起話來。想吃什麼？吉米問她。都可以，李美雲說。

像超大鍋貼又像煎餅、外皮煎得香酥裡面是鬆軟的鹹口味餡料，李美雲學吉米那樣抓起來就吃，滿口燙，看起來有點髒的杯子裝著香濃的奶茶，整個攤子上只有她一個是外國人，她吃得一嘴油，沒有面紙可以擦嘴，吉米拿起剛才抹桌子那個抹布來擦嘴，還把抹布也遞給她，大家都很隨興，但李美雲的隨興只能到達一種程度於是拿起衣服一角抹了抹嘴，微笑著對吉米說，好吃。突然間對面的男人清了清嗓子就往一旁吐痰。

吃完東西李美雲打開包包拿出了香菸，吉米臉色一變，低聲地說，不要在這裡抽。

那要去哪裡抽？李美雲好納悶。

回你飯店去。我們回你飯店去。

其實不是因為要抽菸的緣故，但李美雲叫了計程車帶著吉米回到了飯店。

依然是一前一後走著，穿著綠色制服的飯店門房以奇怪的眼神打量吉米，他是我朋友，李美雲這樣對那個門房說，吉米身上寒傖的衣著應對著飯店大廳的輝煌形成一種奇異的反差，李美雲跟櫃檯服務員拿房門卡片時吉米低著頭不安地在一旁等待，好像在躲避大理石地板反射的光亮，李美雲走過去拉了吉米的袖子，吉米突然仰起頭，俊秀的下巴抬得高高的，邁開了步伐跟著李美雲走進了電梯。

吉米進了房門就直奔電視機，李美雲燒了熱水泡茶跟咖啡，吉米握著電視遙控器彷彿拿到什麼神奇的玩具，對口相聲似地跟著電視上的CNN與NHK電視台一下講英文一下講日文，停不下來地轉台，看見什麼都高興，坐在床鋪上眼睛發亮兀自對著螢幕喃喃自語，你看我日文講得很好吧！英文還不行還得學，以前去上課的時候老師都說我很聰明學得快，吉米的嘴唇豐厚微翹，一開一闔猶如某種小動物在嚼草，李美雲點燃一根香菸，用力吸進胸腔然後吐出煙霧。給我，吉米說，李美雲走到吉米身旁把香菸放進他微啓的唇邊，吉米一把摟住了她的身體。「喝咖啡，乖一點。」

我前幾天帶一個日本人到浦廿，那個人是個建築師，他對我很好。吉米抽了幾口香菸猛地喝一大口咖啡，有點燙到嘴似地吹氣，孩子氣地吮著手指。妳也會對我好嗎？吉米轉過頭來看著李美雲的臉。

你要什麼呢？這一句李美雲沒有說出口。

浦甘是緬甸的古城，在華信航空飛機上的雜誌裡讀到，有許多近乎吳哥窟那樣神祕而雄偉的古蹟，李美雲只訂了前半段的行程，後天要離開仰光飛到茵萊湖，那之後呢？她思考著下一站應該去浦甘或者是曼德勒，本打算邊走便看想到哪就到哪，但到了緬甸才發現信用卡並非隨處可用，身上的美金換太少了，李美雲已經知道這裡不是可以任性的地方，要待十四天光是國內航空跟酒店一千多美金可能不太夠，晚上就該訂機票跟酒店了，高大哥介紹了熟悉的旅行社，說要幫她先墊款，就這麼辦吧！

「剛才爲何不讓我抽菸？」她問吉米。吉米整個身體在床鋪上放平，撒嬌似地滾著玩，這是個聰明的孩子，他知道李美雲不會惱怒。

因爲女孩子在緬甸不可以這樣。吉米從沙龍裡伸出的腳勾住李美雲的腿，沾染泥沙塵土的腳趾從夾腳拖鞋裡穿出，一定染髒了李美雲的小腿肚，那些其實並不明顯的塵土隱隱刺激著李美雲的肌膚，「我又不是緬甸人。」李美雲下意識地抬起腿想伸手去平撫那種輕微的搔癢。吉米的腳掌用力，使得李美雲重心不穩跌進了吉米身上。

我希望你是緬甸女孩。吉米雙手圈住了她的身體。

「慢點。」慢點。慢一點。李美雲推開他的懷抱站了起來。「讓我看看你，」李美雲說，然後後退著腳步，再後退，梳妝台上放著 Canon 數位相機，李美雲拿起相機轉開鏡頭，從鏡頭裡看他，陽光自落地窗射入把床單照得雪白，吉米的眼瞳是橄欖色的難道是因爲陽光的緣故？「看著我，」李美雲說，好俊的孩子，吉米突然一把卸掉了上衣。

很久很久以前她愛過一個男子身上也有著這樣緊綳而跳躍的青春，只有無處可揮霍的年輕才能造就這樣奢侈的線條，穿透樸素破舊的衣著依然閃亮的美好，李美雲貪心地按著快門，喀擦喀擦，吉米的手指掀動沙龍上的褶角整塊布突然就鬆開垂落，露出了他的身體。

接下來的事情發生得很快也很慢，那是以一張一張照片拍攝的節奏進行，喀擦喀擦喀擦，吉米擺動身體像一個舞者，相機給我讓我拍你，我會，老師說我很聰明，我學得快。喀擦，你看這很簡單，笑一個，妳爲什麼總是皺著眉，妳笑起來好美，有兩個酒窩，喀擦喀擦，過來一點，喀擦，妳是我的緬甸女孩。

喀擦喀擦喀擦喀擦。

相機裡的畫面好色情。李美雲暈眩著，相機裡的人是誰？陽光照亮了誰的身體使其發熱發燙，那伸進嘴裡濕熱的手指攪動著唾液，那吸吮著乳暈的嘴唇嗯嗯咂動，李美雲並非因爲身體被撫摸親吻而感覺亢奮，使她興奮的是那些畫面，螢幕裡出現的她自己身體被掀弄的樣子好像她已經不再是她，螢幕裡那個不知所爲何來的印度男孩是個臨時演員，幕已開啓，音樂奏響，這是誰寫就的劇本李美雲不知道，她只見自己上了台，暈熱使她著裝成爲一個剛好的角色，每一張相片都使她迷醉，那一聲聲喀擦變成開麥拉，熱情潤濕了她的眼睛，卸下的白色洋裝彷彿一隻蹲距著的貓在床角偷看，吉米關上了鏡頭把相機放在一旁，將臉埋進她裸裎的雙腿間。

那雙大眼睛濃密纖長的睫毛扇動著，吉米伏在她的雙腿間抬起了臉，嘴唇仍在她的下體遊走，叢生的陰毛好似他臉上長了鬍子，那不屬於吉米的鬍子使他青春的臉增添了年紀，蒼老與童稚交織反覆，他的嘴角有著被體液沾濕的晶瑩水光，映照著他那雙眼睛，異國的眼，從床鋪上潔白如浪地翻滾著慾望與希望的眼神，那是一雙李美雲不會忘記的眼睛，巨大幽深、黑白分明、年輕無邪又帶著莫名的滄桑，左眼眉毛上有個新月形的疤痕（這是我那酒鬼老爸用石頭砸的，後來吉米這樣對她說，那個疤痕有一個很長的故事），吉米的眼神裡好像訴說著什麼，卻是李美雲聽不懂的，妳會對我好嗎？那眼睛裡在說著這個，一個吻接著一個吻在不斷的愛撫裡散開，電視機裡仍然傳來NHK節目裡的日文，屋裡瀰漫著李美雲無能辨識的陌生語言與自己嚶嚶的呻吟，高舉的腿像兩棵光裸潔白的樹，我來，吉米脫下李美雲的鞋往地上一扔，像落地的果子發出哐噹的聲音，吉米含吮著她的腳趾輕輕咬囓像孩子舔著棒棒糖，就要開始了嗎？等等，李美雲又起身去拿相機，在身體最迷亂的時刻依然拿起相機按下快門，她用相機拍下只是爲了告訴自己，她知道這不是愛情，她或許只是想要留住鏡頭下那些美麗的畫面，或許是爲了讓幻影成眞，但這些其實並沒有關係，這裡，是仰光的一個飯店，他，是吉米男孩。

而下一站，李美雲還不知道將是什麼地方。

地圖

李美雲在浴室鏡子前望著胸前紫紅色的吻痕發怔，在兩邊鎖骨的中間凹陷處留下十元硬幣大小的痕跡是用強力遮瑕膏也無法去除的，更何況她只帶了防曬乳液，記憶裡從沒有人在這個位置這樣強力地親吻過，想到這裡李美雲握著梳子笑了起來，關於性愛、愛情、她過去的情人，她總是記得一些很小的細節，比如曾經在做愛前一起喝紅酒，有一點點殘餘的紫紅色酒液停留在情人的唇邊，以及情人有些發黑的嘴唇，比如有人曾在她的胸前用原子筆畫圖，以乳頭爲花心畫了一朵向日葵，比如某張地毯使人發癢的質料，比如有個情人的右肩上有一個青色的胎記，比如剛才看見吉米那個新月形疤痕。

她記得第一次接吻，第一次愛撫，第一次做愛，第一次口交，第一次誰掌摑她的臀部使她發現激烈的快感，太多太多第一次像是旅行時托運行李的貼紙，她總是捨不得撕掉那些寫著各種航空公司名稱的行李貼紙，她的身體像一張地圖，每一個探勘的人都到達不一樣的地點以不同的方式，留下了記號，肉體上的記號隨著時間過去消失了，但她的記憶裡卻停留著那些細節，有時，因爲細節太多她會在做愛時陷入混亂，這個做過了嗎？好像沒有，是跟你嗎？我忘記了。

記號，當吉米趴在她的鎖骨上用力吸吮時，好多好多關於性愛的記憶如滾燙的熱水從茶壺裡冒出來，她疑心是因爲吉米那特別豐厚的唇所以帶來這樣的效應嗎？氣管被壓迫著，喉嚨緊縮，有點想吐卻如此舒服，那種用力的方式幾乎讓她窒息，塌陷進一張沒有止盡的嘴洞裡，吉米一邊吸吮著她一邊進出她的身體，在呼吸感覺困難的時候她一直聞到保險套的味道。

寫著「永保安康」的紙袋做成小小幸運符的造型，這是一次她跟情人在西門町逛街有人發給她的，她記得當她從背包裡拿出那個裝著保險套的零錢包時吉米驚訝的表情，李美雲不在乎，她的皮包總是有這樣的一個袋子，正如她是個會隨時訂了機票就飛往某處的人，而吉米告訴她，你是我第一個女人。

李美雲淡淡地說，那麼你以前都是跟男人囉！噓，不要回答我，我不想知道你的答案。這不重要吧！撕開保險套的包裝聞到熟悉的氣味，這是我的方式你知道嗎？每一次都是第一次，從封緊的鋁箔包裡打開的都是嶄新的未知。那就戴上吧！

晚餐要吃什麼？吉米從浴室裡走出來這樣問她，濕潤的身體與濕潤的頭髮都在發光，他年輕快樂得讓李美雲有些吃驚，有這麼開心嗎？李美雲幾乎要妒忌他的快樂，她經常在情人的臉上發現這類她無法擁有的表情，有時會因爲這樣而整個人都變得特別好看了，爲什麼我沒有這個呢？那種莫名的快樂背後是什麼呢？有時情人會在性愛之後久久地凝望著她的臉，我臉上有什麼髒東西嗎？李美雲納悶著，你好美，情人輕吻著她的臉頰與眼皮，那樣的舉動讓她好驚慌使得她只好閉上眼睛或者站起來走掉。吉米剛才竟然在浴室吹起口哨，嘩啦啦的流水聲和著他的口哨聽起來好刺耳。吉米上身赤裸下半身圍著白色浴巾，年輕俊美的模樣與她在傳統市場外面突然叫住她的那個男孩判若兩人，她好想問問吉米，我看起來也不同了嗎？我也因爲剛才那個過程變得美麗而鮮豔了嗎？一定沒有吧！因爲我身上有某個重要的地方壞掉了。

吉米走過來坐在她旁邊，那時李美雲正在準備等會要換穿的衣服，吉米把臉湊近她，又要開始吻她。

「我叫車送你回去，我四點跟人有約了。」李美雲說，設法要讓口氣聽起來溫柔一點但沒辦法，李美雲有這樣的習慣，她會在與人親熱過後顯得分外疏離，她需要一點時間來恢復，有時她會在浴室沖澡十幾二十分鐘情人以爲她已經昏倒了，其實不是，她只是不想讓別人發現她臉上那迅速轉換的表情，這樣不太正常吧！以前有人這麼告訴她，前一分鐘你還在我懷裡下一分鐘好像恨不得我立刻消失。越來越嚴重了，好像越來越無法控制自己臉部線條的下場，那張臉明明還散發著歡愛之後的紅暈，但似乎已經不是床上那個她了。好遙遠。眞正的她在一個誰都碰觸不到的地方漂浮著，拉住我，拉我一下，不要讓我陷落黑暗之中。

她看見吉米的臉上明顯的失望。

你晚上幾點回來，我等你。吉米說。你在仰光還有其他朋友嗎？

「我再打電話給你好嗎？」李美雲說，不要企圖想要擁有我，那是不對的。

我家沒有電話。吉米的聲音聽起來好微弱，我們住在一個連電力都沒有的違建小木屋裡。我家也沒有地址。

沒關係，我會打電話給你，我就在蘇菲雅酒店外面等你，我跟我的朋友都在那邊。吉米迅速地轉換了語氣，你不用幫我叫車了，我送你下樓。

「這是一個項鍊。」李美雲指著頸子上的吻痕這麼說，她摸著吉米光滑的臉，「我要帶著這個項鍊去見我認識的台灣朋友。」

然後吉米就笑了。

有些時候，李美雲覺得情人在她身體上留下記號有其意義，好像如果不這樣做，之前無論多麼溫熱多麼激情多麼纏綿轉瞬間都會消失，可是記號也會消失，無數次她看著那些吻痕從紫紅褪成橘紅再褪成帶黃的淡紅，之後只剩淡淡的青色，這是最不堪的時候，然後早上醒來，那個記號不見了。她突然想起有個人曾在她的腿上用鋼筆寫下自己的名字，好可怕爲什麼有人要這樣做呢？金屬筆尖刺進肌膚時那種輕微又強烈的刺痛，寶藍色墨水在大腿上隨著汗水暈開，像是失敗的刺青，那一次她以爲那個人會殺了她。

身體是一張地圖而李美雲不斷地摸索著前進，她向許多人問路透過一個又一個吻，發出各種不同的呻吟，那些大大小小的記號標誌著地名，卻沒有目的地。而等一下她要去高大哥家吃烤肉了。

一夜情在清晨離開

車庫大門緩緩往上拉開，清晨的光線並不刺眼地照亮了車子前座李美雲的視線，男人將車子慢慢倒出車庫然後筆直往前開走，經過一間一間汽車旅館房間拉下的白色鐵門來到入口的閘道，「退房。」男人說。「謝謝光臨。」穿著暗紫色套裝白色短袖襯衫梳著包髻的服務員爽朗地說著。

天亮了。

二〇〇四年八月某個清晨，從土城開往中和的路上，人車並不多，整個天空彷彿布滿灰塵卻被風吹開般逐漸透亮，等紅綠燈時，路邊的早餐車剛到定位，夫妻模樣的一對男女以默劇似的動作拉開貨車兩旁的塑膠布準備著那些做早餐的物品。「肚子餓嗎？要不要買點早餐？」男人或許以爲李美雲一直望著那輛餐車是因爲肚子餓，但其實不是，她只是想藉由觀看別人的動作來確認自己的位置，她九點還得去開會，現在是幾點呢？李美雲拿出皮包裡的手機掀開蓋子，才發現她根本沒有開機。「我不餓。」李美雲說。車子開始啓動，男人開車的方式很小心，不會猛踩油門或任意變換車道，車子平滑地行駛在馬路上，車窗外的景物都顯得如此不眞實，路邊的樹木枝葉稀疏，幾個穿運動服的中年人陸陸續續出現在旁邊的人行道，可能是在晨跑吧！李美雲從車子的後照鏡看見他們邁開腳步卻不斷往後飛逝，同樣不斷後退的還有一隻瘦伶伶的狗，叼著一個紅色塑膠袋彷彿因爲早餐有著落了，瘦骨嶙峋的臉上顯露一種愉快的神情，有時幾輛超前的車子都在經過他們車邊時刻意地加速，這麼早這些人要去什麼地方呢還是也剛從某個地方離開？李美雲因爲那些一會後退一會前進的人車與路樹而目光撩亂，進入汽車旅館時大約是深夜三點半，那麼現在是五點半囉！幸好還沒遇上上班上學的人潮，不然滿街穿著制服的小學生跟接送的父母出現的畫面會讓她感覺更不舒服。男人突然轉開收音機，刺耳的廣播節目主持人聒噪地說著「各位聽眾早安歡迎收聽點點點」，李美雲沒有解釋什麼就動手扭掉了開關，車內又陷入一片寂靜。

汽車旅館通常沒有對外窗，屋內僅以各種燈光照明，無論什麼時間感覺上都是夜晚，車庫總是瀰漫著二氧化碳的味道，牆壁上還貼著「停車後請記得熄火」這樣奇怪的告示，「爲什麼會有人停了車不熄火呢呵呵。」記得剛進門的時候男人這樣說。李美雲不知多少次進出過各種旅館，但在這樣的時刻徹夜未眠地出入，像是從一個黑暗華麗卻怪誕的世界裡直接通往燦亮健康的世界，早晨應該給人清新與開始的感覺，但此時卻是一種難以形容的停滯，那個世界與我無關，我應該留在另外一邊久一點，李美雲這樣想著，或者應該有些過渡的時刻給她一點時間適應，她突然又想到睡眠或許就是讓人區隔黑夜與白晝的設計，不只是爲了休息，而是爲了適應，她想起許多次嚴重失眠站在床邊看著天色變化，發現天亮的時候她總是悲哀得想要嚎叫。

不知爲何她感覺好睏，一種無法分辨身在何時何地的奇異感覺讓李美雲陷入恍惚，通常這個時間她都在家裡睡覺吧！眼皮沉重得抬不起來，那樣的移動讓人好暈眩。

李美雲被自己的聲音驚醒，突然張開眼睛的時候被周遭陌生的景色嚇得差點放聲大叫。「怎麼了？」身旁的男人說。該死，竟然睡著了，她從沒在陌生人的車上睡著過，連一次都沒有，怎麼回事？「我剛才睡著了。」李美雲好像在自我安慰地說。「你睡了十分鐘，我喊了你幾次你都沒醒。」男人說。我知道他的名字嗎？李美雲抓搔著頭髮想不起來，搞不好他根本沒說過。「你剛才突然說了聲，慢一點，然後眼睛突然睜得好大。」男人說。是個多話的男人啊！當初爲什麼會挑上他的？

李美雲突然想起二十歲時的情人W，他總是開車到學校附近來等她下課，然後帶她跟他的朋友去喝酒，一攤續過一攤，也總是要到三更半夜才回家，她經常在回程的路上就睡著了，W爲了讓李美雲多睡一會還會在學校附近的公園裡停車，獨自抽菸喝啤酒。那時他們還沒有眞正的性關係，他始終矛盾在兩人年紀與身分背景的差異裡在親熱過程的緊要關頭緊急煞車，那時李美雲還不懂得男人的慾望，她之所以接受W的追求是想要那種跟大學生活截然不同的「叛逃」，對抗她父母給她一切良好的家教跟規訓，她從台中到台北來讀大學，此後就徹底地想要脫掉那件乖乖女的外衣，她沒有選擇學校裡追求她的學長或男同學，卻跟在龍山寺跑來向她搭訕的一個男人開始約會。她總想起當她的同學們正在宿舍裡徹夜苦讀四書五經時，她正在啤酒屋或海產攤裡看人喊酒拳，或是在賭場裡看男人賭錢，她不知道同學老師有沒有發現她舉止的怪異，她只知道自己正在逐漸變成她所不理解卻嚮往的那種人。印象最深刻的一次是W要去竹南跟某個人討債（奇怪的是他要索討的就是他爲那人跟別人討債得來的分紅），開著紅色吉普車到她租房子的地方接她，然後直奔竹南，那個人敷衍著帶他們去一家有脫衣陪酒的酒家，叫了五個小姐坐檯喝酒喝到半夜，一整個晚上都殷勤得不得了，但結果W還是沒有拿到那筆錢，那是初次李美雲感覺到W作爲一個「流氓」的不夠格，並且理解所謂的流氓根本就不是她在電影裡看到的那個樣子。那時李美雲大學二年級，生平第一次上酒家，被那些排排站等著客人點選的高䠷美麗酒店小姐弄得好混亂，離開酒家之後W一言不發地開車準備送她回學校，W好看的臉上有著可怕的神情，「什麼地方出差錯了？」他的臉上好像寫著這樣的附註，李美雲恍恍惚惚不知該如何安慰他只能一直抽菸，抽菸也是跟W一起之後才學會的，想不到已經夠衰的一天結果半路上車子竟還拋錨，沒辦法他們只好叫拖吊車把車子送廠維修，他們兩坐在拖吊車前座，年輕的司機一直對W問東問西，李美雲好擔心W會突然一拳把他揮倒，把車子送進修車廠然後W找了一家旅館帶她去投宿，正好早上六點鐘，那樣的時間裡虛實交錯，好像有個李美雲停留在夜晚鶯聲燕語的酒家忘了帶走，僅以一半的知覺面對日出，李美雲害怕那樣的時候她這段時間建立起的那個新的自我會突然崩潰於是緊緊抓住了W的手。「別怕，等會就可以睡覺了。」W說，他的聲音像從很遠的地方傳來，他甚至不確定自己在說些什麼。

那家旅館非常之簡陋，李美雲生平第一次走進那樣廉價的旅社，她連浴室的毛巾跟棉被都不敢用，只好用外套擦拭著洗淨的身體，就在那天李美雲下定決心著要對W獻出她的初夜，彷彿是要爲他受到挫折的男子氣概或者英雄行徑做一點補償，糟糕的是，她因爲太緊張根本不濕，W毫無可以進入的辦法，於是抱著她的身體不斷地磨蹭著，但那樣的舉動好像更刺傷了W的自尊使得他的性器突然整個軟塌，從花色醜陋的窗簾縫隙李美雲隱約看見外面的天光亮得幾乎炫目，那天早晨時間過得特別慢，他們沉默而尷尬，一根接一根抽菸，沒完沒了地看著電視上播出的A片，最後疲憊不堪地各自睡去。

W一定沒有想到當時他因爲太過珍視而不敢輕易碰觸的李美雲多年後會在這樣的時刻在一個陌生人的車子裡睡著，交往時有很多次李美雲都在失眠的夜晚打電話給他，聽著他有點像說教又好似心疼擔憂地對她說著什麼，中間可以聽見W不斷吞吐著香菸聲音，說不定，那其實是一種嘆息，李美雲就在那樣斷斷續續的談話與抽菸的聲響裡逐漸昏沉入睡，如果李美雲無論如何都睡不著，W就會突然出現在她家門口，帶她去吃燒餅油條。那時即使失眠也不是絕望的，那時就算是清晨也讓李美雲感覺有各種可能，那時的一切都可以自由切換，清晨黑夜的界線就像愛情跟慾望的關係，並不截然二分，而是連續著並且自然地交融著，那時李美雲並不知道有一天黑夜與清晨對她來說會變成絕然的對立，她更不知道自己有一天會體會到愛情與慾望也可以這樣毫無關連地分開，二十歲的她不知道有一天自己會變成後來那個樣子。

車子終於開到了李美雲住的大樓前面停下。「謝謝你給了我美好的一夜。」男人握著李美雲的手，手心都是冷汗弄得她很不舒服，「我可以再約你嗎？」他又說，李美雲沒有回答，打開車門下了車一路都沒有回頭。

這一夜跟其他的夜晚到底有什麼不同呢？所謂的一夜情並非每夜都有情，這個道理李美雲後來就懂了，這一年來她都在做什麼呢？李美雲以爲只要可以不斷地離開她就不會受傷，她從一張又一張床鋪起身離去，打開一個又一個房門，發生過太多事，遇見了太多人，一切好像都不是眞的，她唯一可以確定的是，二十歲那個與W在一起的她早已經消失不復追尋，到這裡夠了吧！一年前她也這樣離開過一個初認識的中國男人的飯店房間，但那一次，她卻在清晨時分渴望即將到來的一天裡還能與那個男人再見面，而且她知道她還會見到他，於是，幾個小時之後，他打了電話到李美雲的飯店房間，「連夜潛逃啊！」雲南人在電話那頭這樣說，李美雲笑了起來，那時她就知道，這一夜會變成好幾夜，而其中或許還會有她意料之外的，不知該如何命名的，情感的互動。

路口的標誌

李美雲曾經許多次試著對親近的人訴說那次的旅程，就像過往每一次那樣，她的遊歷是朋友最愛聽的故事，但她總是無法完整訴說緬甸，彷彿那十四天早已被她的記憶切割成無數個碎片，每一片都藏匿在記憶的深處等著她去拼湊，兩年多過去，那十四天已經變成這兩年通向自我放逐的標誌。

在仰光的後面兩天李美雲過得好混亂，像是發生過很多事，但在李美雲的記憶理卻顯得稀薄。遇到吉米那天過得漫長散亂，送走吉米後她打開電視看了半小時，腦子裡擁擠著許多無處可去的混亂思緒，最後還是叫了車到高大哥家去，一進門陳大哥劈頭就問她早上去哪了，說打電話沒人接到飯店也找不到她，「找我幹嘛？我去大金塔了。」她冷淡的語氣讓陳大哥的臉也垮下來了，「不是說好早上要去逛藝品市場？你叫我去接你的？你說睡得晚，我跟猛凱還特別先去買了菜再繞過去接你，難道你忘了嗎？」李美雲這才想起那天從唐人街回酒店的路上她似乎答應過這個邀約，然後想起更多，陳大哥說有一艘遊艇，改天要帶她出海，陳大哥說了很多，還摟住她的腰親她的臉頰，陳大哥在越南有成衣廠，李美雲還答應他下個月跟他去緬甸玩，點點點點，天啊！她到底都說了什麼自己都不記得。陳大哥看她一臉茫然，「是不是太熱了？」陳大哥遞給她一根烤好的串燒，臉色變得親切，「我買了寶石畫要給你，在屋裡。」李美雲接過串燒的時候只想轉身就跑。

一群人在高大哥家的院子烤肉聊天，六點突然來了一陣大雨，把所有人又逼回屋子裡，她見過了高大哥的十幾個工人跟孤兒院的女老師，聽他們你一言我一語說著曼德勒的芒果跟寶石，說著在仰光的生活與在台北有何不同，其實她看不出這樣的生活有何不同，真要細分的話，大概就是在仰光可以有很多傭人吧！去哪裡找一個月一萬緬幣的廚子呢？一萬緬幣，不過是幾百台幣，李美雲開始眞正理解這種幣値跟收入的落差可以造成什麼現象？她突然對眼前這些貌似親切的男人心生厭惡。「你就留在仰光吧！其他地方沒什麼好玩的，你天天來吃飯，有人作伴也好，一個女孩子跑來跑去很危險。」高大哥這麼說，其他人也忙著附和。我又不是瘋了！李美雲心想，我要吃台灣菜喝台灣茶講台灣話我不會留在台北嗎？是該停止跟這些男人混了。陳大哥給的寶石畫是一幅牡丹，她跟著陳大哥到二樓客房去拿的時候，陳大哥靠著她的耳畔輕聲地說：「早上沒找到你我好擔心。不要再亂跑了。」不行不行，她最討厭被當作弱不禁風的小女孩，而且這些人，這些人是怎麼想她的呢？

八點不到她就藉故說可能中暑了身體不舒服要回飯店休息，陳大哥說要送她，正好劉大哥的司機來了，她趕忙說：「劉大哥我搭你的便車好嗎？」二話不說就跳上車走了。

九點她去了蘇菲雅酒店附設的酒吧，這是昨天劉大哥給的名單裡的幾家，完全不同於唐人街的台式酒家，那個酒吧裡的客人以白人居多，照例地女客多於男客，這邊的女孩都設法打扮得時髦些，也都能講幾句簡單的英文跟日文，十點過後甚至還有菲律賓樂團的演唱，李美雲坐在吧檯上跟酒保閒聊，喝了一杯馬汀尼又點了一瓶海尼根，旁邊的老外兩手摟著兩個女孩還來跟她搭訕，不知爲什麼她感覺很厭煩，這才是第二天而已，很想用酒瓶敲擊那個肥胖的醜白人的頭，雖然她知道這不過就是在做生意，在唐人街看到那麼多女孩子等著被人帶走她也不曾如此煩悶，那時她知道自己心裡那許多的不滿與厭倦其實不是因爲那些台商大哥也不是因爲這些酒店小姐，而是因爲她自己，有些什麼地方出了小小的差錯就此不斷傾斜，在台北的許多不愉快隨著這些操著相同語言的男人跑到仰光來糾纏，太多相似性的畫面裡李美雲似乎看見了自己可憎的一面，人是不可能因爲到某一個國家旅行而改變自己的，儘管你操著不熟悉的外國語，你模仿其他人那樣吃當地的食物，你與不同國家的人上了床，甚至，有些類似異國戀情那樣的曖昧情愫，然而你還是你，你所恐懼的擔心的依然停留在你身上。你，李美雲喃喃自語，你該走了吧！

從音樂嘈雜的地下室步上樓梯走出大廳，Mia，Mia 有人叫住了她，我的天，難怪她一直覺得蘇菲雅酒店幾個字聽起來很耳熟，果然是吉米。吉米說好要在這裡等她。吉米從一群坐在地板上的男人堆裡站起來走向她，綻開的笑臉像黑暗裡的一朵花，神奇的是，那一瞬間李美雲心裡所有的煩悶跟不快都消失了，她不再對吉米擺出冷淡不耐的神情，她甚至微笑了起來。

「帶我去喝酒。」李美雲高興地說，不要再去什麼酒店了，帶我去你朋友常去的地方，不要有外國人的。

嗯我知道，Mia 喜歡 local place，吉米快步帶她走過那群人，Hello Hello 好多人對著他們大叫。李美雲回頭對他們揮手。

這些人等在酒店外面做什麼呢？李美雲想要問吉米，看起來都是年輕的男孩子，有人在玩撲克牌有人在喝酒，三三兩兩一小圈圍坐著，簡陋的衣著對著不遠處飯店大廳璀璨的燈光，那景象叫人疑惑。但李美雲沒有開口問，關於任何買賣的話題她現在都不想聽。光是剛才看見那些白人摟著女孩子的樣子就夠難受了。

他們又穿越大街小巷來到一個店，推開門，裡面出奇地寬敞，是家簡陋而有趣的酒吧，說是酒吧又有點怪，像是早期台灣那種附有撞球桌的冰果室，許多小燈泡串成的裝飾，十幾張桌子上頭都鋪有花色塑膠布，正前方一個好大的舞台，像野台戲那種背後寫著「某某某巨星登台演出」的紅布條從右到左展開（那上面的字李美雲看不懂，緬甸文都是圓圈圈），舞台上有四人一組的樂隊，一個女孩子正在中央拿著麥克風唱歌。

清一色都是當地人，服務生都是吉米那年紀的男孩子，白襯衫西裝褲，在昏暗的燈光下看起來長得都還挺可愛，李美雲喜孜孜地坐下來點了啤酒跟小菜（看不懂是什麼結果來了一盤洋芋片跟開心果），服務生有幾個跟吉米都熟，跑來跟他說話，這是我從台灣來的朋友，吉米很得意地說，那些可愛的男生沒有一個會講英文，好可惜，這是個有趣的地方呢！李美雲抽著菸看著表演，舞台上一個又一個女孩演唱歌曲，那好多都是國語歌換成緬語發音，好熟悉的歌，吉米剝著開心果，有個服務生拿來一個小燭台，用火柴擦亮了燭火。客人只有六成不到，每次有人唱完歌李美雲就用力鼓掌，嘰嘰喳喳地聽見許多人在交談，這就是緬甸人夜晚的消遣嗎？吧檯那邊有幾個人擦著酒杯，一切都簡陋而洋溢著不協調的氣氛，感覺上像是小型歌舞聯歡晚會卻又是個酒吧，好像等會就要舉行摸彩那種節慶的氣氛裡卻又有著家常的慵懶，當然這是外地人的想法，李美雲喝著印有緬文與招牌「龍船造型」的啤酒，每到一個國家李美雲都要喝當地的啤酒，那像是他們的水一樣透露著李美雲不熟悉的質地。吉米翻譯著那些歌曲的歌詞給李美雲聽，大多也是愛來愛去的情歌。「你沒有女朋友嗎？」李美雲問他。

有啊！你就是我的女朋友。吉米抽著李美雲的香菸。

「認眞點，我是問眞的。」李美雲用筷子敲著吉米的手背。

我沒時間交女朋友，我要賺錢養家。吉米說，你知道我有多忙啊！睡覺的時間都不夠。早上我要去市場幫我媽媽賣東西，還得陪客人到處跑，我只想賺錢。

那天在唐人街的酒家有一種很奇怪的儀式，姑且稱之爲「獻花」吧！一群穿著各式造型衣服的女生上台「服裝表演」，台下的客人可以向酒店的人買花束、皇冠、花環等物品送給表演者，價錢從兩千緬幣到一萬不等，這算是一種小費，那天塔塔買了一個兩千元的花環送給一個服裝表演的小姐，陳大哥說：「塔塔知道我喜歡那個女孩子，每次都幫我送花給她。」服裝表演的女生無論身材樣貌都比較漂亮，陳大哥說這些女生「賣藝不賣身」，一家跑過一家，是不坐檯陪酒也不跟人出場的。

想不到這個當地酒吧也有這種送花儀式，有點像台灣的紅包場吧！從五百緬幣起跳的花束，是夜晚活動的高潮，李美雲給吉米一千元，「看你喜歡那個小姐去送她花。」

我不喜歡這裡的小姐。吉米說，這一千元可不可以送給我，我唱個歌給你聽好了。

李美雲忍不住笑了起來。

那個夜晚隨著台灣歌曲與獻花儀式跟啤酒的催化，趕走了李美雲心裡那種種不快與煩悶，十二點他們離開酒吧穿過暗暗的街道走回飯店，吉米牽著李美雲的手，濕熱的掌心熨著深夜的微風，直到飯店門口他才鬆開，又一前一後進了飯店大廳，彷彿深吸了一口氣，在電梯裡，李美雲看見鏡子裡映照出自己的臉，那張看不出年紀的臉上突然有了時間的鑿痕。

吉米以為晚上可以留在飯店裡過夜，但李美雲以「有人在我旁邊我會睡不著」為理由要他回家，那時非常晚了，吉米乖乖地離開了飯店。那一夜李美雲用飯店的信紙寫了一封信，她撥通了台灣的某個電話號碼，卻轉入了語音信箱，「是我，沒事，只是告訴你我一切都很好。」

是我，李美雲這麼說卻無法確定，我還是我嗎？失去了她我還會是原來的我嗎？啤酒的作用現在才出現，李美雲的身上泛出大量的汗水，她想起從泰國回台灣那個晚上，情人在她房間裡一瓶接一瓶喝著海尼根啤酒，背對著她不斷翻弄著架子上的CD，聽著李美雲喃喃訴說那些日子裡作了什麼，這個人，那個人，在這裡遇見的，過程是這樣是那樣，因爲所以但是還有，如此這般，點點點點，結巴、停頓、急促、重複，她呑嚥唾沫，接著說，不說不行，但她即將出口的每一句話都將會把她們中間的距離拉開，都正在拆掉她們之間原有的親密，李美雲阻止不了自己，啤酒的泡沫在血液裡脹開，她不想否定自己的作爲卻也肯定不了，她開始哭了起來。

你是否曾經在某個時刻發現自己不是原本想像的那個人？你信誓旦旦以爲遇見了眞愛，你們交換信物許下承諾共度一生，你以爲經歷了那麼多波折此處已經是停靠岸，你說出的誓言句句眞心，你認爲飄流浪蕩都已到了盡頭，天涯海角也要與此人相伴，然而不過一個星期的時間，甚至更早，當你提著行李箱踏上機場外那陌生的土地，有什麼東西侵入你的內心把你翻開，體內那隻野獸像吸飽了力氣等著四處跳走，開始大肆破壞，你眼睜睜看著自己如何推翻你的承諾，你如何一日一日逐漸陷落，那些都是眞的，眞正發生過不能塗銷不能否認，你甚至沒有開口對方已經明白，你的旅程眞正展開時她並不在場。不要再逃避了！承認吧！承認吧！那些已經發生的事情都是你做的。要成爲自己是多麼困難，那必須經過太多的毀壞與傷害，你想停在這裡腳卻不停往前走，你以爲往前進了卻是在後退，那些都是過程，過程無法通向目的地。

她們兩個抱頭痛哭，是爲了什麼呢？「剛在一起的時候因爲太幸福我總是很惶恐，我經常在想，不可能一切都如此順利，一定會有什麼出來破壞，但那會是什麼呢？我無法想像，然後我笑自己傻氣，我擔心著還沒發生的危險只因爲跟你在一起太美好。」女孩這樣說，「我沒有想過會是這樣，會發生這樣的事，但是這就是你會做的事，是我自己忘記了。」

那時候還來得及挽回，李美雲驚恐地想到，如果她不逃走，如果她此時不在緬甸而是在台北，她要搭上公車直奔女孩的家裡無論如何都不再離開，李美雲會讓女孩相信自己仍愛著她，那些大膽的冒險不過是因爲貪玩，是自己性格裡愛冒險的一面，「不如我們重新開始。」她可以用電影裡這個經典對白孩子氣地撒嬌，可是她沒有，那時她卻決定要離開，她在逃避什麼呢？沒辦法她好害怕，她看見自己那樣撕裂了一個人的心也就撕裂了自己，那巨大的悲傷讓她神魂俱裂除了逃走她沒有其他辦法。她爲了不要恨自己所以就選擇轉身離去。

不，不是這樣子，還有其他事但現在我還沒想通，那次的旅行發生的絕對不只是一些奇情艷遇，而是自己發生了根本的、重大的改變，是這樣的改變促使自己放棄了原本預設的安穩生活而投入不可知的旅程。李美雲腦子裡有個聲音這麼說。

但那到底是什麼呢？那或許不是改變而是她原本的面目只是她遺忘了，戀愛的時候人們總以爲這是空前絕後的第一次，以爲可以抹去性格裡某些部分只留下想要的，做一個全新的自己，之前所有的缺點都會自動校正，適合搬演地老天荒的劇情，但不過也是狗改不了吃屎。

愛情，當人們沉迷於愛情之際他們渴望的是永恆，爲了達到永恆必須不變，人們渴望將時間凝固，甚至轉瞬間變老，可以抵銷所有在時間因素裡可能出現的變化，戀愛中的人渴望永久地保有眼前的幸福，緊緊抓在手中不要鬆開。

但永恆只存在於當下，所有的一切都在不斷地改變著，只在一秒之間現在便會成爲過去。

想到這裡李美雲躺在緬甸香格里拉飯店的大床上發抖，怎麼回事？到底發生什麼事情了？即使跑到千里外的地方也躲不開那些，她想要設法想清楚卻弄得更混亂，而且她又碰見了另一些人，她比離開台北的時候更複雜。李美雲啊李美雲，你寫小說，結果把自己寫壞了。站起來，李美雲對自己說，不要這麼軟弱地躺在床上哀嚎，你勇敢一點好不好。

茵萊湖畔

在緬甸的第四天早上十點，從仰光搭緬甸飛機國內航空轉往 Heho 機場，下一站是在茵萊湖畔的儂雪，李美雲訂了六天的飯店，當時旅行社的人還問她：「你確定要待那麼久嗎？那只是一個小鎮喔！」她打算在緬甸待上半個月，那是底限了，她得趕在新工作開始之前回到台北。李美雲看著旅行社辦事小姐臉上職業性的微笑發傻，在儂雪鎮待上六天應該不是奇怪的事，眞要說奇怪的話，她此行整個過程沒有一部分是不奇怪的吧！她來緬甸就是要把身上最後的東西都用完，存款、感情、信念，如果她眞的還有剩下什麼的話。

經過五十分鐘飛行到達機場，轉搭計程車前往儂雪，車子駛離機場十幾分鐘李美雲才想起竟有一件托運行李忘了領，她失聲大叫，司機急忙折返，想不到一到機場外的計程車等候處，有一個人已經提著她的行李在大樹下等，李美雲喜出望外，給了那人小費還拚命道謝。

大概是太累，出國這麼多次第一次忘了領行李，但才第四天啊爲什麼會累。

老舊的綠色計程車在山路上盤旋，道路崎嶇塵土飛揚，中途跟司機聊了很多事，李美雲找到的計程車司機有一半華人血統，能講英文卻不會講中文，以前是高中老師，他說在緬甸當老師一個月薪水才八千緬幣，根本無法養家活口，當司機可以多賺點錢，但車子是租來的，汽油又貴，也只是勉強餬口。在一層一層旋轉不休的山路上司機的抱怨變成了對政府的不滿，這是四天來李美雲第一次聽見有人抱怨政府，也是第一次聽到關於「翁山蘇姬」的話題，她在仰光時聽說大學因爲之前學運已經被政府無限期關閉，李美雲還記得那部美國電影，一個白人女孩意外地加入了反抗政府的行列，在偏僻的樹林深處躲著大學生跟教授，沿途被軍人追殺的景象。但電影裡的畫面並沒有出現在李美雲的旅途上。

近一小時的車程，景色不斷變化，中途經過好幾輛巴士，李美雲想起吉米昨晚一直央求可以同行，吉米說他可以自己搭巴士來會合（因爲機票太貴了），要搭十八個小時，吉米若要來儂雪鎮應該就是搭這種車吧！李美雲特別注意了那些車子的狀況，感覺上比仰光市區那些危險的沙丁魚巴士寬敞多了，然而她並不想有一個旅伴，正確來說如果她想要有旅伴也要在當地找，其實跟吉米幾天相處已經有些熟悉，李美雲曾認眞考慮過若到了茵萊湖又發生語言不通的問題她要如何處理，但初認識跟認識三天有何不同？她並不眞的擔心語言的問題，用講的不行用比的總可以吧！她不是一下了飛機就立刻找到了聽得懂英文的司機嗎？

我做錯了什麼嗎？吉米的表情困惑而受傷，你不喜歡我陪你嗎？

這是一種撒嬌的方式嗎？他貪圖她什麼嗎？李美雲也困惑了，三天來吉米陪著她跑過了仰光許多地方，那其中有些是李美雲自己在地圖上怎麼找也不會發現的當地人的生活，旅遊指南上絕對不會出現的小市集裡賣著吃食的小攤販，夜晚的小酒館、印度菜，吉米帶她去了好多有趣的地方，他長得好看個性又靈巧，總是很快地知道李美雲喜歡什麼想要看什麼，有他陪著去哪都有人可以說話，但這樣的熟悉會讓她懶散，下一站應該是全然的嶄新，她斷然地搖了頭，「我並不是不喜歡你的陪伴，但我的旅行就是要一個人進行，這樣你明白嗎？」她耐心地解說，「先讓我自己闖一闖，我給你飯店的電話，兩天後你再打來給我。」李美雲這樣對吉米說。

高大哥那邊也是如此，昨天傍晚去辭行，那幾個大哥一直對於李美雲獨自要前往儂雪跟曼德勒的舉動感覺不安，「我陪你去好了。」陳大哥幾度這樣勸說著，爲什麼這些人如此奇怪呢？好像她即將要去的是亞馬遜叢林只要轉身離開就會被隱匿在角落的野獸給吞掉。

不要擔心我好嗎？李美雲對於這些陌生人的善意感覺到厭煩（不管他們背後的動機到底是什麼）。

李美雲叫的車到達下榻的飯店，有點像台灣某些大型民宿的四層樓建築物，服務生提著她的行李帶她到二樓的房間，李美雲放好行李稍微梳洗打算去吃午飯，在飯店對面有一家小餐廳，她走進去一個面容華貴的中年婦人立刻迎上來用中文問她：「李小姐嗎？」原來這婦人是飯店的老闆，是台灣華僑，「我也姓李呢！」婦人說知道李美雲也是台灣來的特別期待。吃簡單的炒麵喝奶茶，跟李阿姨閒扯，阿姨說此時正逢附近的寺廟舉行「和尚考試」，一連七天從早到晚都有廟會，是每年最盛大的活動，阿姨叫店裡的工人騎摩托車載李美雲去寺廟，李美雲這才想起在仰光時幾乎沒看過摩托車，工人騎著車子載李美雲沿著小村逛了一圈，然後才送她到廟會的場地。儂雪的氣候比仰光涼爽，鄰近著名景點「茵萊湖」的小鎮卻是那樣樸素的地方，規矩方正的小鎮（正確說來只是個小村莊），寬敞的道路上整齊畫一的小店鋪有些已經歇業，不知爲何讓她想起電影裡美國德州某些小鎮，好像隨時會有牛仔跑出來似地，當然不會有牛仔啊！李美雲笑自己傻，在摩托車後座沿著那些寬敞的道路緩緩繞行，許多男女騎腳踏車經過，有牛車、人力車、幾輛綠色藍色的計程車在一旁等客，河邊有幾個人在洗澡，女人站在河水裡把長長的頭髮垂入水中，白色的泡沫便浮在四周，男人上身赤裸下身穿著沙龍，以熟練而技巧的方式在身上打肥皂，從橋上繞回市區，鐘錶店、眼鏡行、郵局都小巧整齊，整齊的一層樓建物一長排筆直往前撲開，慵懶而閒散的氣氛瀰漫，空氣裡有一種難以言喻的氣味，時間好像被凍結濃縮變成水晶，她幾乎立刻喜歡上了這個地方。

在儂雪的第一個晚上李美雲認識了一個小女孩，那時她從飯店走出來要去逛夜市，下午去看過和尚考試，知道附近有一整條街這幾天都有來自各地的攤販聚集，但那時她有些疲累，回飯店睡了午覺，天黑了才又出門，走在漆黑的馬路上，有兩個小女孩在她旁邊跟著，個子比較小的那個用簡單的英文跟她打招呼，發現李美雲會講英文之後只會幾句單字的小女孩興奮地拉住李美雲的手一直講話，她們只能用英文單字交談，大多數時候都語言不通，但李美雲自從來到儂雪整個心情非常開朗愉快，即使話語不通也樂於跟這個小孩同行，小女孩說自己叫 **Zu Zu**，要帶李美雲去逛夜市，讀國小三年級的 **Zu Zu** 活潑熱情，旁邊皮膚黝黑梳著辮子的大個子女生是她家的傭人叫做塔塔（這時李美雲想起了仰光那個酒店小姐），就這麼一路逛過去，夜市裡賣著各式各樣的吃食、貨品，李美雲在一個書報攤子停下，想要找一本地圖，比手畫腳跟老闆解釋半天也沒有找到，「你在找什麼呢？」有人用英文問她，李美雲轉頭，身邊站著一個小個子模樣很清秀的男孩子。「想買一本英文版的緬甸地圖。」李美雲說。「我幫你問問看。」男孩用緬語跟書報攤老闆講話，這裡沒有賣地圖，男孩告訴她，你是哪來的呢？就這麼聊了起來，地圖沒找到，但想要去逛茵萊湖的願望立刻實現，中午問過飯店的人，雇一艘船一天要兩萬五緬幣，但這個男孩就在船公司工作，說幫她訂船隻要一萬五，二話不說李美雲立刻跟他約了隔天一早七點在河邊碼頭見。

叫做 Win 的男孩幫她翻譯，終於跟小女孩說了比較多話，才明白 Zu Zu 家開了個餐館，就在飯店附近的街上，這個村子小，大家幾乎都認識，此後六天 Zu Zu 家的餐館成爲李美雲每日必到的定點，她與小女孩的家人變成很好的朋友，彷彿以前在台灣常去的咖啡館那樣，在儂雪認識的朋友都會到餐館去找李美雲，搭船、乘車、騎腳踏車、走路，她認識了好多人，去了好多地方，就這樣度過了溫馨而家常的六天。

在茵萊湖畔的那六天是李美雲生命裡少有的恬淡輕鬆，不論在台灣或外國李美雲體內總像有個鬧鐘滴滴答答催促著她快走快走，她的時間感與一般人不同，她吃很多東西卻總是很餓，她說話節奏快速清脆，她的舉止匆忙，她一直被自己追著跑。在儂雪那幾天卻都緩慢下來了，天黑就準備睡覺，清晨就起床，飯店附近的寺廟每天早晨都傳來一種奇異的音樂，那成為這些日子裡的背景音樂，遠遠地，白色炊煙裊裊升起，李美雲對著窗玻璃凝視外面景象卻看見了自己的臉，那張臉上有著模糊的表情，淡淡的，讀不出訊息，太平靜了。

那好像不是我。

該如何對別人解釋這句話的意思呢？李美雲想起了 Win 的臉，在儂雪第二天一早就去搭船，在小船上的陽光下他瞇著眼睛從船艙裡拿出一把花色的傘，撐開，沿途停靠許多景點，每次靠邊 Win 都會先跳上碼頭然後將李美雲拉上岸，李美雲根本不知道接下來要去哪裡，任由 Win 跟船夫帶著她去，小船在廣大的湖面上晃盪，聽見馬達發出噗噗噗的聲響，他們兩個在這巨大的響聲裡簡短地交談著，炙熱的陽光轉瞬間卻下了大雨，兩個人擠在那把傘底下，船身四周濺起的水花跟雨水交雜打濕了他們的身體，李美雲開始大笑起來也不知道在開心什麼。

早上七點在湖邊上船，傍晚五點回到岸邊，那一整天逛了造船廠、織布廠、製傘、打鐵、捲菸，各式各樣因應湖上旅遊而起的手工藝品店，跳貓寺、龍船寺等等古剎，種番茄的浮土田、水上高腳屋，穿著白衣綠沙龍的小學生成群走過，午餐時他們被大雨打濕衣服，去的餐廳甚至拿出傳統服飾讓他們換穿。後來她才知道那天的行程是標準觀光客的節目單，差別只是李美雲多了一個義務的嚮導 Win，他原是船公司負責票務的辦事員，卻因為在市集裡跟李美雲認識而陪她上船遊湖，正如以往李美雲認識的許多人那樣，Win 說很少台灣人獨自到緬甸來，他們總是團進團出，匆匆來去，「他們從不跟我們說話。你不一樣。」

你不一樣。好多人對她說過這句話，李美雲想到她對自己的理解與別人所見竟是那麼不同，她以為自己孤僻而冷漠，但別人卻覺得她熱情而大方，難道她不是嗎？不過是昨天晚上在夜市的書報攤匆匆認識，隔天在船上卻好像已經認識很久，他們兩個的英文都不夠好到可以暢談，卻說了好多話，甚至連只會說「Thank you」的年輕船夫都好喜歡她。太多經驗告訴李美雲只要她願意她可以跟任何人變成朋友，不用翻譯也可以讓別人將她當作知己。

晚餐李美雲在 Zu Zu 家的餐館吃飯，小女孩只會說幾個單字，大部分的對話都由她稍懂英文的父親翻譯，餐館裡有一台舊電視，那陣子正是足球賽進入決賽階段，每晚都有好多人來這裡看比賽，李美雲吃著炒飯或炒麵，喝啤酒或奶茶，看著屋裡一大群男人吆喝著加油，神情緊張又興奮，她也被那種熱情感染，用剛學會的緬語大喊「緬甸加油！」Zu Zu 笑瞇瞇拿著作業本在李美雲的桌上寫數學作業，好奇地問李美雲這是什麼那是什麼，講急了發現李美雲沒聽懂就趕緊回頭去找她爸爸來翻譯，天眞而直接的個性讓李美雲很喜歡，等李美雲吃完飯抓著她的手帶她去逛夜市。

如果把台北發生的事情全部忘記，李美雲會喜歡上眼前這個自己，就像她認識的那些朋友對她那樣善意，有時李美雲感覺這世界上最討厭她的人就是她自己。周圍的氣氛改變了她的心情，好奇怪，在仰光時仍疏離僵硬為了斷裂的愛情而痛苦不堪，即使認識了台商大哥、吉米，即使看了許多異國風光也沒有讓她感到放鬆，但才到儂雪李美雲整個人卻都鬆開了，第三天一早就又到船公司找 Win，店門還沒開，李美雲輕敲著玻璃窗，看見 Win 匆忙收拾著地板上鋪著的被褥，一頭亂髮來給她開門，他說因為今天要工作沒辦法陪她，「我找了一個懂英文的朋友來陪你可以嗎？」李美雲點點頭，當然可以啊！沒有人陪也是可以的。「但是船夫不會講英文，這樣沒人幫你翻譯很不方便。」Win說，他穿著黑色T恤藍色沙龍黑色夾腳拖鞋。李美雲今天是白色背心跟牛仔褲，頸子上戴著昨天買的銀飾項鍊。「你穿這樣眞好看！」Win說，然後腼腆地紅了臉，他無論如何都不相信李美雲大了他十歲，「緬甸女人過了三十歲就老了。可是你看起來好年輕。」Win說。他們走到湖邊，一個瘦小的三十幾歲男子，好認眞地帶了筆記本跟地圖在岸邊等她，船夫還是昨天那個。

有很多個自己每一個都是眞的，李美雲反覆告訴自己，如果你不能接受自己的存在你就會四散紛飛，我知道那樣很奇怪，你無法理解自己爲什麼一下子這樣一下子那樣，爲什麼上一分鐘開心下一分鐘痛苦，一會矜持一會放蕩，時而冷淡時而熱情，你不理解但那都是你，你要學會接受然後理解然後加以控制。她不斷地自言自語。

像畫片裡最美的湛藍天空裡有肥軟潔白的大朵白雲以及好多巨大的飛鳥盤旋，年輕的船夫站在船首撐著槳，船身劃破水面濺起浪花，電動馬達發出巨大聲響，「快靠岸了，小心！」同行的嚮導大聲對李美雲說，她才發現自己把兩手都伸進了湖水裡撥弄著，連忙收手，嚮導黝黑的臉上小小的五官皺在一起，很溫和的表情，但英文很難聽懂，李美雲聽不懂就微笑，再不懂就搖搖頭，嚮導就會露出害羞而抱歉的表情再說一次。

傳說中的「水上市場」就在眼前，好多好多小船上面有各種人賣著各式各樣的東西，船夫把船停住，拉著李美雲的手上岸，岸上有大型的市集，他們一行三人沿著市集慢慢閒逛，李美雲用手遮擋刺眼的陽光，拿冰涼的飲料罐子貼在臉上降溫，不知道爲什麼好開心。

晚上正在 Zu Zu 家吃晚飯時老闆說有找她的電話，打來的人是 Win，問她今天遊湖好不好玩？明天想到那兒去？他說今天到湖上的商店去收款回到公司已經七點半，明天還得去東枝出差，李美雲在他的言語裡發現奇異的認眞，他似乎覺得這六天都應該好好照顧她，但他的態度卻沒讓李美雲感覺被束縛的不快。「我幫你找到一張地圖了，等會我拿去給你。」他在電話那頭說，「明天的嚮導也找到了，等會帶去給你認識。」這幾天來當嚮導的都是 Win 的朋友，在這裡有許多大學畢業生想當嚮導，得考照，最重要的是經驗跟語言能力，這些人都熟知當地歷史、建築、少數民族的生活與風俗，欠缺的卻是需要他們充當導遊的外國觀光客，李美雲知道他們都是來實習的，自己英文雖然不夠好，但卻是這些年輕人練習講英文的好機會，連小學生 Zu Zu 都懂得把握機會。

不多久 Win 騎著腳踏車來了，後座有個高瘦的男人，早上那個嚮導不久也來了，Win 說要帶他們去一個小店喝酒，李美雲就跳上 Win 的腳踏車後座，讓他載著跑。才八點半馬路上已經沒有行人跟車輛。

小店裡有好多蚊子，一邊打蚊子一邊聊天，夜裡的儂雪安靜無比，木頭桌子上攤著啤酒瓶、花生水杯菸灰缸和一本裝訂整齊的影印資料，Win 說他們幾個朋友晚上都會到公司學英文，幫他們上課的是船公司的經理，每天上一小時，之後他們就一起聽廣播裡BBC的新聞，繼續讀英文直到夜深。白天帶李美雲去水上市場的嚮導名字很難記，李美雲重複了好多次還是無法正確發音，只好一直叫他P。P說自己以前是農夫，在茵萊湖上種番茄，「但我比較想當嚮導」。許多西方人都來這裡旅行，需要有當地人做嚮導，他拿出一疊影印資料，密密麻麻都是寺廟建築等的剖面圖，P認眞地問李美雲好多事，對於這個小鎮以外的世界有著無盡的好奇，另一個高個子男人只會講英文單字，叫他L吧！雖然抱歉但也沒辦法，李美雲連Win的名字都沒辦法正確發音，每次講出來都是錯的，那是介於Win與Wen間的一種音調，舌頭要捲起來，天啊好難！P的名字是一長串的字母，李美雲傻氣地一直練習著，唉我眞笨！她敲著自己的頭，Win微笑著說沒關係，我們聽得懂。「我的語言能力很糟，第一次出國時我連菸灰缸怎麼講都不知道。」李美雲笑著說。「可是你好親切，大家都喜歡你。」Win說。「因爲這裡的人很好啊！」李美雲回答，來到這裡之後每個人都對她好和善，她去過的國家之中唯有在此地是她眞正感到被接納被喜愛著，不用害怕擔心任何事情。她把數位相機拿出來給他們看裡面的照片，告訴他們自己平時做些什麼，旅行、寫小說、演講。「去過什麼國家呢？」「小說寫些什麼呢？」「爲什麼還沒結婚呢？」李美雲也不知該如何解釋，便說了幾個喜歡的國家，她說自己最喜歡搭飛機，只要存了錢便立刻要飛到其他國家。「你好勇敢。」Win說，李美雲不知道自己到底有什麼地方勇敢，這不過是奢侈吧！她消耗著青春，虛度時間，只不過是因爲她沒有包袱，因爲她住在一個收入比較高的國家。

這樣的對話讓李美雲羞慚，她這一生從也沒有這樣好學過，她一直都輕易地考上好學校，卻從來都無法認眞地上課，求學過程中她好多次想休學，大部分的時間都在請病假。她過著任性自由的生活，卻從來都不滿足。

安靜的小店裡電風扇呼嚕呼嚕轉動，眼前浮現出在那個簡陋的辦公室裡幾個人圍著桌子翻讀影印的英文教材，有一半印度血統高大的經理拿著簽字筆在小小的白板上寫著字（下午她到船公司去付帳時Win不在，那時她見到了經理，經理請她喝了一杯茶，說聽Win講過她的事，很好的人，辦公室裡有另一個辦事的小姐，跟當地常見的女人一樣的長髮黑皮膚），收音機傳來BBC新聞，這些人都懷抱著夢想，而那卻是李美雲沒有的東西。

回家的路上，Win牽著腳踏車陪她慢慢走回飯店，李美雲把手放在他握著車龍頭的手背上，Win翻轉了手握緊她，「我不曾想過可以認識你這樣的女孩子。」他停下腳步，想說什麼卻沒說，只是瞇著眼睛笑。「你以後一定會過得很幸福。」Win說，「爲什麼？」李美雲也笑了。「因爲你是個很好的女生啊！」Win說。李美雲放開他的手，拿出香菸點著，用力吸著菸霧然後吐出，不要再說了，李美雲好想哭。我不是像你想像中那麼好的人，不是的，我做錯了好多事，傷害了別人也傷害了自己，你看錯我了！白色的菸霧在黑夜裡飄散，遠遠傳來幾聲狗吠，如果每天都可以過得這麼簡單平靜不知道有多好。

在飯店門口道別，明天要雇車去東枝，來回要六小時車程，今天一定要早點睡了，Win跳上腳踏車，不斷地回頭對她揮手大喊著，晚安！晚安！明天見。

李美雲在浴室裡洗澡，曬了一整天太陽臉都曬紅了，用力沖著熱水時她大聲地哭了起來，卻不是因爲傷心的緣故。

一個人旅行

李美雲不知道其他人的旅行是怎樣的，她自己的旅行看人比看景多，這些年來到每一個國家她總會認識許多人，她清楚記得第一次搭國際線飛機出國是到香港，那次有兩個好朋友同行，眞正第一次自己搭飛機出國是到美國，朋友D會到機場接她，出發前D很不放心地用email把海關可能會問她的話都用英文一句一句寫下來傳給她，生怕她會因爲語言不通而出了意外，她還記得自己把那張印著英文對話的信放在背包裡，在海關櫃檯排著長長隊伍的人龍裡緊張得手心冒汗的畫面。她記得在UCLA的校園裡獨自在咖啡店等D，想要點一杯咖啡卻聽不懂服務生的問話而尷尬地幾乎哭出來。

那不過是幾年前啊！如今只要有足夠的錢可以訂機票跟旅館，她什麼國家都敢去吧！目前唯一無法克服的是住的問題，因爲容易失眠她把大部分的旅費都花在住的上頭，她希望可以訓練自己像一些背包旅行者那樣跟大家睡通鋪、住最便宜的旅館或民宿，甚至，可以睡公園或火車站，睡在火車上，她想要通過一次又一次的旅行讓自己變得更堅強更完整，現在還不行，她知道自己的限制。

可以變成現在這樣是通過一次又一次獨自去旅行所達成的，李美雲記得眞正一個人去旅行是二〇〇三年的事，出發之前她才驚慌地認知到這是她人生的重要轉折，以往那些經驗都只是「觀光跟遊覽」，她從未如此直接地碰觸到必須一個人去解決所有未知的困難，「眞正一個人」去到陌生的國家設法生存下去，可是她做到了不是嗎？十四天的旅程之後她看見了自己無窮的潛力，連原本不敢用英文跟人交談的困難都克服了。她甚至可以靠著筆談跟肢體動作與不講英文的外國人（她也不懂對方的語言）溝通，她認識了好多人，去了好多地方，每一天她都多發現自己一點點。

是因爲這樣所以那次在曼谷的旅行她才會一頭栽進那個未知的世界裡，像被什麼蠱惑了心智，一方面興奮異常一方面卻惴惴不安，那是在緬甸之前的另一次旅程，在三十三歲那年，那年五月，她正在與人熱戀著，準備要一起搬到安坑山上住，她們有好多夢想，李美雲以爲自己經過那麼多次精疲力竭的感情終於可以安定下來了，是眞的這樣想，眞的這樣準備著要過一個穩定的生活，所以當她接下那次出國採訪的工作時她並不知道那是一個冒險，她根本沒想過自己會在那時候整個突然變了一個人。

二〇〇五年六月的此時她回想著過去，整整兩年了，這兩年來她似乎整個老了，從緬甸回來後那個女孩就失去了蹤影，無論如何都不願意被李美雲找到，那次的分離把李美雲體內僅有對自己的信念全部掏空了，她花了好長的時間在消化著那些損傷，在償還那代價，可怎麼也還不了。

她惦記著緬甸的旅程並不只是因爲那個國家或者那些她認識的人，而是因爲那是她墜落的開始，也是美好時光的最後，像是一個分界點，她一直在想自己到底是在什麼地方出了差錯，她必須想清楚。

但那些日子記憶鮮明，栩栩如生，如果重來一次她還是會做相同的選擇，沒有別的辦法，現在的自己無論多麼後悔當初放棄了那個感情她卻沒辦法更改過去，她沒辦假裝去緬甸是個錯誤。

兩年，說長不長說短不短，她在記憶裡煎熬著自己，她又去了幾個國家，即使在台灣也是到處亂跑，她跟許多人上床，她不再與誰維持關係，不對人付出感情也不接受，她只要短暫的接觸然後離開，在那些過程裡她磨損著自己，不管是快樂憤怒悲傷喜悅或是什麼情緒都像已經損壞的唱片發出不完整的音樂。

好多次走在路上她以爲在人群裡發現了那個女孩的身影，她想要走上去抓住她的手對她說別走，別走，給我一個機會修補，別走。

好多次李美雲在夢裡醒來泣不成聲，撥打著那個已經變成空號的電話號碼，寫著不會有回音的信，別走，她大聲喊著但並沒有回答。爲什麼失去就是永遠地失去了，爲什麼她無法放過自己，她做了選擇卻不接受結果，她的手心還有著當時緊握著她的手的觸感，她記得女孩神祕的眼睛裡那爲她而綻放的光芒，以及流下的眼淚，做錯了，都錯了，到底是什麼地方出錯了？她想得好疲倦。

李美雲啊李美雲，不要同情自己，那是最低等的事。

她住在一個摩天大樓的十四樓，那棟大樓有四十一層樓共有一千兩百戶住家，一半是像她住的那種十來坪小套房，一半是兩房三房四房不等的公寓，進出得用磁卡，每天上下班入口的三叉門就像捷運站那樣擠滿了人，在電梯門口大排長龍，這是典型都市生活的一面，在巨大如怪獸的高樓裡一個小單位居住著，在那些形形色色的住戶裡李美雲感覺自己正在逐漸縮小，如一枚細胞或一支螺絲釘，什麼可能都被抵銷了，有時她剛從電梯走出來轉進她的住家門口，拿出鑰匙插進鎖孔，忍不住回頭，長長的走道空無一人，那許多許多擺著鞋櫃、踏腳墊、傘桶或就把各式鞋子直接擺放著的門像一個又一個洞穴入口，如她此時正要打開的，一扇門打開進入一個生活，但李美雲有生活嗎？

她記得每次出國或出遠門時或提或推著行李箱下樓，經過大廳的管理櫃檯時，穿著藍色制服的管理員總是用羨慕的眼神很有默契地幫她打開閘口的推門，「李老師要出遠門啦！」好奇怪他們總是喊她李老師，因爲那些報社雜誌社出版社或其他單位寄來的郵件經常寫著「李美雲老師」，因爲工作的緣故每星期都有大量的快遞包裹送達，管理員按下她的對講機她就下樓去領取，所以三班制的管理員幾乎都認得她，李美雲不知道這些管理員是如何看待她的，她只知道他們總是用豔羨的眼光目送她推著行李箱走出大樓。一個即將遠行的人，似乎搭上某種飛行器便可以上天下地前往不可知的地方，從重複而單調的生活裡離開，可以開啓許多不可知的故事。

是這樣嗎？

上路吧！李美雲感覺自己被那些目光迎送著推上一個嶄新的行李輸送帶，喀啦喀啦一格一格緩慢移動，正等待著某個人來將她提走。

在這樣的時代裡，電腦、手機、寬頻、網路、衛星，似乎按下一個按鍵就無所不能，然而李美雲的生活卻並非她兒時想像的那樣，那些充滿可能性的機會在她身邊卻都是一些性的冒險，她這一生都靠著通過別人的身體來得到經驗，那些人，代替她去經歷神奇的冒險，那些在書本裡讀到的故事都是別人的，她知道自己永遠也不可能如她交往過的那些人，比如A曾因爲誤了班機而睡在芬蘭的機場裡差點凍死，B曾在深山裡與一隻豪豬對決、用尖刀刺殺過水牛，C在一次街頭衝突裡被削去半邊手掌，D在西藏轉山時幾乎死去，E曾在大西洋看過綠光，F在巴黎靠著美貌從一個又一個男人身邊輾轉度過，G在洛杉磯每星期去醫院做人體實驗賺學費。如此種種，二十六個字母也排不完的那些人，她們或他們是眞正見識過生命可能性的人，而李美雲見過的只是一具又一具裸露的身體。

甚至，李美雲那些已婚的朋友，拖拉著孩子丈夫妻子，在每次聚會時她看見這些人逐漸年老（他們都是年齡相近的人）或身材走樣，他們總讚嘆著李美雲總也不老不長胖遠看還像個少女，可是他們有著李美雲沒有的東西，家庭、親人，「牽絆」，沒錯，那些牽牽掛掛使他們身材腫脹生活狹窄，但也使他們與這世界緊密連結，他們都跟某些人有著不可分割的關係，可是李美雲跟誰都只有片段的關係，說來就來說走就走。沒有人需要她她也不需要誰。

李美雲想起在茵萊湖畔認識的那些年輕男子，她從未與他們任何一人有肉體關係，這很重要，她有點心虛地想到，她也可以與人沒有性或愛情關係而親近吧！真好笑，但她又理解了 Win 什麼呢？他們的對話總是一半一半，她懂得 Win 的英文一半，而 Win 也只懂得她一半，另外不懂或說不清楚的部分便空白著，有一種看不見的情感溫柔在他們之間繚繞，那種情感李美雲不知如何形容，她記得在儂雪第四天晚上 Win 託人送了一封信來飯店給她，孩子氣的字跡認眞地寫著許多字，李美雲讀著那彆扭的句子卻想起他清朗的笑容，如果她原本有什麼對他的奇情算計也在他的笑容裡融化了，其實也是可以這樣的吧！沒有身體的接觸沒有性愛的狂迷她也可以與人接近，如果在曼谷的時候她懂得這道理她就不會失去她愛的人了，但是好奇怪，如果把一切都改變那李美雲還是李美雲嗎？如果她變成一個拘謹而守規矩的人，那當時她也不敢伸手去要那個女孩吧！李美雲錯亂了，不可以用結果去評斷原因，這樣沒辦法想清楚事情。

李美雲記起那天在湖上大雨傾盆他們躲在雨傘底下身體貼近，李美雲一轉頭就看見 Win 非常光滑的臉，那種光滑好像一面鏡子映照出李美雲斑駁的臉，卻被其間的柔和塡補了坑洞，她想起等會應該給他回個信，卻握著那張短信躺在床鋪上發怔，這不是愛情而是一種熨貼著李美雲的溫暖，就像 Zu Zu 送給她的禮物，一把紙傘，台灣人是不能送傘的（傘就是散了），但那時李美雲微笑著接過用油紙包著的傘，把她常掛在脖子上的旅行小包包卸下來給小女孩，「這包包是在墨西哥買的，跟著阿姨去過很多國家呢！」小女孩笑得瞇彎了眼睛。這些人讓李美雲感覺自己變成了一個更好的人。至少在這裡的時候是的。

在儂雪小鎮的生活以小女孩 Zu Zu 家的餐館與 Win 的船公司爲雙軸心往外散開，她認識了好多人，第四天來載她去東枝的司機高大結實，穿著牛仔外套一臉風霜笑容豪邁，同行的人還有 Win 不知去哪找來的另外兩個會講英文的嚮導，第五天也是原班人馬帶她去石窟看佛像，後來李美雲才知道司機有個雙胞胎哥哥在開旅遊中心，「我哥哥長得跟我不一樣啦！他比較英俊。」司機靦腆地說，到了旅遊中心李美雲看見他們兩個並肩站著，一模一樣的長相與相近的身材卻是不一樣的人，該怎麼說？正確地說，那讓李美雲具體的看見不同的經歷與生活方式如何改變一個人的外貌，司機抽菸喝酒吃檳榔，中學畢業便開始做工、開車，臉上被太陽過度曝曬的皮膚老化而斑紋點點，卻有一種滄桑的瀟灑，而那哥哥一臉白淨穿著白色襯衫湖水綠的沙龍，斯文得像個大學生（事實上他也正才剛大學畢業兩年），他們都才二十五歲，作爲弟弟的司機看起來卻像三十好幾了。李美雲突然想起自己，好像應該有另外一個自己正在另一個地方生活，可能是生過孩子，也可能沒有，可能是異性戀或同性戀但就不是她現在這樣（她到底是什麼呢？）可那應該是什麼樣子她卻想像不出來。

李美雲的記憶回到在儂雪的最後一天早上，司機提著她的行李，大家都來爲她送行，她看見 Win、Zu Zu、P，還有那對雙胞胎兄弟，以及好多人，他們都站在飯店門口，一個一個過來跟她握手，那些單純善良的人們，男女老幼，在這個小鎮裡每一天陪伴著她去好多地方，她記得 Win 握著她的手好久好久，「你將來一定會很快樂的，請不要忘記我。」Win 說。李美雲不知道自己將來會不會變得很快樂，但她知道她不會忘記這個男孩子，以及那些日子裡這些人們給予她的一切回憶，因爲她已經從別人那兒得到了這麼多她應該勇敢一點，沒錯，傷心跟快樂是不衝突的，當計程車車輪轉動揚起塵土慢慢駛離那個小鎮，她回頭看見大家都還站在原地對她揮手，Win 牽著腳踏車追著計程車好像呼喊著什麼，那個越來越小的身影一直都提醒著她，那絕對不是個錯誤。

瓦城

他們相遇是在 Heho 機場（從這裡轉搭國內班機飛往緬甸第二大城曼德勒），從儂雪離開要前往另一個城市，在簡陋的候機室，那時李美雲正準備轉機到曼德勒待上五天，候機室裡等待的乘客不多，幾個穿傳統服的緬甸人，一個阿姨帶兩個兒子，另外就是三個東方面孔的男人在她座位後方（她感覺背後有奇異的眼光注視著她），其中一個白皙斯文，戴著墨鏡，身穿白色 Polo 衫牛仔褲，體型高大健朗，是那種在人群裡你不免第一眼就要注意到的人，李美雲看了他幾眼他也回看了她。李美雲剛坐下這個阿姨就來跟她打招呼，你是台灣人嗎？阿姨問她，李美雲照例點點頭說是。阿姨姓王，是個華僑，跟先生在曼德勒跟仰光開設礦泉水工廠，或許在這種地方遇見台灣遊客很希罕所以阿姨對她特別親切，好久沒講中文了，李美雲乘機詢問王阿姨許多關於曼德勒的訊息，阿姨不止一次對她說，曼德勒眞的沒什麼好玩的。「沒關係，對我來說什麼都好看。」李美雲回答，這是眞的，她離開台灣來到緬甸並不是爲了「玩什麼看什麼」，每一天對她而言都是全新而未知，她要的就是這種感覺。

即使是短暫一瞥李美雲也察覺他是個英俊的男人，他們在那個小小的候機室看見彼此但沒有交談，上飛機之後墨鏡男人與李美雲相隔一個走道，華人阿姨一上飛機發現還有空位就換了座位到她旁邊，阿姨難得碰上台灣人一直很興奮，李美雲剛離開儂雪，阿姨也是從那兒來的，一路寒暄，在他們交談之際，李美雲斷續聽見那個戴墨鏡男人跟同行的人用她無法理解的語言說話（因爲距離很近所以可以聽見他們的聲音），那時李美雲還以爲他們是日本人或韓國人。

那天，是在瓦城（中國人都稱曼德勒爲瓦城）的第一天。所有的第一次都應該是獨一無二的，累積太多第一次之後你會逐漸開始不確定，人生眞的有什麼是獨一無二的嗎？然後你會不免懷疑自己還能夠去記住什麼。

但是李美雲記得好清楚。

在飛機上李美雲跟王阿姨說話，感覺那個墨鏡男人轉頭看著她，或許因爲李美雲也注意著他所以他看她的時候她其實也看著他，就是會有這樣的時刻，不知道爲什麼這兩個人會同時去注意到對方（彼此感興趣的人或許一個眼神就決定了一切）。

下了飛機等行李，緬甸無論新舊機場都是人工運送行李，曼德勒新機場比仰光機場氣派新穎，但偌大的機場卻不見多少服務人員，所有看似高級嶄新的設備都尚未啓用，與李美雲同班飛機的所有乘客都站在門邊望著，遠遠看見機腹邊的幾名工人一箱一箱用丟的用甩的把大大小小的行李箱扔下來，然後有人一箱箱提起堆放到旁邊的堆高機，人群裡時常可以聽見「啊小心點會不會摔壞了小心點哪！」心疼自己的行李被摔落地面的輕嘆跟緊張，李美雲失神地跟隨大家從玻璃門邊又走到行李運送帶旁等（行李都提到附近啦還得費事放進輸送帶裡，其實根本沒必要這麼做吧！不過是幾十個人幾十只箱子，倒不如一個個唱名讓人來領還快一點），但機場堅持著要使用那個嶄新的輸送帶，好像不這麼做的話這個新機場的設備就沒機會試用了，寧願讓旅客一位一位在那大型冰冷的機具前安靜且焦躁地等候。每次李美雲在等行李時她總是擔心自己的行李一定會遺失，就算沒有遺失也會是很後面才能領到，幾乎沒有例外，她總是在那些不同國家的行李輸送帶前面等了又等，直到身邊的人都已經離散。

等了十幾分鐘終於領到行李（沒有摔壞，當然也幸好相機跟電腦她都隨身攜帶），之後，她推著輪子已經壞掉的行李箱（這個信用卡的贈品中看不中用，才帶出國第二次半途就壞了），在機場大廳緩步前行走向出口，步伐隨著行李箱的晃動而歪扭，一個大行李箱一個登機箱和一個背包，李美雲個子嬌小卻實在提著太多東西，每次轉機對她來說都是一大折磨，正當她爲了那個輪子壞掉的行李箱發火時，聽見背後傳來一個聲音：「需要幫忙嗎？」李美雲回頭，講話的正是那個戴墨鏡的男人，他說著清楚的中文，快步走到她旁邊，這時李美雲才看清楚他這人有多高大，少說有一百八十幾公分吧！

「我的行李箱輪子壞了。」李美雲說。

「我來。」男人一把提起了她的箱子。

李美雲沒有想過是用這種方式認識他，她根本沒有想要認識他。

想像中的緬甸應該是陽光燦爛氣候炎熱，但初到仰光時是雨季，那天李美雲沿著酒店四周的小路走，找尋附近的中國城及印度街，突來的暴雨一下子就讓街道積了淹沒腳踝的雨水，到處泥濘，她正愁於滿身的濕漉與狼狽，十五分鐘之後天氣卻突然放晴，街頭的小販與乞丐依然繼續營生，那種奇異景象使她目瞪口呆幾乎無法動彈。而此時，當這個陌生男子操著純正中文與她說話，並且一手提著她的行李在一旁走著時，李美雲不斷想起仰光的午後暴雨的突然出現與消失，那種魔幻不實際的感覺，伴隨著她高跟鞋登登踩過光滑地板的足音，來到緬甸十數日，好像隨時都會發生令人措手不及的事。

男人提著李美雲的行李箱，他們一起慢步走向等在前面的華人阿姨和男人同行的朋友那邊，沿途男人問她：「你是台灣人嗎？剛才聽見你跟那個太太說話，感覺你應該是台灣人。」李美雲點點頭，「你呢？我剛才以爲你是日本人，因爲你們說的話我都聽不懂。」她回問。他爽朗地笑了：「我們說的是雲南話。我是雲南人。」他說話聲音柔軟溫醇，是李美雲喜歡的那種音調。

「你一個人來緬甸不怕嗎？」他又問。

「我喜歡一個人旅行。」李美雲回答。

「眞勇敢。」男人下了一個註解。「來緬甸做什麼啊！」

「報社派我來採訪。」李美雲說，這個說法最簡便，就一路說下去。每個人都說她勇敢，好奇怪，她不過就是搭飛機而已啊！

「我叫趙雲，從雲南派到緬甸工作的，才剛到第五天，你呢？」男人又問。

「我叫李美雲。到緬甸十天了。」

男人看著她，低聲地說：「眞巧。」

是啊眞巧。李美雲心想，熟悉她的朋友都直接叫她「李雲」，李雲與趙雲，多巧（這一群大陸人幾乎個個都是單名），短短的路途上他們斷續地說話，好奇怪一點都不覺得陌生。

走出機場大門，來幫趙雲接機的人到了，王阿姨的先生也來了，一群人圍著李美雲，問她到曼德勒住什麼飯店，這些天要做什麼。「報社派我來寫旅遊介紹。」她照例又這麼回答。「一個人就這樣來了啊！」眾人都感吃驚，李美雲猜想像自己這樣個子嬌小的年輕女人隻身到緬甸來不免激起別人的同情心吧！或許這就是她一路上都有許多人熱心幫助她的原因。李美雲拿出背包裡的飯店預定單，那時只知道飯店名稱，趙雲的祕書李剛一聽到李美雲訂的飯店就搖頭，說那家飯店雖然有名但位於曼德勒山上，離市區很遠，交通不便。「你不如轉到我們飯店來住。大家有個照應也比較安全。」趙雲說。想到還要換飯店的行政瑣碎李美雲就懶了。「沒關係，我出門可以搭計程車，別擔心我。」李美雲回答。王阿姨給了李美雲聯絡方式叫她有什麼問題都隨時去找她，「記得打電話給我！找一天來家裡吃飯。」阿姨不斷叮嚀。

當趙雲跟她說他是來瓦城交接職務的貿易公司代表時，李美雲問他：「我可以去參觀你們公司嗎？」他說：「那晚上一起吃晚餐吧！」李美雲毫不猶豫就答應了。

出現了一個好看的人，是一個顯著的 Target，李美雲太熟悉某些互相引誘的模式了，有個人釋放善意，另一個人準備迎接，李美雲喜歡主動，看見令她想要積極靠近的人她就立刻準備行動，像是躁症發作初期症狀，像是一個嘉年華的開幕儀式，她總覺得自己似乎有好幾張面孔（或性格，或身分）等待著她在不同時空轉換時拿出來使用，轉瞬間她就轉換了性格，微笑的方式（她的笑容燦爛如花），說話的語氣（她適時地將口音轉變成咬字清晰捲舌清楚的道地普通話），音調開始變甜變軟（充滿女人味，一種慵懶而甜美的聲調），像是要配合著即將發生的一切預作著準備。

李剛給了李美雲他們住的飯店電話跟房間號碼，幫她叫了一部計程車。「晚上見。」李美雲說完便上車離去。

老舊的計程車在馬路上奔馳不斷發出轟轟巨響，這部車子的避震器若不是拆掉就是已經完全失靈，一路顛簸跳躍震得她全身都痛，李美雲望向窗外，很遠一段路，周遭都是尚未開發的大片荒土、遼闊似乎沒有盡頭，好不容易離開那片黃土，車子轉進鄉間小路，沿途看見許多牛車，矮木屋，經過一個檢查哨，攔路的軍警對計程車司機刁難了很久（李美雲看見司機給了軍警一張緬幣），才又上路。道路漸趨平坦兩旁也開始出現密集的住宅，車輪下也由塵土飛揚的泥土路變成水泥路面，馬路上穿行著騎著腳踏車的行人、頭頂重物的婦人、逐漸多起來的車輛（緬甸私人用車因爲限制進口極爲昂貴，汽油更是必須配給才能購買，常見的都是從日本進口的中古車），她知道已經進入了市區，空氣裡充滿了灰塵，平坦而遼闊的城市因爲灰塵而使一切景物都顯得朦朧，市區裡的道路沿著皇城井字形排開，到曼德勒山的大路就沿著皇城一路盤旋而上，她凝望著有著護城河極高大圍牆的皇城，不知裡面是什麼模樣？之前在飛機上王阿姨曾告訴她瓦城沒特別好玩的，但曼德勒山的小明宮跟市區的皇城一定要去看看，皇城顧名思義是昔日的皇宮但現在裡面住著軍事將領，每天有固定時間開放遊客參觀，光是在圍牆外路過都可以感覺到裡面依然充滿神祕不可親近的氣氛。

李美雲神思恍惚，自己一向就不是特別喜歡風景名勝的人，但總覺得緬甸有種令人迷亂的氣息，那是讓你一不留神就會失神恍惚落入時光隧道的氣氛。幾十年來緬甸脫離世界經濟局勢獨立開來（其實是被孤立了），所以這裡彷彿忘卻了世界的變化而兀自以它獨有的速度緩緩轉動。但又不像中國大陸某些偏遠小村莊或者少數民族部落的遺世獨立，幾年前緬甸政府開放觀光跟外商投資，這些外來的遊客跟商人把外界的訊息帶進這個封閉的國家，但卻又因爲政治上的嚴格管制使得可能產生的變化都盡可能地往後拖延，人們看似平和靜好，城市好像逐漸在進步成長，但又有什麼地方停滯不動，連帶地，使得外來的遊客也感受到那種靜止。

緩慢與恍惚。

五十分鐘車程到達她訂的飯店，位居曼德勒山腰的豪華建築，占地寬廣，有種老舊的森然氣派，但也可見生意的冷清，空蕩蕩的大廳不見幾個住客，像是沒落的世家，寬敞的大廳裡每個工作人員都儀表端莊但也都顯露出些許清冷的臉色，看見李美雲進門他們黯淡的臉色登時亮了起來。

穿著綠色傳統服飾的年輕男服務生推著裝有行李的推車領著李美雲登上電梯，在六樓出電梯，然後穿過那些潮濕略帶黴味的磚紅色地毯來到她訂好的房間，房號 605，一打開房門，隨著寬大落地窗一躍而進的是連綿的山景與天光，房間大得不可思議。李美雲給了服務生小費，放下行李和衣倒臥在寬大的雙人床上。啊好累，李美雲自言自語。

離開台灣第十一天，卻像是已經在外輾轉了好久，五月跟六月她大半時間都不在台灣，搭過一班又一班飛機，乘巴士，坐計程車，三輪車，摩托車，人力車，甚至搭船，睡過一張又一張飯店的大床，認識了許多不同國籍種族的人，幾乎無法分辨身在何處，很快地一陣睡意襲來李美雲睏了一下然後醒來，睡夢中，趙雲突然把墨鏡摘掉，墨鏡底下是一雙沒有任何表情的眼睛，空洞漆黑，像深不見底的洞穴將李美雲拖了進去，然後趙雲的臉變成另外一個人，一個又一個，像川劇裡的變臉，許多個她愛過的男人女人的面容不停出現在那個陌生人的臉上，直到最後變成一個完全空白沒有五官無法辨認性別的面容，李美雲猛地醒來，是那種越睡越累的惡夢。

「該上路了」李美雲對自己說，繼續待在飯店裡就會什麼地方都不想去了，然後起身到浴室梳洗換裝叫了計程車來到趙雲的飯店。

李美雲在服務生引導下走進飯店二樓到達他們的辦公室，裡面已經坐了幾個人，都專心地看著電視上轉播阿格西跟另一個年輕選手的網球比賽，沒有看見趙雲，他的助理迎上來，給她遞茶水，安排她坐，「李小姐你等等，趙總等會就下來。」另一個男人遞給李美雲一張名片，這人姓林，「改日我們去台灣要你多多照應了。」林先生是前任總經理，趙雲來後他們就要交接工作了，李美雲在沙發坐下，偌大的飯店房間隔成兩房一廳一廚一衛還附有大型露台，當作辦公室的客廳寬敞舒適，幾張辦公桌上有電腦傳眞機，實在無法理解他們爲何把辦公室設在飯店裡（爲何不像仰光的高大哥那樣租一棟別墅呢？）李美雲盯著電視螢幕沒有開口。

大約二十分鐘之後趙雲推開門走進來。「你好啊！」他說，露齒一笑，這時他已經把墨鏡換成銀邊的眼鏡（墨鏡底下並不是惡夢裡那種漆黑空洞的眼睛，李美雲特別注意看，那雙眼睛清澈透亮，什麼恐怖的東西都沒有），潔淨而美好的面孔一覽無遺，他的聲音恰到好處地配合著他的面容，乾淨溫暖，幾小時前在機場相遇時的氣氛又回到李美雲心裡。

李美雲搭上趙雲他們公司的車子到達一家中餐館，這一行五個人，趙雲、李美雲、林總（他即將卸任）、李剛（祕書兼會計），及另一個不知道名字的人（他是廠裡幹部只是陪趙雲來就任隨後就要跟林總一起回雲南），他們到了「榮新餐廳」，李剛說：「這是瓦城最好的中菜館。」一路上李剛總是以在地人的姿態對他們解釋種種（因爲他已經在這裡工作三年多了，一口流利的緬語據說都是跟女孩子學來的）。餐廳裡位於內裡的一張大圓桌上已經有其他人在，這頓飯是設宴爲趙雲接風，而明天則要幫林總送行，來客都是趙雲公司在緬甸生意往來的重要客戶，席上都是陌生人，只有她一個女性，趙雲領李美雲坐到他旁邊彷彿他們已是舊識，整頓晚餐期間都低聲對她介紹誰是誰，哪位做些什麼工作（趙雲說，這個是陳董那個是陳總兩個是兄弟，他們在緬甸生意做很大，跟中國的領導也都很熟，他們都是福州人，認識他們對你有好處），一個一個報過姓名說過身分握手寒暄，李美雲知道這種應酬場面該有什麼表現，該敬酒的時候敬酒、該說話的時候說話，該笑的時候絕不會板著臉，大家聽說她是台灣來的「記者」紛紛對她遞上名片，李美雲沒有名片可發（這不是很奇怪嗎？某台灣大報的記者卻沒有名片，但沒人因此提出質疑），只是微笑地說：「不好意思我忘了帶名片。」或許她的微笑是最好的自我介紹，也或許趙雲以他的個人名譽已對她的身分作了最好的擔保。酒香菜熱，賓主盡歡，李美雲點了一根香菸，趙雲突然摸了她的頭髮說：「你這女孩，菸酒都沾啊！」李美雲笑了，李剛給了李美雲一包香菸，說是雲南有名的高級烤菸，「試試看，味道不錯的，」趙雲說。「你？要不要試試我的菸？」李美雲問他，趙雲有些靦腆地說：「不好意思我不抽菸。」那個暗紅色包裝的硬盒紙菸在李美雲的面前像是一個包裝精美的禮物。

都是這天才認識的人，認識誰會對李美雲有幫助其實她不在意（自己不過是個旅客，認識人只是旅行中的另一個面向，她在台灣是不應酬的人，她只做喜歡的事只跟喜歡的人來往），誰誰誰李美雲還有點認不清楚，從其他人的態度可以知道的是趙雲應該是什麼重要人物吧！席上賓客可分爲講福州話跟雲南話兩派，當然大陸官方語言「普通話」是大家共通的語言，但有時他們會不自覺開始用自己的方言交談，無論是哪一種，李美雲幾乎都聽不懂。趙雲時時充當她的翻譯，就怕冷落了她。

李美雲不知道自己爲何一路跟著他們，或許是因爲想要多認識趙雲，或許是因爲沒有其他事可做，這一趟緬甸行程李美雲任由自己漂流，遇上誰就是誰，有一種自然的邏輯告訴她該往何處去，或許是旅途的後段她已失去原有的好奇，這一天，她決定什麼都不想，既然遇見了這群人，就讓他們帶著她走。

飯後陳董招待大家去洗頭，緬甸洗法，透天厝裡老式美容院，像李美雲鄉下老家田中央常見的「田僑仔大厝」，六張洗頭椅，六個洗頭小姐，一律長髮披肩面容清秀表情羞澀，他們進去時已經有個先生在洗頭，所以位置少一張，李美雲說她不洗，趙雲摘下眼鏡脫下牛仔外套遞給李美雲說：「幫我看好啊！皮包裡好多錢。丟掉要你賠。」這舉動顯露的親暱眞突兀。

沉甸甸的外套、輕盈的眼鏡，提在手裡彷彿一個異形生物啃咬著李美雲的手，衣服上有一種淡淡的古龍水氣味，李美雲坐在一旁看著趙雲仰躺著讓小姐在他臉上塗抹什麼，這樣一排男人都仰著頭，大多是挺著肚子頂上微禿的中年人，趙雲長得最好看，李美雲望著趙雲的臉但他並不知情。

後來那個先到的先生洗完頭了，李美雲也下場去洗，位置就在趙雲旁邊，而那時，趙雲已經睡著了。

複雜而仔細的洗頭兼按摩一整套行程下來快兩個小時，李美雲非常喜歡去美容院給人洗頭，那是從小跟媽媽養成的習慣，長大後李美雲只要覺得壓力大身體緊繃，就會去洗頭髮，但她從沒有見過這種整套從頭到腳的按摩加洗頭（即使以前跟男人去色情理容院，那些理容院的小姐也沒這種專業），熟練而仔細的動作卻不見半點情色氣氛，李美雲的身體變成一個鬆垮的玩具，隨洗頭小姐擺弄，她轉頭望著趙雲熟睡的臉，潔白的皮膚上有細細的汗毛，鼻梁上有兩個被眼鏡支架壓印的痕跡，沒有斑點沒有痘疤，是一張近看也沒有瑕疵的臉孔，平靜得近乎雕像。安靜的洗頭店只聽見嘩啦啦水流與電風扇呼呼轉動的聲音，隔幾個座位的林總突然開始打鼾，巨大的鼾聲讓大家都忍不住笑了起來，這時趙雲醒了，張開眼看著正對著他的李美雲的臉，輕聲地說：「你也來洗頭了啊！還喜歡嗎？」

李美雲一時竟羞紅了臉。

離開洗頭店之後，李美雲以爲大家必然要去酒家，像她在仰光認識的台商那樣，但他們卻把車開回了酒店。（李美雲告訴趙雲在台灣酒店並不是旅館而是 night club 的意思，他驚訝地說，眞的嗎？）李剛說：「李小姐我叫車送你回酒店吧！」李美雲沒說話，不想這天就這樣畫上句點，但也不知如何開口挽留，趙雲問她：「或者你想跟我們回酒店聊聊天嗎？」

李美雲點頭說好。

林董他們幾人驅車離開，「李小姐明天一起吃午飯吧！看想去什麼地方跟我說，給你安排安排。」林董臨走前這樣對她說，「沒問題，明天見。」

李剛跟其他人都在二樓電梯停住時離開，李美雲看趙雲沒動作她也沒動，只剩下她跟他到了三樓。

那時，李美雲以爲他是刻意把她單獨留下的（但要說刻意不如說是一種默契）。

李美雲走進了趙雲的酒店房間。302，這個金屬號碼牌一直停留在李美雲的視線裡，而她還不知道，打開了這扇門，會通往一個連她自己都無法想像的境地。在李美雲的記憶裡那從二樓上到三樓的短暫時間裡，電梯車廂充滿不可言喻的安靜氣氛，只有十幾秒的時間卻像永遠也不會到達那樣長久，那時她心裡盤算著許多念頭，像著狡詐的罪犯即將進入犯罪現場，卻無論如何都料想不到事情根本不是她揣想那樣，接下來的幾天她許多次跟趙雲一起搭乘這相同的電梯，但那最初的魔幻氣氛卻不復出現，眞正使人著迷的或許都是使劇情急轉直下的「關鍵點」，那像是魔術師表演前一個短暫的手勢，兩手一揮，所有觀眾包括表演者自己瞬間都進入幻境。

漫長的前戲

經年累月對男人的理解讓李美雲錯覺他必然是要同她上床，但事實不然（雖然她至今不知道事實是什麼），他們並肩走進趙雲的飯店房間，裡面兩張單人床，靠窗的沙發上橫放兩個大型旅行箱，上面密密麻麻都貼滿各國機場的行李運送貼紙。他沒有把李美雲帶上床。

趙雲用遙控器打開電視，轉開礦泉水瓶子倒了一杯水給李美雲，「自己找位置坐啊！別客氣。」趙雲說著就在床鋪上坐下，兩張僅隔著小床頭櫃的單人床，趙雲坐在靠牆的那張，李美雲坐在另一張，然後開始說話（眞的是聊聊天）。

趙雲問李美雲到緬甸想要「報導什麼」，她說看到什麼就報導什麼，沒主題的。趙雲告訴她這是他第一次到緬甸，公司的人先帶他去仰光跟茵萊湖觀光（經過比對他們曾經在同一天分別搭著小船在湖上遊覽），此後一待就要三年，之前因爲工作需要去過美國德國法國日本香港等地，李美雲也說了她去過什麼國家，不是會讓人驚訝的數字，但趙雲驚訝於李美雲這樣一個人到處亂走的習性，「你知道出差不是去玩，行程滿滿，還得照顧領導，去什麼地方看起來都一樣。」趙雲說，「你的旅行一定很有意思，這些天在緬甸都看見了什麼，說給我聽聽。」

李美雲有自知之明，她不是個會讓人一見鍾情的大美女，但她身上有讓人想要接近的東西，一直以來都是如此，可是她不知道趙雲想從她身上得到什麼，或許因爲對台灣人的好奇，或許是天性的親切溫和，從相識至此他都展露無比的善意跟溫柔。他是那種好看得會使人側目的男人（長得高就有這好處，個子小的俊男美女得仔細看才能看出精華，但個子高的就不然，再加上他特別白的膚色，使得他的五官更顯出色），即使是在這樣保守的國家裡，他們所到之處，許多人都在看他，他彷彿不知道自己多有魅力，在洗頭店他對某個洗頭小姐說了一句俏皮話，那個小姐笑得花枝亂顫。

之後幾天的相處中李美雲才逐漸理解他的性格，竟超乎她想像的簡單，沒有抒情或曖昧的部分，他嚴謹守分，像一個方方正正的盒子沒有任何死角，正如他比一般人淺色的眼瞳（近乎琥珀般的眼瞳透明地發光），有種如少女般的清純，她從未在任何男人身上發現這種質地，他在床笫上的羞怯被動，他對男女之間事物的懵懂無知，讓李美雲許多次錯覺其實自己才是個男人。

那一夜就是如此。事後不免覺得荒唐而詭異，趙雲一開始想過事情會變成那樣嗎？李美雲想過的，她想過一切得來不費吹灰之力，她想要的從來不會失手，但她不知道自己的盤算都錯了，那一步一步近逼的不只是慾望，還有逐漸升高的失神與迷亂。

李美雲不知道趙雲要做什麼，離開人群之後他顯得安靜放鬆，晚餐時間一群生意人的談話，在一來一往的應酬對話中李美雲知道了趙雲的許多事，有種好像相親大會的感覺，大家都對李美雲說趙總如何如何，那是超乎她想像的位置，但李美雲不明白，趙雲的言談舉止之間絲毫不見生意人的精明幹練，經過長時間學習的應對進退使他恰如其份地與人交談，無論如何他看起來都太溫文了。此時在這個飯店房間裡，他的表情有一種說不出的天真（到底把我留下來做什麼呢？李美雲心想），李美雲一時竟不知該如何與他相處。

這是一個不一樣的男人，他來自李美雲熟悉的國家但卻比那些外國人更叫她覺得吃驚，「你是我第一個認識的中國大陸人。我曾在美國見過幾個大陸留學生，但那只是見過點頭寒暄，那不算認識。」李美雲對他說。

「你也是我第一個認識的台灣人。」趙雲回答。

趙雲站起來走到電視機旁邊去調整電視機的位置，李美雲從身後抱住了他。趙雲既沒有回應也沒有抗拒，他們兩個就在電視機前面呆站了好久。然後李美雲放開了他的身體拿起皮包對他說：「很晚了，你送我回酒店吧！」

「晚上你留下來睡好吧！有兩張床。」趙雲說。

她當然知道有兩張床，李美雲有點想笑但是沒有，不知道這人心裡在想些什麼，有一些線索但總是湊不出答案。

「留下來。」他說。「我剛到瓦城不認得路沒法送你回去。」

李美雲遲疑著，她確實想留下但卻找不到明確理由，趙雲對她是什麼想法她仍無法掌握，她不喜歡這種無法掌握的感覺，「我什麼都沒帶。」她說，其實這不是眞正的理由。

趙雲笑了。「這個簡單，你可以穿我的衣服。」他打開小包行李摸索著拿出一件 Convers 白色 T 恤遞給李美雲。

繼續聊天。

「說些你在台灣的事給我聽。」趙雲說，李美雲喜歡聽他講話的聲音跟語調，希望他多說點話不要讓那聲音停止。

我其實不是記者，是個作家。李美雲說。都寫些什麼呢？他問。寫小說，李美雲回答。

你常常這樣出來旅行嗎？

第二次自己一個人旅行。

你都不怕嗎？

只怕錢包跟相機丟掉，其他還好。

我看你也都不怕生。

是嗎？

不怕遇到壞人啊？一個女人子這樣跑來跑去很危險吧！

你是壞人嗎？李美雲聽得出自己語調裡的輕佻但趙雲沒聽出來。趙雲說：「第一眼看見你就覺得你好特別。那時你在跟那個胖胖的阿姨講話。」

「一開始你就偷看我啊！」李美雲繼續挑逗他。「爲什麼我很特別？」李美雲說出這句時自己都覺得很蠢了，換做別人，這時應該過來牽她的手，或者抬起她的臉低頭吻她，至少在她的經驗裡都是這樣吧！但是沒有，李美雲發現這個男人眞的是想跟她「純聊天」。

「說不上來，我要是會說這個我就是作家了。」

唉！沒轍了。她在床鋪靠牆坐下，趙雲坐在靠床尾另一端，小小的床鋪像一隻船似乎在搖晃，李美雲想起了在茵萊湖的那些日子，其實早上才離開啊爲什麼顯得好遙遠，她望著自己縮在一起的兩隻腳掌，腳背曬出了涼鞋的痕跡像是沒洗乾淨，李美雲忍不住用手撫摸著自己深色的腳趾，「都曬黑了。」她呢喃著。趙雲突然用手碰了一下她的腳，「好小的腳，娃娃似的。」李美雲抬起眼睛看著他，趙雲縮回手突然起身快步走到窗邊拉開了窗簾，背對著她，高大的身影像要從高樓墜落。

好漫長啊！跟她想像中都不一樣。李美雲忍不住以爲他要走到窗邊去抽菸了，像在岸邊等候著不知何時會到達的船的乘客，那沉默的幾分鐘讓兩個人都尷尬得不知如何是好。

「那我先去洗澡了。」趙雲打破了沉默，「我想我還是回去吧！」李美雲說，這樣太奇怪了我不喜歡。

「別走。」趙雲說，他拉住李美雲的手說：「你就別走吧！」

別走，這是一句李美雲想要對某個人說的話，藉由這個陌生男人的嘴裡說出來李美雲就無法拒絕，至少現在別走，人與人相遇一定有其原因，如果現在你走了你永遠也不知道答案是什麼。

我想要的就是性，很簡單很直接，一點麻煩都沒有的那種，李美雲很想這樣對他說，我挑選你只是因爲你長得英俊。但開不了口，存在於這個飯店房間裡的氣氛一點都沒有可以讓李美雲將之變成一夜溫存的曖昧，其實奇怪的人是我不是他，李美雲這樣想，普通女孩子不會跟陌生人回飯店（即使只是聊聊天），普通女孩子不會讓萍水相逢變成露水姻緣，但自己卻因爲他遲遲沒有動作而納悶，甚至怪罪著他。

李美雲突然驚覺自己把別人對她的善意跟慾望搞混了。但那到底是什麼呢？不知道，在某個地方遇到一個人，有很多可能性，不必然非得是那一種，可是李美雲習慣了，至少她知道她之所以跟趙雲回到 302 號房只是爲了跟他上床。

他們又並肩坐在床鋪上，李美雲撫摸著她的手碰觸著他的手她感覺到慾望逐漸升起，尤其他是那麼不動聲色，若這時他轉身將她撲倒在床上她可能會因此生厭站起來走掉，但他沒有，他的表情愉悅而靦腆，其實李美雲一點都不喜歡跟別人同床共枕，但她想知道接下來會發生什麼事，李美雲拿起那件白色上衣走進浴室去洗澡。

好奇怪他們之間始終沒有陌生的感覺，好像室友一般，彷彿這是發生過無數次的一個尋常的夜晚，看電視喝茶然後流輪去洗澡，道晚安各自上床。李美雲只穿著趙雲的 T 恤（衣服寬大幾乎蓋住她的膝頭），趙雲穿了一身長袖長褲休閒服以及白色襪子，「你要睡哪張床？」趙雲問她，她挑了右邊的床，「那我關燈囉！晚安。」他躺進左邊的小床。

「等等！」李美雲叫道。起身跳到他床上，「我要跟你睡一起。」李美雲說。這是最後一招了。

「嗯，好。」他挪開身子留出一個空位給她，其實他大半個身體幾乎掉到床外了。然後李美雲抱住他，他依然沒動。李美雲說，「我睡不著。」

「那，我陪你聊聊天。」趙雲扭亮床頭燈柔聲地說，床邊的小燈映照出他色素很淡的眼瞳，眞美，李美雲看著他，他轉開了眼睛。

「你很怪耶！」李美雲忍不住了。「你不跟我睡幹嘛把我留下來？」她語氣微嗔，按著他胸口的手力氣加強了，他寬厚的胸膛輕微起伏，體溫很高，可能是因爲衣服太厚床上又太擠，也可能是因爲緊張，他白皙的臉孔開始泛紅發汗。

「人跟人相處有很多種方式嘛！」他溫和地說。然後開始對李美雲說道理。

如果可以畫面快轉，李美雲希望能將這一段十倍速加快播放，但，若不是因爲過程那麼曲折緩慢，至今仍會記得他嗎？那不過也就是她眾多情慾經歷裡其中的一段而已，但正因爲那是如此被緩慢地提升到一種不可挽回的高度她才永誌不忘。

她一步一步迫使這個男人展露他的慾望，那已經超越了性慾或情感而是一種征服，他們兩人一個後退另一個就進逼，一個前進另一個就倒退，像跳著探戈，在那一來一往忽前忽後彷彿安靜地舞劍，這是李美雲生平遭遇過最曲折漫長的前戲。

趙雲兀自說著他的大道理但李美雲聽不進去，只覺得難堪，賭氣地背過身去，心想這男人也太不上道了，但卻無法眞正生氣，趙雲的手在她的背上輕輕遊移，她渾身都起了疙瘩，幹嘛這樣，要就要不要就不要，到底在考慮什麼呢？

趙雲突然說：「我有跟你說過我已經結婚了嗎？」

李美雲轉過身來不敢置信地瞪著他，她吃驚的原因不是因爲他已婚，而是他提出這個問題的態度，原來他擔心的是這個啊！李美雲突然想笑但忍住了，「你沒提過，但我也不意外。」

「那又怎樣？」李美雲輕聲地說。如果你要守貞那現在就應該立刻送我回去。這句她沒說出來。

「我不知道該怎麼說啦！我就是想多跟你說說話，現在這樣不是也很好嗎？」趙雲瞪著天花板說。

「要說話就來說啊！」李美雲簡直被這人打敗了，怎麼這一路都遇到這種奇怪的男人，儂雪的 Win，和眼前的趙雲，這兩人想要接近她卻又不要她，李美雲不想被瞭解，她只想要性，短暫的肉體關係，然後毫無牽掛地離開，她不要牽腸掛肚不要藕斷絲連不要甜言蜜語，任何會使人陷入感情危險裡的細密情緒她都不想要。可是他們逼迫著要她交心。

接下來的一個多小時趙雲說了好多話，說他的家庭，他的工作，他不但說話而且還問問題，他想知道李美雲在緬甸這幾天發生了什麼事，遇見了什麼人，他想知道李美雲在台灣的生活，知道她的過去，他們兩個面對面擠在這張太小的單人床上，你一言我一語，李美雲突然害怕了起來，她不要這個，她不要被瞭解也不想瞭解別人，因爲那會讓彼此的距離太近，會讓她越過一直以來設定的與人的距離，「你是怎回事啊我又不是要跟你談戀愛？」李美雲低聲地說。

「那你要什麼？」趙雲問她。李美雲啞口無言。趕緊轉移話題。

其實這才是正常的吧！因爲人不是動物不能僅憑著對某個人的外表或氣味而發情，人們想要互相理解，然後才要交出他們的身體，可是李美雲不要那些。

她想起昨晚在儂雪 Win 突然跑到 Zu Zu 家的餐館來找她，帶來一個很年輕的男孩子，「這是我最好的朋友，我一定要介紹你們認識。」於是三個人一起去喝酒，李美雲覺得很錯亂，最後一天了，以後應該也沒機會再見，Win 還在那兒介紹這個人介紹那個人，在小酒館裡那個男孩一直對李美雲巴拉巴拉說話，還想約她出去，起初李美雲以爲他們是一對呢！看 Win 那麼鄭重其事的樣子，李美雲想起她在台灣那一票 gay 朋友，這下可好，難道是要對她 come out 嗎？

她對趙雲說起 Win 的事，「我看他根本就是不喜歡我。」

「不是這樣，我想他喜歡你。」趙雲認眞地說。「喜歡我幹嘛不跟我睡？」李美雲問，

「就跟你一樣怪！」

「就是喜歡你才不想輕易地這樣做。」趙雲握住了她的手。

「你是說我很隨便囉！我這個人喜歡直接，拐歪抹角的事我不喜歡。」李美雲將她的手抽出來，有種奇怪的感覺出現了，她不喜歡那樣。

「我也知道這種事不能勉強，」她喃喃自語，「我就是不喜歡被拒絕。這是惱羞成怒了吧！眞好笑。」

「誰拒絕你了呢？我並沒有說我不想要。」趙雲嘟囔著。

「那你到底想怎樣啦！叫你送我回去你也不要。」李美雲大叫了起來。

「你只要喜歡一個人就要立刻跟他上床嗎？」趙雲納悶地問。「我不喜歡的人也可以上床。」她說。「你這女孩眞野！」趙雲笑著做勢要抓她頭髮，李美雲用力地咬住了他的手，趙雲連忙把手拉出來將她按在床上，這時他們的臉距離好近，可以感覺到彼此呼出的氣息，一股暖熱將他們兩個越拉越近，鼻子輕碰著鼻子，趙雲像被什麼突然打中了似地鬆開手躺下，「我想我這人是太保守了吧！」

那時李美雲已經濕得一塌糊塗了。她自己也沒想到一瞬間慾望會衝得那麼高，她渾身發燙手腳痠軟，僅僅用眼睛餘光瞥見趙雲厚實胸膛的起伏都讓她難受。「我眞不知道我們兩個在幹嘛！眞好笑。」李美雲用力捶打趙雲的胸膛。

「我被你弄得好混亂。」趙雲把臉側過來對著她，「沒見過人像你這樣的。」他的臉因爲發熱而泛紅，白皙的皮膚變成淡淡的粉嫩，「但是我喜歡你的野。」他呢喃著。天啊這個男人看起來好可口。比她高出三十公分、體重快是她的兩倍，怎麼看都是個巨人，但此時卻手足無措像個少女，李美雲瘦弱的身體裡興起一股想要侵犯他的慾望，她記起有人曾說過她天生是個獵人，可不是嗎？性愛對她而言是一種意志力的展現，是一種權力，唯有赤裸的時候她才感覺到自己是強大的，而她的強大並非以暴力的方式呈現，她要溫柔地使他臣服。她裸裎的雙腿泛起疙瘩，趙雲抬起她的臉輕輕吻了她的嘴。

輕微的吻像深夜落在街道上安靜的細雨，一個又一個，一點又一點，他的手探索著她的身體，卻是發顫的，在她的腰線上輕飄，然後滑向大腿，寬大的手掌像無處著陸的船在她單薄的身體上迷途，吻著她的眉毛，然後是眼皮，從掀開的T恤探進她的雙腿，李美雲驚慌地想到自己濡濕的底褲，「你好潮！」趙雲輕呼。

一切便是在那一刻急轉，李美雲正要嘲笑他那奇怪的用語，「你好潮！」這是什麼話啊，好土，但卻像一個催情的信號彈，那小心翼翼在她底褲上撫摸著的手指揭穿了這一晚所有的矜持猶豫，掀開她的衣服將頭埋進她的胸前，然後就開始了。

夢中旅店

旅店大門正在裝修，李美雲從偏門走出去，手裡提著一個百貨公司的紙袋（裡面到底裝著什麼呢？）沿著街邊走，她要去搭地鐵，那些在電影裡再熟悉不過的街道，感覺上不時就會有古惑仔衝出來，是香港吧！李美雲站在街邊發呆，怎麼跑到這裡來啦！突然一輛計程車在她面前停下，一個長得像任達華的男人打開車門大叫她的名字，「快上車！」李美雲還沒搞懂發生什麼事便被拉上了車。「找了你好久啊！」男人說，這男人說著粵語但李美雲都聽懂了，「大半年都在找你，終於給我找著了。」車子在馬路上東奔西竄，嘎吱猛地停下，男人抓著李美雲的手下了車，快步走上狹窄黑暗的樓梯直上三樓，「快樂賓館」，穿著汗衫頭半禿的中年男子給了男人一把鑰匙，房號是302，房間在走道底端，男人在前面快步疾走，李美雲在後頭跟隨（心裡的困惑一直揮之不去，這個男人是誰呢？我認識他嗎？）不時聽見兩側房裡傳來女人悶喊與呻吟，這裡是那種專門給應召女做生意的色情賓館吧！男人打開門將李美雲拉了進去。

李美雲年輕時曾去過好多次廉價的賓館，她最初的愛情經驗都與旅館或賓館相連，三小時兩小時裡專注而急促地做愛，她已經習慣情慾必得在這樣被限制著的時間裡才能爆開，好多年之後她才改掉這個習慣，那已經是跟女孩子在一起之後了，懂得約會、看電影、牽手散步，緩慢家常地讓感情慢慢加溫，她懂得除了性之外跟人相處的方式，知道如何與親近的人交談，明白嘴巴除了接吻口交抽菸還可以用來溝通。

男人脫下身上的外套跟襯衫，嘴裡還不斷嘀咕著，「那次不告而別是因爲被追殺了啦！媽的阿飛那個場子給我惹了大禍，但你也眞是的，我不找你你可以找我啊！」男人一把將李美雲推倒在床鋪上開始吻她的嘴，「先生你認錯人了吧！」李美雲低喊。「你在講什麼啊！我自己的女人我還認不出來嗎？我找了你好久。」男人悶聲吼著。

這時浴室的門突然打開，一個下半身圍著毛巾裸著上身矮胖的男人摟著一個瘦巴巴光溜溜的女人走了出來，「你們在幹嘛！」瘦女人尖叫起來。

「媽的走錯房啦！」男人拉著她的手快快逃離了那個房間，「剛才那間是 301。」男人望著房上的號碼牌嘀咕，奇怪剛才進門前確認過了是 302 沒錯啊！這時另一個房門自動打開了。

他們並肩坐在床鋪上，「你這半年都去哪了？說說看啊！我她媽的把整個九龍都翻遍了也找不到你。」男人蓄著鬍渣的臉好面熟啊！但不是因爲認識，是因爲那在電影裡出現過很多次啊！「先生我眞的不認識你。」李美雲說。「少她媽的給我胡扯。」男人作勢要打她卻又開始脫她的衣服，「你不知道我有多想你。」男人啃咬著李美雲的脖子，這時她轉頭看見床鋪旁邊有個透明的大水箱，裡面有個長髮赤裸的女人瞪大著眼睛看著她。李美雲開始尖叫。

女人從水箱裡爬起來，濕漉漉的身體豐滿美麗，她甩甩長髮水珠四下飛濺，「你誰啊！」

男人驚看著這妖獸般美艷的女子鬼怪地爬到床上，嘴裡罵著粗話卻忍不住縮了身體。女人碩大的乳房沉甸甸地晃動，「李美雲啊！你終於來了。」女人的聲音像是故障的電視機那樣顫動，李美雲不知自己爲何往她走去，女人將李美雲的頭按在她的胸乳上大力地揉蹭。男人從背後欺身摟住了李美雲，他們三人以一種怪異的姿勢黏著，男人與女人用手用嘴唇以不同的方式碰觸刺激著李美雲的身體，李美雲突然想起這一定是在作夢，不對的，她這時不該在香港而是應該在台北，她的愛人正在家裡等她一起吃火鍋呢！

「不行，別玩了。我要回家做晚飯。」李美雲推開這兩個人，「怎啦！你不是最愛玩嗎？這個很刺激喔！」霎時男人女人都赤裸著，身上瀰漫的體味濃郁而刺鼻。

「我的愛人還在等我呢！」李美雲微笑說，我知道這是夢，這次我可沒有被騙走。

是被電話的聲音吵醒的。李美雲下意識地拿起了電話聽筒，「Hello」。「你連夜潛逃啊！醒來就不人影。」是趙雲的聲音，意識在這時候才清晰，原來眞的作了夢，「我沒吃藥睡不著。所以先走了。」李美雲說，昨夜發生的事比剛才的夢境更恍惚，沒拉上的窗簾矖進燦亮的陽光。「等會一起吃午飯好嗎？下午有人要帶我們去觀光，我派車去接你。」趙雲說。「不用了我自己叫車。」李美雲腦子裡擁擠著好多混亂思緒。

在浴室裡刷牙洗臉時她逐漸記起昨晚的事，經過那冗長的過程，眞正做愛的時候李美雲感受到的不是性愛的刺激卻是一種如願以償的快意，與隨後的頹喪，看見趙雲裸裎的身體彷佛拿到什麼獎品，李美雲細細把玩著，趙雲並不懂得那些性愛的繁複技巧，好看的身體配上不熟練的舉動，這男人生澀得像個處子。

「現在可以睡得著了嗎？」做愛之後趙雲笑著說。李美雲也想笑，「原來一切都只是要哄我睡啊，還眞是爲難你了。」她有些哭笑不得。「你講話怎麼老是這樣。很晚了啊！難道你不睏？」趙雲納悶地看著她。但她卻清醒得不得了，「我不可能在陌生人旁邊睡著的啦！」李美雲說。「睡不著我們就來說話，要說多久都行。」趙雲說。

斷斷續續她突然說了好多，說起她愛女人也愛男人，說她寫的那些奇怪的小說，說她一直都感覺自己是分裂而不完整的，只有在別人用雙手觸摸的時刻才可以感覺到自己身體的存在，但也只是身體而已，像用毛筆描繪著一個黑洞的外緣，不管如何仔細地勾勒其輪廓也無法使其中的空洞變得具體。整個說話的過程裡趙雲的眼神像望著什麼外星動物一樣，「爲什麼？」他總是這樣問，然後又搖搖頭說：「那些事對我來說都好遙遠。你就像從另一個世界裡來的人，我從來沒見過你這樣的女孩子。」

「這像是一條山路，」趙雲又撫摸著她的腰與背脊，「可惜我並不懂得形容。只覺得手指一放在上頭就會迷路了。」

「我自己也不知道那應該通向哪裡？」李美雲說，她知道自己並不美麗，使人迷惑的是她的性格，她滿腦子想的都是性呈現出來的卻是神祕，如果她曾在這個夜晚綻放什麼美麗的光芒也是因爲慾望，她只有在慾望著什麼的時候才會變成她想像中那個樣子，性慾的魔法透過趙雲的手塑造著李美雲的身體使她變得妖嬈，那是一條山路通往人跡罕至的山谷，那是經由意念成形的不存在的地方，但那裡什麼都沒有。她胡亂拼湊著趙雲對她訴說的話語，問他爲何穿著襪子上床，他說讀大學時養成的習慣，因爲每到冬天天氣寒凍怎麼也睡不著，他說起當醫師的姊姊、教員父親、在雲南時喝太多酒幾度進了醫院，會積極爭取來緬甸是爲了逃離那種每日不斷的應酬，每一個話題都只有一兩句，像在做條列報告似地簡短，而每一句話李美雲都沒有繼續深究，她記起曾有人說過她描述的情人都只有一張臉卻沒有背景，像是一個又一個精美的展示用模特兒，李美雲與這些人的來往都像是在鏡子裡看見自己的倒影，她搜尋那些美貌的男女爲的並不是理解而只是置換，通過性行爲短暫地讓自己擁有另一個有別於她自己的肉身，那美麗的臉皮底下空無一物。甚至連她的小說裡的人物都像是一個又一個漂浮的影子。

李美雲對趙雲描述那個湖上的高腳屋與浮土田是如何地吸引了她，以她不曾在小說之外的地方使用的描述方式，「人們在那個湖泊上種植番茄，薄薄一層田土其實是某種奇異的藻類與泥土混雜而成，起初我並不理解爲何可以在湖水之上種植東西，還用手探進湖水裡去翻攪，突然間我發現那跟我的生命好相似，上下兩面中間僅以某種單薄的東西連結，根淺枝短，其上是用樹枝編連而成的大片支柱，只有一二十公分高，一大片枝葉繁茂的番茄便這樣嘩啦啦四處繁衍起來，其下只是黑幽幽不見底的湖水，還有魚穿游而過，而我的生命則是一間又一間漂浮的房間，那些並不是眞實的房子，不是家，也不是屋，而只是一個又一個從門口直接可以望進牆底的狹窄房間，床鋪，書桌，吊燈與來去的人影。」說到這裡她就止住了，眞不知道自己爲何這樣對他說話，說這些要做什麼。

李美雲最畏懼描述感受，她甚至無法用口說的語言描述她看過的一部電影或一本小說，更遑論談及她所見到的人事物，她說話的方式總像是寫在錄影帶或書本封底那些可笑的本事與簡介，她不能說得更深，因爲每個描述的細節都讓她驚恐。

她害怕的就是那些細節。因爲她整個生命都像是紙糊的，一戳即破。浮土田靠著空氣與濁黑的湖水就可以結出甜美碩大的番茄，但她的生命可以結出什麼呢？一本又一本的書，一次又一次的戀愛，一個又一個離奇的故事，在那些不斷地塡充與拔除的過程，除了移動時留下如蝸牛黏液般的印痕之外什麼都沒有。

「怎不說了，我聽得正入迷呢？」趙雲專注地聽著。「不說了，我討厭嘮嘮叨叨的。換你。」李美雲輕笑著。

「我啊！」趙雲推了推他的眼鏡，「全家人就我一個近視眼。」

不同於李美雲那慌張而不連貫的句子，趙雲說話的方式像是一本說明書，簡單扼要不帶任何複雜的情緒。只有兩段話像點亮黑暗的星火突然閃現，第一段是「我是在兩年前加入共產黨的」，前後文李美雲甚至記不得了，只記得那時她本以爲會聽到什麼慘絕人寰的文革故事（文革的時候趙雲出生了嗎？）正如她熟知的那些電影跟小說裡描述，她甚至以爲每個大陸人都是共產黨呢！但趙雲沒有說那些，「加入黨是因爲他們要派任我去當一個鄉的鄉長」，趙雲說那是一個在深山裡偏僻而人煙稀少的鄉，他總是搭著僅有的一輛破舊汽車到處去視察，大部分的時候到哪都是走路，有一整年的時間裡他就待在那兒，「我很喜歡那兒，好安靜。」再來就是趙雲說起他與妻子沒有孩子，因爲不想生，因爲「當中國人太辛苦了」。那時候她應該追問更多，至少也問問他結婚多久了妻子在做什麼吧！但她卻沒有，他們使用著相同的語言但李美雲什麼也沒聽懂。眼前這個男人一直企圖想要理解她，不管是基於好奇或是迷惑，李美雲在他的眼中看見了許多人看待她的目光，就像她國中時有半年的時間幾乎沒辦法開口說話，只因爲她突然不確定自己眼中看見的世界是否與他人相同，每天上學之前她必須一次又一次對著鏡子反覆地看，確認自己五官四肢俱在，沒有缺了一隻眼睛或耳朵，她才敢背起書包走出門去。

他甚至沒有說當中國人到底是怎樣苦啊！輕飄飄一句話帶過，他臉上甚至連一條皺紋也找不到，這怎可能是一個受過苦的人？她記起她讀過大陸作家寫的傷痕小說，那些下放啊鬥爭啊毫無道理的突然摧毀一個人周邊所有，那些作品裡的人總瀰漫著一種被時間劇烈鑿刻過的痕跡，好像從他們的臉上就可以讀到整個被磨損毀壞的過程。但眼前這個男人怎麼可能經歷過那些（怎麼可能經歷過還能長成現在這種樣子？）那是另外一種李美雲毫無所悉的版本，歷史在他身上是不存在的（是不是他刻意取消或者是他無能展現？），這個人大她三歲，來自一個與李美雲生長的國家關係敵對又糾結的國度，他的穿著談吐像是被矯正過的優雅卻沒有厚度，這也是個跟李美雲一樣的人，他們都是飄浮在自己想像的世界，像乘著魔毯在高空中飛越過那些鏽痕斑斑的過往，尋找一種沒有傷害的身世版本。

是我想太多了，李美雲想。

那些片段的話語裡李美雲像在播放一種音樂，在身體的碰觸之後這種交談產生的親密感使她越來越慌亂，因爲什麼也無法說明，因爲瞭解是不可能的。李美雲看見趙雲的眼睛泛著紅絲，她突然醒悟到趙雲正在撕開一個包裝精美的禮盒，接下來要拿出來的卻可能是一個發臭的蛋糕，夠了，那時大概凌晨四點了吧！她假裝打了個呵欠，「來睡覺吧我睏了。」

「可以睡得著了嗎？好。那晚安。」趙雲轉熄床邊的小燈，摟著她的身體，閉上眼睛，隨即陷入了深沉的睡眠中。

李美雲等到他完全熟睡之後輕輕從他的懷抱裡掙脫，在床上呆坐直到天色透亮，決定回她自己的飯店。

趙雲打電話來的時候是早上十點，李美雲醒後又躺回床上去，全身痠痛都再也睡不著了，她想起夢裡那個奇怪的旅館房間，一定是因爲自己對趙雲說了那個「漂浮的旅店」的隱喻。中午，當她驅車前往趙雲下榻的飯店，按下門鈴，正要走進那個充當辦公室的房間，她不知道迎面而來的即將是什麼。「你來了。」趙雲來開門，他抓著她的手彷彿惟恐她會飄走，在玄關的時候趙雲摟著她的肩膀輕聲地說，「可眞像是一場夢啊！」這句話卻讓幻夢成眞。

第二天晚上李美雲喝醉了，中午一群人一起午餐，下午搭車去逛了幾處景點，傍晚時陳董請吃飯（趙雲說陳董是菸廠在緬甸最大的客戶），好嚇人的排場，連領事館的人都來了，圍著大圓桌十幾個人高矮胖瘦的男女各有各的來頭，商人官員武警以及他們的妻子，大陸人以及緬甸華僑，吃飯時大家頻頻向她敬酒，「台灣人」這個身分在此時變得好怪異，趙雲一直低聲跟她介紹這個是誰那個是誰，她接過一張又一張的名片，其實這些都只是給趙雲做面子吧？她根本就不在意，她好討厭這些人對她說：「大家都是同胞啊！要互相照顧。」整個晚餐瀰漫的都是即將到來的利益交換吧！在座的這些人表面上是來談買賣，其實是來跟他做暗盤的吧！她眞懷疑趙雲怎會是這種人，那種事情他怎麼處理得了。吃完飯李美雲其實已經喝醉了，緊接著大家去唱ＫＴＶ，酒後的亢奮讓李美雲滿場飛舞，每次都會這樣的，完全就是躁症發作沒有其他，可是別人看不出來，別人是怎麼看待她的呢？她記得晚餐時有個福州商人的妻子用怪異的眼光盯著她，會後沒有一個人的妻子同行，那些梳著包頭或波浪鬈髮、穿金戴銀的妻子們站在汽車外頭探頭進來跟他們的丈夫說話，臉上的假笑好像可以整張剝下來那麼刻意。就如以往李美雲去過的那些男人聚會，在那些酒店裡除了陪酒小姐就只有她一個女眷，有幾次她去上廁所時還被其他包廂的人當作酒店小姐拉進去。

不同於在台灣見過的商人，好奇怪，或許是因爲李美雲在場吧！所以包廂裡也沒有叫任何小姐，就是一大群男人低聲地用各種方言在交談，李美雲只要一喝醉必然唱歌跳舞，所以她一會跟這個人唱〈何日君再來〉一會跟那個福州人唱〈浪子的心情〉，領事是個矮小的男人，一喝酒就臉紅，講話結結巴巴不知道在說什麼，大家把麥克風交給他，他推說不行不行我完全不會唱歌，李美雲說我陪你唱，他說最喜歡葉倩文，於是唱了一首〈瀟灑走一回〉，唱完大家紛紛鼓掌叫好讓他再唱一個，領事有點得意起來，說那李小姐陪我跳個恰恰吧！

行！要跳啥都成。（她已經醉了，壓根忘了去年她曾跟朋友去學過標準舞，跳得坑坑巴巴簡直就是個笨蛋。）

誰要唱歌她都陪唱，年輕時這還曾經是李美雲的工作呢！（那時她的情人開了一家卡拉OK，她天天在那裡當陪唱小姐）根本難不倒她，紛雜的人群裡，散亂的燈光中，她一直看見趙雲握著酒杯望著她，趙雲從頭到尾沒唱過一首歌，坐在整個包廂的最中間位子上，像一根樑柱，你看到了什麼呢？李美雲很想問他。我比你想像中還要瘋狂。

回到座位上她一直跟趙雲用英文交談（她自己也不知道爲什麼要這樣，可能是趙雲起的頭，怕別人聽見吧！）

想不到你有這樣活潑的一面，大家都被你迷倒啦！

別理我，我一喝酒就會發瘋。

我很喜歡，不瘋，這樣很迷人。

迷人就是我的工作啊！

剛才領事說李小姐搞不好是特務呢！小心點。

你見過長這麼矮的特務嗎？

李美雲笑了起來。趙雲突然在桌子底下握著她的手，用力捏了幾下。你可以留下來就好了。他說，有你在的地方世界好像都會發亮似地。

我喝醉了。

是嗎？看起來很清醒啊！

我只有喝醉了才會這麼活潑。

她醉得很厲害，十二點離開包廂時她幾乎要在車子旁邊吐了，但並沒有，只是安靜地看著那些人一個一個上了車，然後隨著趙雲跟李剛回了飯店。那天夜裡趙雲展現了難得的狂亂，在床鋪上強烈地需索著她的身體，一切都使人暈眩，她看見趙雲原本色素很淡的眼瞳逐漸散發出琥珀的光芒，像兩團小小的火在燃燒，他拉扯著她細細的腿將她張到最開，把臉埋進了她的下體。李美雲不斷地拉扯著他的頭髮，蜂鳴似地喊叫起來。

李美雲走進一部電梯，電梯門打開之後出現一條很長很長的走道，兩邊是一間又一間的房門，狹長的走道僅能容兩人旋身，看不到盡頭那樣的無止盡往前延伸，她在找 302 號房，順著走道看著那些房間門板上金屬牌子寫的房號，3086，4512，SS13，A15，78609、36373830，這是什麼號碼？她越看越亂，一間一間看過去，頭好痛，302 在哪兒？找不到？一定已經看過超過一百三十五間房間了，沒有 302，李美雲回頭，眼前無盡的走道長廊，電梯在那兒看不到，她原地旋轉了幾圈，走道長廊突然變成S型，曲折蜿蜒，且不斷地分岔又分岔直到完全看不見盡頭，李美雲開始小跑步起來，狂亂地尋找電梯或是302號房，但是找不到，於是她用力地敲打她所看到的每一個房間門，但沒有人應門，一間又一間緊閉的房門，無人應答，李美雲被困在這個迷宮般封閉卻無垠的長廊裡了。

突然間有一扇門打開，彷彿得救了般李美雲往那個房間直奔而去，踏進房門，趙雲正坐在一張褐色單人扶手皮沙發上，他喊李美雲的名字，對她張開雙手，李美雲往前走去，就在快要碰觸到他的時候，她與他之間的米色地毯突然綻開一道又深又寬的裂縫，一吋一吋地，地毯不斷地崩裂、綻開、塌陷，將趙雲連人帶椅子全部捲了進去，隨即連沙發、電視、冰箱、書桌所有的家具，所有的一切在她眼前完全消失，只剩下她獨自在一個只有骨架的空房間裡飄浮著。

李美雲大叫著醒來。

趙雲一臉驚慌：「怎了？」

當她開始夢見一個人時，她知道就是該小心的時候了。

飛行器

她記得年輕的時候大多交往年長的男人，那些人大她十幾歲，有的只讀了國小國中，早早便出社會，經歷過台灣貧窮的年代，他們在街頭在工廠在暗巷在那些酒家賭場裡打滾出一身的滄桑，她像一個不知饜足的貪吃鬼那樣用力從別人身上榨取生命經驗，她是那麼飢渴，任由那些人帶著她去每一處她沒有到過的地方，或者骯髒混亂或者瀰漫菸味酒臭，那時她看著眼前這些與她大學校園生活截然不同的人的一切都讓她著迷，以至於她完全無視於校園裡與她同年齡的男男女女，她的眼睛只看著那些與她所在全然無關連的世界，她以爲那才是人生。

在那些過程裡她不說話只是聽，微笑著在人群裡坐著，像一個娃娃（她特別纖瘦嬌小的身材總是讓人驚訝）把全身的毛孔都打開只爲求徹底汲取那些生命眞實存在過的痕跡，她沒有想過有一天她也會成爲那個對著剛交往的情人說故事的人，她也開始剝落自己身上的碎屑來餵食她剛成形的愛情。

二〇〇五年十月，當她呢喃著對剛交往不久的情人訴說著兩年多前的緬甸之行，她說起那個雲南人，「可是你對他一無所知啊！」情人這樣對她說，她才驚訝地發現自己這些年來已經不再去別人身上偷故事了，眞不可思議，倘若是十年前，十年前的她若在異國碰見了一個中國人，操著相同語言卻是截然不同的生活背景的人，她不知會多麼好奇多麼迫切地一再追問，「爲什麼？」「是什麼？」非得要人把從小到大的事情全給她說一遍不可，就像她年輕時做的那樣。但是她沒有，在那些應該吐露心聲的親密時刻裡她甚至不想開口說話，她只是碰觸著趙雲且享受著他的碰觸，她只是想要擁有那種用身體交換著身體的經驗，如果說了什麼就聽，沒說的就當沒發生。

因爲她已經知道人不可能透過對別人訴說自己就可以相互瞭解。因爲她已經理解人不管用哪種語言（即使是同文同種），不管如何努力地聆聽或訴說，溝通幾乎都是不可能的。

「如果你不知道他發生過的事你要如何瞭解這個人？你難道不好奇嗎？比如他是怎麼看待你的？你是什麼地方吸引了他？他爲什麼要留你下來呢？往後要如何呢？」情人問她。

不知道該怎麼回答，曾經，是的曾經她也想要瞭解，在從曼德勒飛仰光的班機上，有一度她突然感覺那架載著她的飛機其實是一架時光飛行器，是被設定錯誤的航道，過去那些日子的一切都是從平行並置的幾度時空裡被錯誤切換了，也就是說那並不是她眞正經歷過的，而是被植入記憶才使她錯以爲眞，正如有次朋友對她說的話，「這是你唬爛的吧！」一切都是她編造的或者別人編造給她的。

飛行器升空，愛情便穿越時空來了。如果那也可以稱之爲愛情的話。

她記起一部曾經看過的電影，影片中的女主角幾年前丈夫過世，如今正要跟男友結婚，就在訂婚那天突然有個小男孩跑來對她說：「我是你丈夫。」

這個只有十歲大的男孩知道每一個他與她丈夫之間親密的對話，知道每一個不爲人知的細節，這個男孩是如此意志堅定堅信他就是女人死去的丈夫，他不斷地抛出那許多不該有第三人知道的情節，這些種種讓女主角不得不相信此人就是她的丈夫。

女人不可自拔地愛上這個小男孩，像她以往深愛著她丈夫那般，到最後才發現這個男孩或許是因爲偷看了女主角寫給丈夫的所有信件（可悲的是那還是因爲她丈夫把所有信件都送給了他的情婦，藉此宣示他比較愛她），所以得知他們交往的一切細節。

電影有些部分連貫起來不太順暢，例如小男孩是在訂婚典禮那天尾隨著那個神色詭異的女子下樓（這女子便是那死去男人的情婦，她帶著這個盒子來參加婚宴本意應該是鬧場），發現那女子將一個盒子埋進樹林的土坑，便在女子走後將盒子挖出，發現了那些信，但李美雲不理解的是，在發現那些信件之前小男孩已經暗戀著女主角了嗎？這些電影並沒有解釋清楚。

但不管電影是如何不夠寫實，那其中依然展現了李美雲一直以來對人生的種種質疑，李美雲經常想起那電影，想起那個女主角怪異地擁抱著那個幾乎可以當她兒子的小孩，她熱切地親吻著這個全然陌生的人，她可以從這個男孩身上看見她丈夫的靈魂嗎？人都是通過記憶來辨認一個人的嗎？我們之所以愛一個人是因爲他身上發生過的事而非眼前所見這人，所以即使移形換影，換了一個軀殼，只要那內裡依然是我們原先深愛的人（他的記憶思想歷史過去），那愛便可以移轉。

是這樣嗎？

李美雲不知道答案，當然這部電影只是個電影，李美雲只是不斷地想到，那用來辨識她自己的是什麼呢？她有什麼紀錄詳細的內在足以供人辨識嗎？更重要的是，誰能來辨識她呢？而她又能辨識誰？她惟恐自己從未深刻理解過誰，也沒有被誰理解過。

那個夜裡李美雲對著情人訴說著她許多次的旅程，而情人也說著自己的，他們都各自在旅行的途中發生了許多事，情人二十五歲而李美雲三十五歲，李美雲想像著自己十年前的樣子，想著時間如何改變著她的樣子，天啊竟然發生了那麼多事，如果要一一仔細說明需要好幾個黑夜白天，而那其中有太多她不忍再去回想，現在說起來都是故事，其中的傷害、愉快、狂迷如今只剩下一些離奇的遭遇。「你不會想念他嗎？那個雲南人。」情人問。

我不知道。李美雲說。

想念太奢侈了。那一點都不適合我。

黑暗中李美雲訴說著那久遠以前的往事，她一直都念念不忘吧！在那些倒帶重播的過程裡每一天都被記憶反覆觸摸而變得斑駁，像一捲老舊的錄音帶，聲音逐漸變得模糊不清，每當李美雲幾乎要遺忘了當時的情景，就會有一通電話打來提醒，「是我啊！」趙雲的聲音透過收訊不良的國際電話傳來，「你好不好呢？什麼時候還要再到緬甸來？」

李美雲握著電話聽筒發呆，好像看見那個巨大的人影從電話機座裡浮現出來。

塑膠靈魂

清晨時分，昨晚的酒精似乎仍在作用，李美雲從惡夢裡醒來，左邊太陽穴好痛，每回喝了酒她就不好睡，多夢躁動，吃了藥也無法平靜，從KTV回來後趙雲說要去跟李剛交接工作，把房間鑰匙給李美雲讓她先回去休息，躺在床上她腦子裡仍是晚上在包廂裡那一幕一幕景象，回音過大的麥克風傳出的歌聲，閃爍燈光底下自己搖晃的身影，就這樣旋轉不停，睡睡醒醒，趙雲回到房間時她恍惚醒來，只記得他撫摸著她的臉說：「臉怎麼還這麼紅？」李美雲攬住他的頸子用嘴去摩蹭趙雲的臉，接下來的事都記不清楚了。

「我作惡夢了。」李美雲說，好渴，她吞嚥著口水，挪動著手臂，發現褐色的毛毯底下趙雲竟裸著身子，李美雲才想起這個靦腆而羞怯的男人昨晚展現了驚人的熱情，被褥裡仍發散著歡愛之後的氣味，「等會我要回飯店換衣服。」李美雲說，她真不知道自己每天花八十元美金租那個房間要幹嘛，她待在那兒的時間才不過幾個小時。

「你什麼時候回台灣？」趙雲問她，手指把玩著她的頭髮。

「我明天要先回仰光。」李美雲回答，就是明天了，先回仰光住兩夜，然後回台北，機票早就定好了。

「其實你可以多留幾日吧！」趙雲摸索著她的身體。李美雲趴在他的胸口，「要改機票很麻煩。」多留幾天也是要走，總是要離開的，一開始就知道是這樣，李美雲的感覺總是遲到早退，打從認識之初她就清楚知道這一切總會結束，正是因爲這不過是旅程裡的一段插曲，像一個短小的篇章，所以她才讓自己投入，但她那時並不知道會從一夜變成好幾夜，他們會從夜晚過渡到白天，然後進入黑夜，會一起吃飯一起走路一起搭車，會交換自己的故事，已經太多了，再多就會滿溢出來，再留戀就會變成一場災難。

那就再做一次吧！在這僅有的時光裡，盡可能地揮霍著熱情，明天之後我們便要回到各自的生活裡了。李美雲撫摸著他嘴邊淡青的汗毛，這張光滑的臉上讀不出任何感情的殘餘，她只感覺他的身體逐漸發熱出汗，呼吸急促，像之前的每一次那樣，他的眼睛會發出一種奇特的光，那之中好像有著什麼難以言喻的東西正要成形，她張開嘴將那不知名的什麼吞下，然後就要離開了。

堆疊著身體像是一株蔓生的樹，兩具蒼白的軀幹一大一小互相糾纏，在那個過小的床鋪裡，床頭櫃上並置兩個眼鏡鏡片隱隱閃光，視線模糊，舉止閃爍，有什麼催眠了他們，在清晨時分，半小時或者更久，陽光逐漸熱亮起來，像發熱的肌膚，以一聲嘆息作爲結束。

在瓦城的幾天李美雲都與趙雲一行人度過，好奇怪的組合，陳董的弟弟開一部休旅車來接他們，一行五人，趙雲、李剛、陳董陳總兩兄弟以及李美雲，連著兩天都是到處吃吃喝喝，去小明山、皇城、去看象牙、吃印度羊腳湯，像是爲了趙雲即將到來的三年駐任做暖身，從仰光、東枝、茵萊湖到瓦城，已經是第八天了，一路上李剛陪著趙雲去視察他們在緬甸的分公司跟下游廠商，他們的行程比李美雲短，去過的地方幾乎相仿，但他們看見的東西全然不同。

這幾天熟門熟路的李剛總是帶著他們到處去找特色小吃，下午去那個擁擠的小店喝羊腳湯時他們每個人都好開心，這些生意人跟李美雲以前見過的都不同，她記得在仰光認識的台商大哥，雖然也都對她很親切，但他們看起來總像是輕視著別人，自顧自躲在一個城堡一樣的莊園裡，對周遭事物沒有半點興趣，而瓦城這群人，陳董一身珠光寶氣，陳總則像是個導遊，李剛喜歡秀他一口流利的緬語，而趙雲則總像是個旁觀者，李美雲回飯店換了一身米色的短洋裝，他們一群人走進那個幾乎都是印度人的小店時，引發了一陣騷動，燉煮得皮肉分離的羊腳湯汁液濃稠，分外美味，趙雲一口氣吃了四碗，陳董則是小心翼翼地要店家把他的杯子跟碗盤都消毒（我就怕食物中毒！他呵呵地笑著）。李美雲拿起相機說要幫大家拍照，趙雲跟李剛起鬨要跟在店外的胖老闆娘合照，許多印度人紛紛都湊過來，就這樣一個照過一個，大家都笑開了。李美雲站在一旁望著趙雲的臉，在那些人群裡他的臉顯得異常地俊美，那時刻李美雲全身起了雞皮疙瘩，好像那樣的美會刺痛她的眼睛。

或許大家都發現李美雲跟趙雲的關係吧！因爲早上陳董打電話來的時候趙雲正在洗澡，

李美雲接的電話。陳董一直問他們晚上要睡哪，趙雲原本在三樓的房間要退掉搬到二樓的辦公室跟李剛一間（趙雲說這是爲了避免外派人員到處亂搞，不過眞要狼狽爲奸也沒辦法啊！他笑笑地說，就算是有個室友互相照顧好了），「李小姐你跟趙總晚上就睡我房間吧！我來跟李剛擠。」陳董拿出房間鑰匙遞給李美雲，氣氛頓時變得好尷尬。「不用了，我自己有訂飯店。」這是怎回事？「聽說你明天要離開啊！李小姐你多留幾天吧！住的沒問題，我會幫你安排。」陳董還在勸說。「謝謝你，眞的不用了，我還得去仰光採訪。」李美雲看著趙雲，他臉上看不出任何尷尬或不安。「你看大家都這麼說了，你就留下吧！給你包吃包住好了。」

晚餐在一家美式西餐廳吃，李剛咧著嘴笑說：「我都帶小妞來這裡約會學緬語，別小看這店，牛排漢堡肉煎得可香嫩呢！」這個男人總是一臉淘氣油滑，他緬語講得好，又曬得黝黑，不看他胖大的肚皮還以爲是個在地人，他領著一夥人拐進街道，瓦城路燈大都愛亮不亮，路旁停放一些汽車，黑悠悠的小路沒人指也想不到有家餐廳藏在樹叢裡，圓木裝潢的外觀，厚重木頭門推開鄉村音樂就湧了上來，這些日子習慣了緬甸的建築，李美雲被眼前這六〇年代風格的美式餐廳惹得想笑，「今天也該你們約會約會啦！特務小姐。」李剛碰了碰李美雲的手臂，「別出賣自己同胞啊！」

併了兩張桌子，李美雲跟趙雲坐左邊，音樂太響，其他人在說什麼幾乎聽不見，於是他們兩個就自顧自地聊天，李剛不時會喊：「說什麼那麼樂，也說來給我們聽聽。」趙雲說：

「別理他，這人就是聒噪。」

「我覺得你有某個地方很僵硬。」趙雲問她。那時正在談工作的事，他問什麼她就回答，「什麼？說脖子嗎？」李美雲抽著菸，不知怎地好想睡覺，喝過一杯咖啡，又點了一瓶啤酒，這裡的食物很怪，但很適合這怪異的夜晚。「起初覺得你很熱情，多相處後卻覺得你老想保持距離，說話繞來繞去的，很難理解。」桌上照例點著蠟燭，搖曳燭光裡每個人看起來都很朦朧，趙雲壓低了嗓子講話。「怎不見你第一天那股子熱度啊？」他問。

「什麼熱度？那是性衝動。」李美雲說。趙雲用力按了她的手，像是被她的話嚇住了。

「講話可眞沒良心。」趙雲把他的蛋糕推給她，「嘗嘗這個，挺好的。」

李美雲知道自己可以不要這麼掃興，她絕對不是不喜歡趙雲，也不是不開心，這幾天的相處之中人家沒什麼地方對不起她的，萍水相逢，還能做到更好嗎？她不知道自己在抗拒什麼，她可以更盡興一點，更放肆一點，讓這場相遇變成彼此生命裡美好的回憶，但那又怎樣呢？趙雲若不是天眞就是任性，起初扭扭捏捏也是他，現在倒要來嫌她放不開了，她用力把菸頭在菸灰缸裡按熄。「你生氣也不要拿香菸出氣！」趙雲笑了。「誰在生氣？」李剛又湊過偷聽，「你們情話綿綿都把我們忘啦！」「來唱一首〈最後一夜〉吧！李小姐你唱歌眞是好聽，乾脆晚上再去唱歌好了。」陳總也湊過來說話，趙雲一臉尷尬。

「什麼最後一夜，緬甸跟台灣能有多遠，搭個飛機咻一下就到了，是吧！」陳董說，「我看就別走了，你留在這裡也好，在這兒挺悶的，趙總又不像李剛那樣胡來，人家是正人君子。」

「再來一瓶啤酒吧！李剛你說上次搭巴士拋錨的事給我聽，上回說到一半。」李美雲轉開了話題。

李剛立刻興致勃勃說起上個月從仰光搭長途巴士到曼德勒的遭遇，正常情況是十八小時車程，想不到半途車子拋錨，在路邊修了老半天，又拖了五個小時才等到接班車，一上車，擠得不得了，李剛瞧見一個老婦人站著，心想就快到了忍一忍也可以，於是讓座給那婦人，結果車子開不了多久竟碰上修馬路，大塞車，就這麼站了十個小時，「我一路尿急，又餓又渴，這輩子沒那麼慘過。」李剛說起故事眉飛色舞比手畫腳，逗得大家都好樂。

吃飽喝足，搭車要回飯店，陳董還在那兒勸說，一逕要把房間鑰匙給趙雲，好像就恨不得他們立刻洞房，「我開車送她回去，她山上有酒店住。」趙雲謝過陳董好意，「你別開車，才剛到這裡你又不認得路，叫李剛開車送得了。」陳董竟還不死心。「晚安，大家好睡，我送她就可以。」趙雲堅持著，跟李剛拿了公司車鑰匙，與大家道別。

李美雲也不認得路，起初都是大條馬路沿著皇城直走上山，這好認，到了半山卻迷了路，沿著山腰繞來繞去，也不知道要開到哪兒，一開始趙雲還能談笑，到了房舍稀少的地方，好像也急了，「不如問人吧！」李美雲說。「首先要能找到人，再來，還得找到聽得懂英文的。」趙雲無奈地說。「就轉轉吧！反正也還早。」

車子在山路上盤旋，李美雲突然很希望就這麼一直迷途著找不到方向，不需要回去那個冷清的飯店裡度過這最後一夜，她凝望著趙雲扶著方向盤的手發怔，這個人，不知道他失控是什麼樣子，她想起昨天傍晚大家在健身房運動的情況，趙雲穿著橙色運動上衣跟藍色短褲球鞋，在跑步機上一口氣跑了四十分鐘，那種專注跟穩定好像他已是跑步機的一部分，彷彿他就是一台機器，李美雲想起剛才在西餐廳裡趙雲問她：「說說你小時候是什麼樣的？」問她好多事，那時李美雲回答得心不在焉，而此刻她卻很想知道關於趙雲的一切，但已經來不及了。

在西餐廳時播放了一張 The Beatles 的專輯，〈塑膠靈魂〉，那曾是她最喜歡的歌曲。「唱些什麼你翻譯給我聽。」李美雲對趙雲說。

「我不信你聽不懂。」他反問。

她不是聽不懂，她只是想聽趙雲嘴裡說出一些句子，讓他發出聲音，讓自己記住。

「我還會在這裡三年，你隨時都可以過來。」趙雲沒有翻譯那個歌詞卻說了這些話，李美雲腦子裡有個什麼東西轟轟作響，她幾乎要生氣了。

車子依然往前直開，黑暗中趙雲握著她的手久久不發一語，只是撫摸著她的手心，李美雲感到暈眩迷亂，但她沒有忘記，早在很久之前她已經將自己的胸口挖開，把那被人稱作爲心的地方掏空，放上了一個電子替代品。

她記得，曾經，好多年前，她也在某個國家結識了一個人，五天四夜的相處裡他們說了好多話，惟恐來不及似地探索著彼此的生命與身體，那種親愛與熟悉，那突然闖進彼此生命裡巨大的撞擊，那些日日夜夜無盡的纏綿與歡笑，臨別前撕肝裂肺的痛楚，在機場擁抱又擁抱，涕淚縱橫彷彿生離死別，分離後不斷地寫信、打電話，幾個月裡相思的折磨，重逢之初那不可置信的甜蜜，那些都還歷歷在目。

但是後來一切都變了。

那不是背叛也不是欺騙，只是天眞，爲什麼會那麼天眞呢？她好恨自己，她還記得在那個小屋裡因爲朝夕相處而產生的摩擦，她記得那人突然跑到另一個城市，幾天幾夜都沒有消息，她獨自在那個屋子裡等著，她記得猜疑、恐懼、不安把她變得多麼面目猙獰，她記得當那人突然說出：「對不起我還沒有準備好。」「我不習慣跟人生活這麼緊密。」一時間她只覺天旋地轉，羞憤至極，她何嘗不知道感情與激情不同，她何嘗不知道那些惟恐來不及的熱情一但進入生活之後可能發生的摩擦，她何嘗願意自己困坐在一個陌生的屋子、陌生的國家，變成別人的包袱，她甚至不知道爲什麼她突然間就哭了，累積了好多天的委屈、鬱悶、乏力突然猛烈地爆開，她頹坐在地大聲地哭了起來，「你不要這樣我好害怕，我說了什麼了嗎？你爲什麼要這樣哭？」她還記得那人眼中的驚慌，她不想讓人看見她軟弱的樣子於是趕緊站起身來想要跑到客廳去躲藏，卻在走廊上軟塌了身體，她趴在地板上哭得站不起來，老天爺！她從來沒有這麼丟臉過，從來沒有，因爲身處異國，她甚至不能叫一輛計程車奪門而出，因爲她不知道該到什麼地方去，她無法瀟脫地說：「反正我也不想留在這裡。」那時的她什麼都做不了，只能任由自己不爭氣地嚎啕大哭。

爲什麼會變成這樣？那過程裡她一直反覆地想，到底是什麼地方出了差錯，這人不愛她嗎？不可能，她不可能判斷錯誤，那是因爲她說錯了什麼話，做錯了什麼事嗎？是因爲她老是在客廳裡看書，因爲她並沒有像當初認識的時候那麼開朗活潑嗎？是因爲她說出太多不該說出的往事，讓人發現了她其實是個痛苦的人？或者原因非常簡單，一開始確實是相愛但後來有一個人先退出了，就像許多次她自己對其他人做過的那樣，她經歷過那麼多次戀愛卻仍沒有能力找到任何一個使自己全身而退的辦法。

那是很久以前的事了，但她依然牢記，那晚她曾發誓再也不讓自己掉入任何一種無力掙脫的困境，她再也不要在別人面前哭泣。

她可以更強壯更堅固更模糊更疏遠，即使那心臟怦怦跳動著，但她再也不允許任何人來讓她傷心。

李美雲的手在趙雲的手裡變得溫暖，但並沒有用，很久以前，她心裡有一個地方已經毀壞故障，這些年來她不斷訓練著自己，設定許多許多按鈕，地雷，她仔細分辨著任何來到她身邊的人，規範著自己，只要發現自己稍有軟弱，發現心裡有些空隙，她就強力地把那些柔情摧毀，她不相愛情，不相信命運，她鞭打著自己的心讓那裡長滿厚繭，她要進化成更強的人，可笑的是，她不知道怎樣才可以變強，她所懂得的只是讓自己變得疏離而冷漠，該留的時候不能停留，該走時候又不知道要走，她已經被自己給扭曲了。

「我會很想念你。」趙雲說盯著玻璃窗以耳語般地音量說著，龐大的酒店建築物突然出現在眼前。「沒有用的。」李美雲心裡不斷呢喃著這句話。

沒有用的。

那一夜漫長而安靜，他們花了幾倍的時間才找到那個山腰上的酒店，李美雲跟櫃檯拿了鑰匙，他們搭了電梯上樓，一切彷彿都被某種怪異的氣氛給延長了，那老舊的電梯，發出巨大的聲響，似乎沒有力氣升上去，踏出電梯之後那散發黴味的走道似乎漫無盡頭，趙雲攬著她的肩膀，他們的腳步無聲無息飄動，喀答一聲打開房門，李美雲還沒把鑰匙放進門邊的盒子裡，房間的電力尚未開始啓動，黑暗中僅有月色照映房間裡的空曠迎面而來，巨大的落地窗窗簾敞開，無邊的夜色之外是連綿的山景，整個房間好像某個張開的嘴洞將他們吞沒，趙雲突然一把將她抱起來直直往窗戶那邊走，「還沒開燈呢？」李美雲嘟囔著，卻被自己發出的聲音嚇著，趙雲將李美雲放置在單人座的沙發裡，然後蹲下來把臉埋進了她的胸口。

好久好久他們都沒說話，他摸索著她的身體，似乎在聞嗅什麼氣味，好像努力想要辨識出她身體的所有細節，兩手拉扯著她的頭髮，聚攏又散開，李美雲的手指穿過他短短的頭髮，感覺到頭皮底下的跳動。她想要喊叫卻沒有聲音，濃重的靜默吸收了所有感情的輪廓，他們那樣用力地揮動著身體想要讓這濃稠的情緒變得淡一點，卻只是加深了其中的哀傷。

有很多話想說卻沒有說出口，任由時間一點一點過去，剩下的是逐漸加速的身體動作，像某種默劇，肢體的交纏變成許多錯亂的線條在暗黑的微光中舞動，趙雲的狂亂以一種非常安靜的方式在黑暗裡呈現著，壓低在喉嚨的悶吼，一顆顆滴落她身體的汗水滾燙，每一個滴落都讓李美雲顫抖，趙雲用力撐開她的身體在那張狹窄的沙發上以怪異的方式進入她，手心熨貼著她的身體來回地反覆撫摸她，在這最後的時光裡，來不及供應的空調讓他們的身體都悶出了熱汗，李美雲想到他們可能會因此而窒息於是便大口用力喘息，趙雲的身體那麼用力地纏繞著她使她全身痠痛緊繃，此時的她是一面張開到最大的弓，再用力一點就會綳斷。

等到電燈終於亮起來的時候，趙雲已經恢復了鎮靜。

他試圖想要說點什麼，張開嘴卻沒有發出聲音，李美雲癱倒在床上兩臂張開，趙雲突然躺臥在她的胸口，李美雲只好摟住他，好奇怪，這麼大個子一個男人蜷縮在她小小的胸口像擠進一艘過小的船。「你看你多像個娘們。」李美雲對他說笑，但趙雲靜默不語，李美雲撫摸著他的頭髮，用手指摩擦著他髮下的頭皮，好多次她都想要用手指將這顆緊靠著她胸口的頭顱掰開，她不斷加重手掌的力道，不知道如果再用力一點趙雲是不是就會整個碎裂嚎叫，然而他只發出如小動物的嗚咽聲，任由李美雲不斷地捏揉，整個旅程的困倦疲累與亢奮哀傷反反覆覆在她這不停止的動作裡加強又加強，終於升高到她的喉嚨迸出了一連串的喊叫，李美雲開始不能控制地哭起來，失控地用力捶打著趙雲的身體，一下又一下，在那一連串的打擊動作裡她不停地放聲大哭。

像飛機沿著跑道逐漸加速，拉起機頭，驟然飛起，像老舊的巴士載滿乘客在灰塵滿布的道路上歪扭地爬行最後衝撞道路邊的消防栓，爆出大量的水柱，李美雲的哭聲逐漸變成一種奇怪的吟唱，然後慢慢停下了她的手，喉嚨裡還兀自發出聲音，整個面龐都已潺濕，在她懷裡的趙雲突然動也不動地靜止，那時她還以為自己已經把這個男人殺死了。

她低下頭，有一點害怕，然後趙雲睜開了眼睛，輕聲地說：「沒關係，都過去了。」

她不知道是爲了什麼，一連串的淚水好像從別人那裡借來的，陌生地從她自己的眼睛裡滲出來止也止不住，她用力捶打著趙雲的身體卻像在求救，她那些嚎叫聲或許是在呼喊著掙脫自己身上緊綳的束縛，答案不是只有一個，路徑也不會只有一條，她不想變強了，她只想成爲自己，或許軟弱，會犯錯，或許別人會來傷害她，或許她也會傷害了誰，但她想要眞實地活著，會笑會哭，像一個活生生的人那樣去體會七情六慾，痛苦悲傷，她好累啊！那讓自己鈍化石化的過程她失去了好多東西，她幾乎都不認識自己了。

這一路上遇見的人彷彿都來到這個清冷的房間，熟悉的陌生的美麗的醜惡的，男女老少，在那些叫賣聲中飄移閃現，那些風景，塵土，金碧輝煌的廟宇，那湖上飛舞的海鷗，船槳划過水面劃破的浪花，Zu Zu 臉上的香木粉，Win 微笑時眼角瞇出的魚尾紋，吉米專注地看著電視練習日文，還有好多好多，李美雲甚至想起了當時她被拋棄在洛杉磯那個小屋裡，有一次她企圖走出屋子到對面去跟那些高中生說話，她連 Hello 都不敢說，那已經是好多年前的事情了，這中間她經過了很多人，她確實愛過也被愛過，那些都是眞的。

時間被凍結在那個簡短的句子裡，沒關係都過去了，沒關係，都過去了，這些那些，這個人那個人，傷害，愛情，痲木，痛苦，歡愉，那許多如刀割般的畫面，火焰尖端般炙人的細節其實都跟趙雲沒有關係，都過去了，有很多很多回音在李美雲耳朵裡迴盪，會過去的，他們看著彼此的臉許久許久，等到一切聲音都靜止，大片的靜默來到，等待狂暴的激情或離別的傷感都消褪，他們等待著，維持這樣的姿勢，等待著時間將一切都挪移到另一個時空裡完整地保留下來，他們可以安全地度過這一夜，然後各自回到原有的生活裡。

那時李美雲知道，這次的旅行已經結束了。

文學叢書 136

無人知曉的我

作　　者　陳　雪
總 編 輯　初安民
責任編輯　丁名慶
封面設計　永真急制 Workshop
校　　對　吳美滿　丁名慶　陳　雪

發 行 人　張書銘
出　　版　INK 印刻出版有限公司
台北縣中和市中正路 800 號 13 樓之 3
電話： 02-22281626
傳真： 02-22281598
e-mail: ink.book@msa.hinet.net
網　　址　舒讀網 http://www.sudu.cc

法律顧問　林春金律師
總 代 理　展智文化事業股份有限公司
電話： 02-22533362 · 22535856
傳真： 02-22518350
郵政劃撥　19000691 成陽出版股份有限公司
印　　刷　海王印刷事業股份有限公司

出版日期　2006 年 11 月 初版
ISBN　978-986-7108-82-1
986-7108-82-5

定價　280 元

國家圖書館出版品預行編目資料

無人知曉的我／陳　雪 著.－－初版，
－－臺北縣中和市：INK 印刻，
2006〔民 95〕面； 公分（文學叢書；136）

ISBN 978-986-7108-82-1（平裝）

857.7　　95020662

INK